KB187144

FLYING
KG8789 805977

THE GAME ADVENTURE

Fantasy Frontier Spirit

비상

비상 2

파령 게임 판타지 소설

초판 1쇄 찍은 날 § 2004년 9월 1일
초판 1쇄 펴낸 날 § 2004년 9월 10일

지은이 § 파령
펴낸이 § 서경석

편집장 § 문혜영
편집책임 § 최하나
편집 § 장상수 · 김민정
마케팅 § 정필 · 강양원 · 이선구 · 김규진 · 홍현경

펴낸곳 § 도서출판 청어람
등록번호 § 제1081-1-89호
등록일자 § 1999. 5. 31
어람번호 § 제1-0535호

주소 § 경기도 부천시 원미구 심곡1동 350-1 남성B/D 3F (우) 420-011
전화 § 032-656-4452 팩스 § 032-656-4453
http://www.chungeoram.com
E-mail § eoram99@chollian.net

ISBN 89-5831-238-6 04810
ISBN 89-5831-236-X (SET)

FLYING

KG8789 805977

THE GAME ADVENTURE

파령 게임 판타지 소설

飛翔

Fantasy Frontier Spirit

비상 vol.2

천하제일 비무대회

FLYING

도서출판 청어람

Contents

◆비상(飛翔) 여섯 번째 날개

실전 경험

비상(飛翔) 여섯 번째 날개 실전 경험

강우 아저씨의 설명은 길지 않았다. 간단히 말해서 자신의 대장장이 사부였던 NPC가 한 유저에게 죽음을 맞았고, 우리에게 대신 그 원수를 갚아달라는 것이었다.

물론 말도 안 되는 일이다.

"랭킹 55위인 강우 아저씨 스스로 하시면 될 것 아닙니까."

"허, 그게 사실 그 원수가 나보다 세다네. 전에도 목숨을 걸고 녀석을 죽이러 갔다가 오히려 내가 첫 번째 죽음을 맞았지."

랭킹 55위인 자신도 이길 수 없는 적을 우리보고 맡으라고? 무슨 그런 헛소리를…….

"말이 된다고 생각하십니까? 저희가 아저씨의 말대로 랭커라고 해봤자 까마득히 높은 위치에 있는 아저씨도 못 이기는 상대를 저희보고 어떻게 상대하라는 것입니까?"

난 상호의 말에 긍정의 표시로 고개를 끄덕였다.

사실 말이야 바른 말이지. 상호와 내가 지금 합공을 해서 강우 아저씨를 공격한다 해도 십 초나 견딜 수 있을런지… 그런데 우리에게 그런 말도 안 되는 부탁을 들어달라니… 이 도는 우리의 목숨 값이라 이건가?

"지금 당장 그 원수를 갚아달라는 것이 아닐세. 우선 자네들이 성장한 뒤 그 원수를 갚아주어도 괜찮네. 내가 부탁하고 싶은 것은 무슨 일이 있어도 그놈이 가진 세 번의 생명을 모두 없애달라는 것일세."

"아무리 그래도 그렇지……."

강우 아저씨는 우리의 반발이 조금 수그러들자 즉시 말을 이었다.

"사실 난 아무리 노력해도 그놈을 이길 수 없다네. 그놈의 무공은 나와 상극의 위치에 있어서 말일세. 나에겐 놈의 무공이 상극이지만 놈은 언제든 무공을 바꾸어 나를 가볍게 죽일 수 있다네. 거기다가 자네는 대단한 버그까지 걸려 있지 않은가."

헉! 어, 어떻게 그 사실을 아는 거지? 내가 버그에 걸린 사실은 강민 형과 상호뿐일 텐데… 강민 형은 절대 그런 것을 떠벌릴 사람이 아니고, 상호는 가르쳐 준 지 하루도 지나지 않은 데다가 나와 함께 있었다. 그럼 누구지?

강우 아저씨를 바라보는 나의 눈길이 사나워져 갔다. 도대체가 믿을 수 없는 사람이다.

"어떻게 아저씨가 그 사실을 알고 있는 거죠? 극소수의 인물을 제외하고선 아무도 모르는 사실일 텐데요."

"허어, 자네가 말하는 극소수의 인물 중 운영자도 들어간다는 사실을 아는가? 내가 운영자 중 한 명과 상당한 친분이 있지. 그 친구에게 부탁해서 자네들에 대한 정보도 입수하였고 말일세."

잊었다. 강민 형이 알고 있는 사실은 대부분의 운영자에게로 들어간다는 사실. 아니, 다른 운영자들이 알고 있는 사실이 강민 형에게로 들어가는 것일 테지. 그런데 강민 형 말고도 운영자 중 그런 사람이 있었다니…….

"이제 이해가 가는가? 내가 자네들에게 부탁하는 이유가? 자네의 그 버그 능력도 그렇지만 저 진천신협의 능력도 상당하다네. 랭킹 421위. 그러나 정말 목숨을 걸고 싸울 일이 생긴다면 랭킹 100위 대 고수와도 견줄 수 있는 인물. 그가 바로 자네 친구이지."

뭐? 상호가 랭킹 100위 대 고수와도 견줄 만한 실력이라고?

난 믿기지 않는다는 얼굴로 상호를 바라보았고, 상호는 약간 안색을 굳힐 뿐 긍정도 부정도 하지 않았다.

"자, 이제 내가 할 말은 다 했네. 어떤가? 자네들이 맡아주지 않겠는가? 그 일을 맡아준다면 앞으로 어떤 지원이든 아끼지 않겠네."

난 강우 아저씨의 말을 듣고 잠시 생각해 보았다.

과연 이 일이 맡을 만한 것인가? 사실 우리에게 해가 될 것은 아무것도 없다. 분명 원수를 갚는 것은 먼 후가 되더라도 괜찮다고 했으며 우리가 고수가 되도록 도와주겠다고 하니 이런 기회를 언제 다시 한 번 얻을 수 있을까?

난 문득 그 원수가 누군지 알고 싶어졌다.

"그런데 도대체 그 원수가 누구죠?"

난 강우 아저씨께 질문을 했다. 도대체 그 원수가 누군 거지?

"랭킹 60위. 흑살성(黑煞星) 영귀(影鬼)라네."

랭킹 60위! 확실히 높은 랭킹이긴 하지만 54위인 강우 아저씨에 비해 낮다면 낮은 랭커다. 그런데도 이길 수 없었단 말이야?

"흑살성 영귀? 그가 떠난 살행(殺行)에서 그 누구도 그의 그림자 외에는 보지 못했다는 특급 살수(殺手)!"

살수? 그럼 암살자란 말이야? 이런, 그렇게 상대하기 힘든 직업이라니…….

"이제 알겠나? 내가 왜 랭킹도 얼마 차이 나지 않는 녀석에게 패할 수밖에 없었는지를……. 녀석은 살수네. 나같이 힘만 믿는 유저들은 녀석이 가장 좋아하는 상대지. 아주 가볍게 죽일 수 있으니까. 거기다가 녀석은 순간적으로 강기까지 쓸 수 있네. 원래 아직 강기를 쓰기에는 많이 부족하지만 살수 무공의 특성상 한 번에 모든 힘을 다 쏟을 수 있는 힘이 있어 한순간이지만 강기를 뿜을 수 있는 것이지. 나도 그 강기에 당하고 말았다네."

강기를 뿜을 수 있는 고수라니…….

"부탁하네. 부디 나의 청부를 받아주게나."

내가 어찌해야 할지 몰라 고민하는 사이 머리 속에서 음성이 울려 퍼졌다.

"효민아, 어떻게 할 거냐?"

헉! 이게 뭐지? 어떻게 내 머리 속에서 말이 들리는 거지?

"바보야! 두리번거리지 마. 전음(傳音)으로 대화하는 게 다 들켜 버리잖아. 나 상호라고, 이 바보야."

저, 전음이라니… 도대체 어떻게 쓰는 거지?

"너 전음을 쓰는 방법을 모르는구나. 아주 천천히 진기를 끌어올려 봐. 아주 천천히. 스톱! 천천히 하랬지!"

으윽, 시끄러. 이건 귀청이 떨어져 나가는 것이 아니라 뇌를 흔들어

버리잖아.

난 다시 천천히 진기를 끌어올렸다. 진기를 다루는 일은 나에겐 너무나 쉬운 일. 아니, 내겐 거의 일상 같은 일이다. 항상 도제도결의 진기가 내 몸속을 휘젓고 다니니…….

"오, 좋아. 대단한데? 나도 전음 쓰는 것을 세 달 동안 연습하고서 겨우 쓸 수 있었는데 이렇게 바로 쓰다니… 역시 가르치는 사람이 대단해서 그런가?"

난 상호의 같잖은 말을 씹어버리며 어서 빨리 그 다음을 말하라고 생각했다.

"젠장, 헛소리 지껄이지 말고 빨리 말하라… 어라?"

이, 이게 어떻게 된 거지? 내가 방금 전음을 쓴 건가?

"크윽, 희한한 녀석. 진기를 너무 쉽게 다루는가 싶더니 이젠 전음도 바로 보내냐?"

난 상호의 전음을 듣고 내가 한 것이 전음이라는 것을 알 수 있었다. 음, 전음이라… 의외로 쉽구만. 상호 녀석은 뭐 이런 것에 세 달이나 걸렸다는 거야?

"헛소리는 집어치우고 어떻게 할 거냐? 내 생각에는 웬만하면 도와주고 싶다."

그렇다. 난 그를 도와주고 싶다. 초은설을 잃을 때의 그 슬픔을 나도 느껴봐서 안다. 그런데 자신에게 게임의 진면목을 가르쳐 준 사부라니… 그리고 그 사부를 죽인 원수를 스스로의 힘으로 갚지 못하다니… 내게 힘이 있다면 꼭 도와주고 싶다. 그리고 강우 아저씨는 내가 힘을 가지고 나서 원수를 갚아도 상관이 없다고 한다.

"음, 나도 그래. 하지만 사정이 여의치 않잖아. 상대는 살수라고. 그렇게 만만한 상대가 아니야. 비상에서 가장 까다로운 상대가 누구냐고 묻는다면 거의 대부분 살수라고 할 만큼 살수의 무공은 괴이쩍다고."

음, 그런가? 상식으로 숨어서 공격하는 살수가 짜증나는 존재라는 것은 느끼겠지만 아직까지 대면해 본 적은커녕 그에 해당하는 무공도 본 적이 없으니 역시 완전히 이해한다는 것은 무리겠지?

"그러니까 우리가 힘을 기를 때까지 기다려 준다잖아. 거기다가 우리가 싸울 때 강우 아저씨는 놀고 있겠어? 강우 아저씨가 싸움을 도와준다면 아무리 살수라도 이길 수 있을 거야."

난 장황한 나의 계획을 말했다. 결국 우리끼리는 무리니까 강우 아저씨의 도움을 받자는 내용이었지만… 결과가 좋으면 다 좋은 거 아니겠어?

"휴, 네 생각이 정 그렇다면 그렇게 하자. 그런데 네가 웬일이냐? 남을 도와주는 데 이렇게 적극적이고?"

그러고 보니 이상하다. 아무리 초매를 잃은 기억이 남아 있다고 하지만 단순히 그런 이유만으로 내가 남을 이렇게 선뜻 도와줄 리가 없다. 아무리 지원이 좋다고는 하나 목숨보다야 소중하지 않을 테고… 내가 변한 건가? 불행을 보고 분노를 하다니…….

난 상호의 말에 대답하지 않은 채 강우 아저씨에게 말했다.

"좋습니다. 그 제안 받아들이죠."

"고맙네, 고마워!"

강우 아저씨는 진심으로 고마워하는 것 같았다. 하지만 아저씨 너무 기뻐해선 안 되죠.

"단."

순간적으로 일그러지는 강우 아저씨의 얼굴.

"원수와 싸울 때 아저씨도 거들어주셔야 합니다. 아무래도 저희로는 무리일 것 같아서 말이죠."

내 말을 들은 강우 아저씨는 인상을 펴며 선뜻 대답했다.

"그렇게만 해준다면 나야 오히려 고맙지. 이 손으로 원수를 갚을 수 있다는데 나야 거절할 이유가 없다네."

좋아. 그럼 해볼 만하지.

"좋습니다. 그럼 저희의 계약은 체결된 겁니다. 하지만 여원과 저의 캐릭터가 아직 상대적으로 약하니 고수가 되면 원수를 갚도록 하죠."

"좋네. 그렇게 하게. 어쨌든 내 부탁을 들어줘서 정말 고맙네."

억!

강우 아저씨는 기쁜 마음에 내 손을 잡아 아래위로 흔들었고, 거대한 덩치의 강우 아저씨에 비해 상대적으로 작은 덩치를 가지고 있는 나로서는 아래위로 흔들리는 희귀한 경험을 맛보아야 했다.

"억! 억!"

"효민아!"

"아! 이런, 미안하네. 너무 기쁜 나머지 내가 추태를 부렸구먼."

내가 이리저리 흔들리는 모습에 상호는 기겁을 하였고, 그제야 자신의 과오를 깨달은 강우 아저씨는 나를 놓아주었다.

어이고, 별이 보인다. 두 번 기뻤다가는 사람을 아예 죽이겠군, 죽이겠어.

"강우 아저씨, 과연 힘이 장사시네요."

"아저씨가 뭔가. 형이라 부르게. 이래 보여도 아직 스물여덟 살밖에 안 되었단 말일세."

뭐, 뭐? 스물여덟 살? 족히 30대 후반으로 보이는 저 얼굴이?

그 말 그대로 아무리 잘 봐줘봤자 30대 중반의 외모인데, 강우 아저씨가 스물여덟 살의 형이라니…….

나와 상호는 한마음 한뜻으로 강우 아저씨를 쳐다보았다.

"이거 왜 이러는가. 정말이야. 나 스물여덟 살이라고."

"거짓말 좀 하지 마세요. 아저씨가 스물여덟 살이면 전 열 살이게요?"

"맞아. 아무리 잘 봐줘도 30대 후반 같은데 왜 그렇게 나이를 속이려 하시나요."

오, 상호 녀석, 오랜만에 나랑 죽이 척척 맞는데?

우리는 둘의 마음을 하나로 모아 정신적인 공격을 가하는 것을 서슴지 않았다.

"나 정말 스물여덟 살이란 말이야! 왜 못 믿냐고!"

강우 아저씨의 흥분한 모습에 난 한순간 불안해졌다.

저… 정말인가? 하지만 아무리 봐도…….

"효민아, 정말 스물여덟 살인 거 아니야?"

상호 역시 나랑 똑같은 생각을 하고 있었나 보다. 난 반신반의하며 물었다.

"그런데 왜 말투가 아저씨 말투입니까?"

"여기서 대장장이 노릇만 2년 가까이 해봐. 이런 말투가 입에 안 배이는가!"

이… 이런. 아무래도 스물여덟 살이 맞는 것 같지?

난 얼떨떨한 기분으로 상호를 쳐다보았고 전음도 보내지 않았는데 상호 역시 나와 똑같은 표정으로 고개를 끄덕이고 있었다.

"저… 정말 스물여덟 살?"

"그렇다고 몇 번을 말해야 알아듣겠나?"

정말 믿을 수 없는 일이다. 신의 실수가 아니고서야 어떻게 저렇게 늙어 보인단 말인가.

난 급히 내 입을 틀어막았다. 지금 내 입을 막지 않으면 어떤 말이 새어 나올지 나도 모른다. 입을 사수하라!

"에… 에취!"

이런.

갑작스러운 재채기 한 방에 입을 사수하던 손은 떨어져 나갔고 결국 난 저주스러운 말을 내뱉을 수밖에 없었다.

"애… 애늙은이!"

파직!

어느새 강우 아저… 아니, 강우 형의 손에는 커다란 부(斧)와 망치가 들려져 있었다.

"끄어어어! 원수고 뭐고 다 필요 없어. 다 죽었어! 쿠어어어!"

결국 난 상호의 손에 이끌려 강우 형의 마수를 피해 도망갈 수밖에 없었다.

그러면서 한마디 하는 것을 절대 잊지 않았다.

"다음에 제 칼이랑 도갑 찾으러 올 테니 잘 좀 해놔요!"

나는 어떤 누군가의 괴성과 대장간 앞에 줄 서 있던 사람들의 비명을 뒤로하며 상호에게 끌려갔다.

음, 내가 너무 심했나? 이놈의 입이 문제지.

"크아아악!"

"꺄악! 도망쳐!"

"도··· 도대체 왜 이러십니까?!"

"잔소리 말고 죽어!"

머리를 산발한 거구의 괴인이 한 손에는 거대한 도끼를 한 손에는 거대한 망치를 들고 사람들을 쫓고 있었고 막다른 길에 내몰린 유저들은 그저 벌벌 떨 수밖에 없었다.

"흐흐, 도망은 다 다녔나? 그럼 죽어!"

마침내 그들의 머리 위로 거대한 망치가 떨어지기 시작했고, 유저들은 겁에 질려 꼼짝달싹할 수 없었다.

콰창!

꼼짝없이 죽은 목숨이라 생각했던 유저들은 갑자기 들려오는 쇳소리에 눈을 뜨고 앞을 바라보았다. 그리고 평범한 장검에 막혀 있는 망치를 볼 수 있었다. 평범한 장검이라니··· 저 얇디얇은 장검으로 저 망치를 막았다간 산산조각날 것이 분명할진데 어떻게 저 망치를 막을 수 있단 말인가?

"피하십시오."

검을 들고 있는 남자의 목소리는 포근했다. 별다른 말이 아닌데도 안심이 되었고 마침내 긴장이 풀린 유저들은 피하라는 말을 듣긴 했지만 의지와 상관없이 자리에 주저앉아 버렸다.

"훗, 저희가 피해 드려야 할 것 같군요. 이봐, 그만 정신 차리고 돌아가자고."

남자의 목소리에 흐릿하던 괴인의 눈동자가 다시 제자리를 찾았다. 거구의 괴인은 바로 거력부추 강우였다. 강우는 망치를 내려놓으며 씁쓸한 미소를 지었다.

"허어, 내가 또 이성을 잃었던가?"

"미안하네. 내가 괜히 이상한 마공의 행방을 알려줘서……."

검을 든 남자는 강우에게 사과의 말을 건넸다.

"아니네. 자네가 알려준 마공이 아니었다면 사부의 원수도 갚지 못했어. 이런 가벼운 부작용은 내게 미안한 것이 아니라 주변 사람들에게 미안한 것이지."

"그런가? 어쨌든 그들은 어떻게 되었나?"

검을 든 남자의 말에 강우는 이를 갈기 시작했다.

"뿌드득! 자네, 정말 대단한 동생을 뒀더구먼. 사람 열받게 하는 데에는 무시 못할 재주가 있더군. 마치 처음 만났을 때의 자네처럼 말이야."

그렇다. 검을 든 남자는 바로 얼마 전 효민의 앞에서 사라진 강민이었다.

강민은 강우의 말을 듣고는 호탕하게 웃으며 말했다.

"하하하, 그 녀석이 날 좀 닮지 않았는가. 자, 저분들도 쉬게 어서 자리를 피해 드리자고. 그리고 날뛴 피해 보상금은 자네의 재산에서 자동으로 빠지게 해놨네."

"에이, 쪼잔한 녀석. 친구란 녀석이 그 정도 일도 해결 못해줘?"

몸을 돌려 다시 대장간으로 향하는 강우의 입에는 웃음이 걸려 있었고 이미 기절한 유저들의 앞에는 금자 한 냥이 떨어져 있었다.

"자, 마시게나. 좋은 차는 아니지만 그럭저럭 마실 만할걸세."

거구의 괴인, 강우는 찻잔을 강민에게 건네면서 말했다.

"그래, 일은 잘되었는가?"

"크흠, 내가 왜 내 최대의 걸작을 주면서 그렇게 부탁을 해야 한 건가? 거기다가 앞으로도 장난 아니게 뜯기게 생겼네. 그 청부금은 자네 앞으로 달아놓지."

강우는 뭔가 마음에 들지 않는지 덩치에 맞지 않게 입술을 삐죽이며 말했다. 강민은 그 모습을 보고 다시 호탕하게 웃었다.

"하하하, 자네야말로 쪼잔하군. 친구의 부탁을 들어주는 게 그토록 힘든가? 그나저나 자네가 그 이야기를 할 줄은 몰랐네. 약간 변경하긴 했어도 말일세."

"이… 이, 다 보고 있었잖은가! 그런데 묻긴 왜 물어! 그리고 자네의 부탁을 들어주려니 어쩔 수없이 이야기는 꾸며야겠고 떠오르는 건 그 이야기뿐인데 어쩌겠나. 하여튼 이번에 제대로 걸렸다네. 아주 제대로 걸렸어."

"어쨌거나 정말로 고맙네."

강민은 강우를 쳐다보며 말했다. 그런데 강우는 갑자기 의문이 한 가지 생기는지 입을 열었다.

"그런데 이렇게까지 하는 이유가 뭔가? 다른 직원들 몰래 아이템 좀 주는 것은 자네에게는 쉬운 일일 텐데?"

강우의 질문에 강민은 씁쓸한 미소를 띠었다. 녀석은 강해져야 한다. 아직 너무 어리다. 몸은 컸지만 그동안 사회에서 제대로 배운 게 없다.

"녀석은 강해져야 해. 언제까지나 지금처럼 어리광만 부리고 살 수는 없잖은가."

씁쓸한 미소를 짓던 강민의 얼굴은 서서히 장난기로 물들기 시작했다.

"그러는 자네는 왜 그 원수를 영귀라고 했는가? 그렇게도 자네 동생을 고생시키고 싶었나 보지?"

강민의 말에 강우는 뜨끔한 마음이 들었다. 저 녀석이 만약 자신이 했던 일을 영귀에게 말한다면? 자신의 동생에게 말한다면? 끔찍할 것이다.

"커험, 그냥 생각나는 이름이 그것뿐이더라고. 자네, 그거 어디 가서 말하면 안 되네?"

강민은 강우를 쳐다보며 입을 열었다.

"그건 피차일반일세."

"좋아, 아주 좋아."

"하하하."

"크허허허."

거의 반 폐허가 된 대장간에는 두 남자의 음산한 목소리만이 울려 퍼졌다.

내게 가장 필요한 것은 바로 실전 경험. 수련을 하면 할수록 나의 무공과 능력치는 계속해서 상승한다. 그러나 무공만을 익히면 뭐 하는가. 어느 때 어떤 기술을 써야 가장 탁월한지, 또 어떻게 휘둘러야 가장 효과적인 공격인지 감조차 잡지 못하니 어린애의 손에 사시미를 들려준 꼴이다.

그래서 결국 생각한 것이 바로…….

"끄아악! 상호, 임마! 너무하잖아!"

난 30여 명의 인마귀(人魔鬼)와 대치 중이다.

상호는 내게 실전 경험을 쌓게 해준다는 핑계로 인마귀들이 살고 있는 산채에 나를 단신으로 보내 버리고 말았다.

인마귀. 지자록의 정보에 따르면 인간형 마물(魔物) 중 하나로 모습은 인간이되 그 영혼은 요괴의 것이다. 인마귀는 스스로 생각을 하며 또한 무공도 익힐 수 있다. 그래서 등급이 없는 마물 중 하나가 바로 이 인마귀다.

그 능력에 따라 얼마든지 등급이 변하는데 굳이 등급을 따질 수가 없는 것이다. 인마귀의 가장 중요한 장점은 괘씸하리만치 똑똑하다는 것. 녀석들은 절대 수적으로 우위가 아니면 맞서지 않는다. 거기다가 어떻게 아는지 유저의 약점까지 노리고 공격해 오는 교활함까지 보인다.

난 속으로 상호를 욕할 수밖에 없었다. 어떤 등급의 인마귀가 나오는지 알 수도 없는 판국에 나를 홀로 이런 위험한 곳으로 잡아넣다니… 거기다가 이미 입구는 인마귀들의 손에 들어가 있어 난 홀로 고립된 상태이다.

"걱정하지 마. 이 인마귀들은 리젠된 지 얼마 되지 않은 거라 높은 등급의 놈들은 없을 거야. 거기서 실전 경험 좀 쌓아라."

저, 저 자식! 자기 일 아니라고 저렇게 여유로운 모습이라니…….

나와 상호는 친구들에게 나에 대해 말하지 않기로 약속했다. 난 다시 친구들을 속이는 게 찜찜하였지만 상호의 강력한 의견에 따를 수밖에 없었다.

정말 엉뚱한 녀석이다. 재미있으니 이대로 내버려 두자고? 눈에 칼을 세우고 협박하는 듯한 상호의 말에 힘없는 나는 굴복할 수밖에…….

"키엑!"

내가 혼자 망상에 빠져 있을 무렵, 마침내 인마귀가 움직였다. 역시나 3인 1조로 하여 공(攻), 방(防), 보(保)의 세 가지 원칙에 따라 나에게 접근해 오고 있었다.

"젠장! 상호, 너 나가서 두고 보자!"

스르릉!

난 얼른 도갑에서 예도를 뽑아내었다. 상대는 약 서른 명. 해보자!

난 땅을 박차고 제일 가까이 있던 세 마리의 인마귀에게로 뛰어갔다. 먼저 너희부터다!

"쾌! 섬!"

난 도제도결 쾌의 진기를 끌어올려 섬의 식을 담았다. 그리고 제일 앞에 있던 녀석의 미간을 찔렀다. 갑작스러운 기습에 제대로 된 방비 한번 못한 채 이마에 구멍이 뚫려 쓰러지는 인마귀를 뛰어넘어 공격을 담당하는 녀석에게로 돌진했다.

"키엑!"

수비를 맡던 녀석과는 달리 공격을 맡은 녀석과 보조를 맡은 녀석은 나의 기습에 당황하지 않고 박도로 발과 머리를 베어왔다. 저 정도의 공간이라면 충분하지!

급히 몸을 둥글게 말아 두 박도 사이로 지나갔고, 박도 사이로 지나가자마자 몸을 펼치며 미리 끌어올려 놓았던 쾌 자결에 연 자결을 융합시켰다.

"쾌! 연! 참!"

좌우로 두 번을 베는 예도.

마치 가로막는 것은 아무것도 없다는 듯이 너무나 쉽게 인마귀 두 마리의 머리를 베어버리며 다음 상대를 찾았다. 아직 9팀 남았어.

그때 뒤에서부터 박도가 허리를 베어왔다. 헉! 언제 여기까지 왔지? 그뿐만이 아니었다. 대부분의 인마귀가 이미 내 주위를 둥글게 감싸며 나를 압박하고 있었다.

"키에에에!"

"큭!"

놈들의 박도에서 느껴지는 살기에 피부가 따끔거리는 것을 느끼며 난 횡으로 베어오는 박도를 옆으로 굴러 간신히 피했다. 그러나 그것으로 끝나지 않았다. 내가 구른 곳에는 이미 다른 인마귀가 박도를 휘두르고 있었고, 난 다시 한 번 옆으로 구를 수밖에 없었다.

젠장, 녀석들 사전에 짜 맞춘 것도 아닌데 왜 이렇게 연속적으로 공격하는 거야?

"키에에엑!"

난 박도를 피해 옆으로 구르며 한 녀석의 다리를 베어버렸고 다리가 베인 녀석이 한순간 틈을 드러냈다. 나를 향해 떨어지는 박도를 피해 땅바닥을 구르다 갑자기 뛰어오르며 예도를 위로 베어 올렸고, 인마귀는 박도로 예도를 막았지만 사타구니부터 머리끝까지 박도와 함께 두 조각이 나버렸다.

그래, 녀석들의 박도와 나의 예도를 비교하자면 지렁이와 용이라 할 수 있는 사이. 예 자결을 끌어올리지 않더라도 예도가 지니고 있는 본디의 예기만으로도 녀석들의 박도를 베어버릴 수 있어. 난 그대로 앞으로 짓쳐 들며 이미 끌어올린 쾌와 연 자결에 유 자결을 첨가했다.

"유! 참!"

물이 흐르듯 자연스럽게. 그러면서도 공간을 찢을 듯 빠르게. 그것을 연속해서 전개하며 적을 베어버린다. 난 녀석들의 박도를 무시해버렸다. 애초에 맞지만 않는다면 방해가 되지 않는다. 오직 녀석들의 박도를 피하는 것에 중점을 두고 박도를 무시한 예도는 계속해서 앞으로 베어 나갔다. 돌진!

깡!

깡? 난 신들린 듯 계속 예도를 휘두르며 앞으로 전진하다가 지금까지와는 전혀 다른 소리를 듣게 되었고, 나의 시선은 그 소리의 원흉을 쫓았다. 그리고 거기서 볼 수 있었다.

지금까지완 다른 엄청난 크기의 박도를.

거의 장정의 허리둘레만한 두께와 3미터 정도 되는 길이의 박도 손잡이를 다섯 마리의 인마귀들이 함께 쥐고는 나를 향해 이리저리 휘두르고 있었다.

"큭! 이젠 크기로 승부하겠다는 건가?"

엄청난 크기의 박도를 잘도 휘두르는군. 거대 박도 네 개에 보통 박도 다섯 팀이라…….

난 우선 상대하기 쉬운 보통 박도의 다섯 팀을 먼저 없애 버리기로 했고, 다섯 팀이 모여 다시 진을 짜고 있는 녀석들에게로 몸을 날렸다.

"섬!"

이미 예 자결의 진기를 뺀 나머지 진기들은 이미 깨어 있는 상황. 더 이상 자결의 시동어를 외쳐서 깨울 필요가 없었다. 단지 식을 쓰기 위해 식의 시동어만 불러야 했다.

난 섬의 식으로 이번에도 가장 가까이 있는 녀석의 가슴을 찔러갔다. 그때 내 등 뒤에서 화끈한 느낌이 들며 곧 지독한 통증이 밀려왔다.

"끄악!"

돌아보니 거대 박도가 내 등가죽을 가볍게 찢어놓고 간 듯했다. 지독한 통증으로 정신이 가물가물해지는 사이 위험은 끝난 게 아니었다. 상처로 인해 섬의 식을 완전히 펼치지 못하자 인마귀들은 예도를 살짝 피하며 사방에서 내가 지상으로 피할 수 있는 모든 방향을 점하며 박도를 휘두르고 있었다. 크윽! 위험하다!

이미 예도를 회수하기에는 늦었다. 결국 나는 내가 예도를 뻗은 쪽에서 공격해 오는 녀석의 박도를 어깨로 받아내며 예도를 다시 회수할 수밖에 없었다.

"크억!"

어깨에서 느껴지는 지독한 고통. 젠장, 이럴 줄 알았으면 감도를 낮추고 할걸. 괜히 실제 감도를 선택해서… 진기를 자연스럽게 다루려면 실제 감도로 해야 하지만…….

난 뼈가 보일 만한 상처를 입은 왼쪽 어깨를 아래로 내리고 다시 녀석들에게로 돌진해 갔다. 그러자 다시 거대한 박도 두 자루가 나를 노리고 좌우에서 짓쳐 들고 있었다. 교묘히 다른 인마귀들을 피하는, 그러면서도 내가 피할 곳을 점해 버리는 공격이었다. 저 녀석들 고수 빰치잖아!

그러나 이미 내게도 생각해 둔 방법이 있었다.

"젠장, 피할 수 없다면 베어버린다. 예!"

예 자결을 다른 진기와 융합시켜 예도에 집어넣자 예도는 지금까지와는 확연히 다른, 가히 엄청난 예기를 뿜어냈다. 제… 젠장, 내 손까지 떨리잖아. 이게 바로 예기 증폭인가?

"받아라! 참!"

난 한 자루의 박도를 향해 몸을 띄웠고 계속해서 예도를 휘둘러 박도를 베어버렸다.

그리고 그대로 앞으로 뛰어가며 이미 산산조각이 난 박도를 들고 당황하는 인마귀 다섯 마리를 그대로 베어버렸다.

"키에엑!"

"시끄러워! 참!"

목 없는 인마귀 다섯 마리가 땅 위로 쓰러지자 다른 인마귀들도 당황하기 시작했는데 난 그것조차 신경 쓰지 않은 채 바로 옆에 붙어 있는 거대 박도를 휘두르는 인마귀 다섯 마리에게로 몸을 날렸다.

거대 박도는 분명 대단한 무기다. 예 자결은 첨가하지 않았지만 굉장한 예기를 지닌 예도의 공격을 막았고 또한 먼 거리를 무색하게 만들었으며 그 속도 또한 굉장했다. 그러나 한 가지 단점이 있다면 바로 좁은 거리에서만큼은 그 어떤 공격도 할 수 없다는 것이다.

난 아직 먼 거리에서 다가오는 박도를 슬쩍 쳐다보며 아무런 방해 없이 녀석들을 베어버렸다. 그 다음부터는 단순한 학살이었다. 이미 인마귀의 거의 모든 공격 패턴을 알아차린 나에게 인마귀 살해란 너무나 쉬운 일이었다.

다른 인마귀들도 휘두르던 거대 박도를 내려놓고 다시 보통 박도를 들었지만, 난 더욱 쉽게 녀석들을 상대할 수 있었다.

"키에엑!"

푸학!

"헉! 헉! 헉!"

이제 남은 인마귀는 단 한 마리. 하지만 지금 나의 상태도 온전한 상태는 아니다. 이미 왼쪽 어깨는 감각이 없고, 허리 역시 서서히 마비되어간다. 그런 상황인데도 상호, 이놈은 나타나지 않고 있다. 백상호! 나가면 죽었어!

저벅저벅.

마지막 인마귀에게로 다가가자 인마귀는 소스라치게 놀라며 뒷걸음질쳤다. 하아, 너만 힘든 게 아니야. 나도 힘들다. 난 인마귀를 뒤쫓던 것을 멈추었다.

꼭 죽여야 할 필요가 있을까? 어차피 이곳이 리젠되기 전까지는 녀석은 혼자다. 그런 녀석을 상대하는 것보다 차라리 이렇게 체력을 회복하는 게 더 좋은 생각이지.

그런 생각을 하며 제자리에 주저앉아 금창약을 꺼내어 상처 곳곳에 발랐고 떨어진 체력을 회복하기 위해 벽곡단도 한 알 먹었다. 동굴에서 꺼내온 벽곡단은 현재 300알 정도 남아 있었는데 이게 다 동굴에서 언제 나갈 수 있을지 몰라 조금씩 아껴먹었던 덕분이다.

키에에엑!

앉아서 체력을 회복하고 있는데, 뒤에서 인마귀의 아리따운(?) 음성이 들려오니 절로 눈살이 찌푸려졌다. 뭐야, 도대체 무슨 일이냐고.

뒤를 돌아본 후 온몸이 굳어지는 것이 느껴졌다.

크르르르.

녀석이 있었다. 곰 한 마리가. 그것도 시뻘건 놈으로.

구, 굳이 따지자면 웅마귀(熊魔鬼)랄까? 눈에 핏발을 세우고 입에는 도망쳤던 인마귀 한 마리를 물어 씹고 있는 폼이 한마디로 티껍다는 무언의 표현.

녀석의 오른쪽 눈썹과 함께 올라가는 시뻘건 오른발에 난 즉시 옆으로 또다시 구를 수밖에 없었다. 인마귀 산채에 왜 저런 놈이 있냐고!

"으악! 망할!"

쾅!

헉! 위험했다. 녀석이 오른발을 들어 내려친 곳, 그러니까 내가 앉아 있던 깊은 구덩이가 곰발(?)의 위력을 실감케 해주었다.

"이, 미련 곰탱아! 도대체 다짜고짜 공격하는 이유가 뭐냐?! 너도 마물이냐?"

나의 호통에도 곰탱이는 표정에 아무런 변화 없이 날 향해 몸통 박치기를 선사할 뿐이었다.

"크억!"

미처 피할 사이도 없이 곰탱이의 몸통 공격을 정면으로 받아버렸고 튕겨져 나가 한참을 굴렀다. 구르고, 구르고 또 구르고. 아이고, 빙글빙글 돈다.

한참을 구르다 마침내 회전 운동을 멈추었고, 어지러움증에서 벗어난 나는 뻘건 곰탱이 녀석에게 인간의 위대한 존엄성을 가르쳐 줘야 한다는 사명감에 불타오르기 시작했다. 간단히 말해서 나 열받았어!

"오냐, 미련 곰탱이! 네가 누구건 나도 알 바 아니다. 대신 나를 구르게 한 대가는 톡톡히 치르게 해주마!"

쓰러져 있던 포즈에서 그대로 일어나 곰탱이에게 뛰어갔다. 곰탱이는 내가 자신의 공격을 맞고도 일어난 것에 의외라는 듯 다시 돌진해왔다.

"미안하지만 방금은 방심해서 통한 것이지 그깟 공격에 당할 내가 아니다!"

난 돌진하는 곰탱이를 살짝 피해 흘려 보내며 도갑에 들어가 있는 예도를 뽑지도 않고 그대로 곰탱이의 뒤통수에 내려쳤다. 인마귀들과는 달리 이 곰탱이는 정말 곰처럼 생겼다. 그러니 동물을 보호하는 차원에서 살벌한 예도를 뽑아 녀석의 머리를 날려 버릴 수는 없지 않은가.

거기다가 원래 뒤통수는 이마와는 달리 단련이 불가능한 부위이다. 아무리 고수라도 금강불괴를 이루지 않는 이상 뒤통수에 한 방 제대로 들어가면 뻗을 수밖에 없다. 그러니 난 온힘을 다해 뒤통수를 때리게 된 곰탱이가 기절할 것이라는 것에 추호의 의심도 가지지 않았다.

크이이이!

그러나 현실은 달랐다. 분명 데미지가 있기는 있었다. 방금 그 비명과 내가 때린 곳에 볼록 튀어나와 있는 혹이 그 사실을 증명해 준다. 그러나 곰탱이 녀석은 아파서 기절할 눈빛이 아니라 아파서 때린 놈의 면상을 맞은 것의 딱 4만 3,246배로 갚아주고 싶다는 눈빛이었다.

아무리 진기를 싣지 않았다지만 이럴 수는 없다. 내 힘은 비상에서 거의 최고위권에 속해 있고 덕분에 진기를 싣지 않고 때려도 다른 유저들이 진기를 실어 때린 것보다 강했으면 강했지 약하지는 않다. 그런 내가 전력을 다해 쳤는데 단지 아플 뿐이라? 뭐, 이런 괴물이 다 있어?

그르르르릉!

뻘건 곰탱이가 다시 다가오자 덜렁거리는 왼쪽 팔을 이끌고 열심히 뛰었다. 젠장, 저런 놈을 어떻게 죽이라고. 거기다가 난 지금 온전한 상태도 아니란 말이야.

"암마! 쫓아오지 마!"

난 처절하게 울부짖었지만 내 의사는 전혀 받아들일 생각이 없는 듯 뻘건 곰탱이는 계속 입김을 뿜어내며 미친 듯이 쫓아오고 있었다. 으윽! 무슨 곰탱이가 이렇게 빨라?

그러나 아무리 뛰어봤자 산채의 문은 굳게 닫혀 있었고 몸이 정상이 아닌 지금 그 문을 열 수 있는 능력도 되지 않았다. 즉, 내가 도망갈 곳은 없었다. 그런데 이 녀석 도대체 어디로 들어온 거야?

산채 안에서 돌고 도는 추격전이 계속되었다. 보통은 주인공이 쫓는 형식이겠지만 난 어떻게 맨날 쫓기기만 하냐? 하지만 내가 누군가. 체력과 생명력은 비상에서 지존 먹고 있는 초강력 능력치 플레이어 아닌가! 저깟 곰탱이에게 잡히거나 지칠 걱정은 하지 않는단 말이다!

얼마나 뛰었을까. 인마귀들과의 싸움으로 체력과 생명력에 많은 손상을 입었지만 그래도 상당수 남은 생명력과 체력을 바탕으로 계속 산채 안에서 돌고 있는 중이었고, 저놈의 곰탱이도 지치지 않는지 계속 쫓아오고 있었다.

다행이라면 녀석의 속도가 눈에 띄게 느려졌다는 것. 그것만으로도 녀석이 지쳤다는 것을 알 수 있었다. 그렇게까지 지쳤으면서 왜 아직까지 쫓아오는 거냐고! 보통은 이쯤에서 포기하고 자기 길을 갈 텐데. 역시… 그 뒤통수가 너무 아팠던 걸까?

녀석이 지친 대신 무한해 보이던 나의 체력도 서서히 그 끝을 보이고 있었다. 인마귀들과의 싸움에서 입은 상처를 이끌고 너무 무리한 움직임을 벌여 다른 때보다 훨씬 체력과 생명력의 손상이 컸던 때문이리라.

아직도 왼쪽 어깨와 등이 지독한 고통으로 나를 괴롭히고 있으니 계속 장기전으로 끌다가는 오히려 내가 위험해진다. 살아나려면 어쩔 수 없이 한번은 부딪쳐야 할 상황. 그렇다면 끝을 보자!

난 안쪽 방향으로 계속 달리던 것을 방향을 바꿔 산채의 나무 벽으로 속도를 높여 돌진하기 시작했고, 곰탱이 역시 나를 따라 즉시 속도를 올려 따라왔다. 그래, 따라와라.

산채의 나무 벽은 약 10미터. 난 나무 벽에 다다르자 나무 벽을 밟고 계속 위로 뛰었다. 이게 가능할런지 나도 확신할 수 없었는데 순간적인 속도로 나무 벽을 밟고, 밟았던 발이 떨어지기 전에 또다시 나무 벽을 대각선 방향으로 차올라 평지와 같이 나무 벽을 오를 수 있었다. 그리고 뒤따르던 곰탱이는 설마 이런 수를 쓰리라고는 미처 생각하지 못했는지 그대로 나무 벽에 처박혔다. 흐하하하, 나의 승리다. 설마 그 속도로 나무 벽에 부딪쳐 놓고 깨어나지는 않겠지?

우지끈!

엥?

믿을 수 없는 일이 일어났다. 나무 벽에 처박혀 기절할 줄 알았던 곰탱이 녀석이 그대로 나무 벽을 뚫고 산채 밖으로 튀어 나가 버렸다. 저런 무, 무식한!

다행히 녀석도 지쳤는지 튀어 나간 후론 돌아오지 않았고 땅으로 착지한 나도 안심하고 쉴 수 있었다. 크윽, 곰탱이, 다음에 잡히기만 해봐. 가만히 안 둔다.

"크윽!"

상태가 극도로 악화되었다. 왼쪽 팔에서는 고통을 넘어 아무런 감각이 없었고 등은 계속되는 고통으로 나를 힘들게 하고 있었다. 우선 인마귀들이 땅에 떨어뜨린 아이템을 다 인벤토리에 집어넣고 몇몇의 무기 아이템들은 오른쪽 어깨에 멘 뒤 곰탱이가 뚫어놓은 곳을 사용하여 상호가 기다리고 있는 정문 앞으로 발걸음을 옮겼다. 생각 같아서는 아이템이고 뭐고 다 버리고 싶지만… 이것도 돈인데 그럴 순 없지.

힘든 몸을 이끌고 산채 앞으로 발걸음을 옮긴 나는 있어야 할 상호는 온데간데없고 웬 종이 하나만이 그곳에 떨어져 있어 의아한 생각이 들었다. 난 그 종이를 읽고 곧 지독한 분노를 느낄 수밖에 없었다.

효민아, 봐라. 네가 인마귀들과 싸우고 있는 사이 난 너무나 지루해 먼저 간다. 얼마 후에 천하제일(天下第一) 비무대회(比武大會)가 열린다는 것쯤은 알겠지? 물론 네가 그런 것을 안다고 생각지는 않지만 안다고 믿으마.

어쨌든 나와 친구들은 그 비무대회에 참가하기로 했다. 그래서 네가 마을에 돌아올 쯤에는 나와 친구들은 그곳으로 떠나고 이미 없을 거야. 비상에 한번 발을 들였으니 너도 이런 걸 한 번쯤은 겪는 게 많은 도움이 될 거야.

현재의 너는 너무나 허약해. 실전 경험은 미미한 데다가 또 넌 네 능력을 너무나 모르고 있어. 그래서 내가 택한 방법이 이거다. 네 스스로의 힘으로 비무대회가 열리는 곳으로 와라. 다른 사람에게 물어보든지 해서 반.드.시. 비무대회가 열리기 전에 도착하도록 해라. 그리고 그곳에서 무차별(無差別)제 대회에 신청을 해라.

그곳으로 가는 도중 많은 마물들을 만나고 또 그 마물들과 싸우면서 실전 경험도 쌓고 네 능력도 파악하기 바란다. 이것이 바로 내 조건이다. 설마 내가 2년 전의 그 치욕을 잊었다고 생각지는 않겠지? 어쨌든 이번 조건을 달성 못할 시에는 더 큰 조건이 기다리고 있다는 것만 알아둬라.

그럼 다시 만날 날을 기다리겠다. 그리고 친구들에게는 네가 바쁜 일이 있어서 나중에 도착한다고 일러뒀다.

PS : 네가 그곳에 도착해서 나와 만나기 전까지 난 은둔 생활을 할 것이다. 네가 아무리 현실에서 나를 찾아봤자 찾을 수 없을 테니 괜히 헛수고 하지 말도록. 그리고 리얼 폰(Real Phone : 현재의 휴대폰과 비슷한 역할을 하는 것으로 작은 칩으로 되어 있다. 그 칩에서 다양한 홀로그램이 나와 컴퓨터로도 쓸 수 있고 때론 전화기로도 쓸 수 있는 물건이다. 참고로 매우 고가품이다. 물론 픽션!)의 번호도 바꿔놨으니 예전 번호로 폭탄 전화 날려서 괜히 다른 사람에게 피해를 끼치지 말도록!

백.상.호. 뿌드득!
"끄아아아! 이 자식, 걸리면 죽었어!"

정말 운 좋게도 마을로 향하는 동안 단 한 마리의 마물도 만나지 않았다. 여기서 말하는 마물이란 몬스터를 말하는 건데 비상에서는 몬스터라 하지 않고 마물이라 한다 해서 나도 고친 거다.

어쨌거나 이상할 만치 마물 한 마리 만나지 않은 행운을 얻어 넝마가 된 몸을 이끌고 마을로 향했고, 죽기 일보 직전에 마을에 도착할 수 있는 영광과 구경거리가 될 수 있는 영광을 누렸다.

"저 사람 봐."
"너무 징그러워."
"어쩌다가 저렇게 다쳤지?"

난 인마귀처럼 반경 3미터 정도 떨어진 곳에서 두세 사람씩 짝을 지어 수군대고 있는 사람들을 쳐다보았다. 뭘 보는 거야? 다친 사람 처음 보는 건가?

주변에서 구경만 하고 도와줄 생각은 하지 않는 사람들이 야속했지만 별수 있나, 저 사람들도 옷에 피 묻히기 싫을 테니……. 그때 한

20대 중반으로 보이는 남자가 내게 다가왔다.

"많이 다치셨군요. 제가 도와드리겠습니다."

오, 이런 바른 생활 사나이를 보았나. 정말 감동이다, 감동!

"아, 괜찮습니다. 저를 도와주시면 옷에 피가 묻을 테니 그냥 저 혼자 가겠습니다."

이미 그의 옷에는 피가 덕지덕지 묻어 있었지만, 한 번 정도는 사양하는 것이 삶의 미덕이라 하지 않았는가. 그래서 난 마음에도 없는 말을 꺼내며 쓰러지는 척하였다. 그러면서 그의 옷에 피를 더욱더 묻혔고.

"으윽!"

"이런, 괜찮습니까? 안 되겠습니다. 제가 의원에게 모셔다 드리죠."

"크윽, 그, 그럼 부탁드리겠습니다."

역시나 내가 예상한 대로였다. 남자는 쓰러지는 척하는 나를 부축하며 발걸음을 옮겼고 곧 다시 내가 예상하는 반응이 나오기 시작했다.

"꺄! 저 남자, 너무 착하다."

"맞아. 저런 매너 좋은 남자가 애인이라면 부러울 것이 없겠는데."

흐흐, 바로 이거야.

"저도 도와드리겠습니다."

"저도……."

"아닙니다. 제가 도와드리겠습니다."

"저는 상급의 금창약까지 있습니다. 제가 도와드리죠."

여인들의 탄성에 구경만 하던 많은 남자들이 나를 도와주겠다고 나섰고 나는 인간 마차를 탈 수 있었다. 하지만 아무리 나를 도와주더라도 처음에 나선 남자만큼의 지지도를 받지는 못할 것이다. 나를 처음

도와준 남자는 옷은 더러워졌지만 인심을 얻었고 이들은 옷도 더러워지고 인심도 얻지 못하게 되었으니 정말 손해보는 장사를 한 것이다. 그러게 평소에 좀 착하게 살지.

어찌 되었든 편안하게 의원(醫院)에 도착하게 된 나는 은자 다섯 냥이라는 거금을 치료비로 지불했다. 크윽, 역시나 등과 어깨의 상처는 너무나 심했다. 몸과 어깨에 붕대를 감은 후 일주일 정도만 있으면 완치된다는 의원님의 말에 과연 게임은 게임이구나 하는 생각이 들었다. 이렇게 심한 상처가 일주일이면 완치되다니…….

모든 치료를 다 받고 의원을 나서며 처음부터 끝까지 나를 부축해준 남자에게 감사의 말을 전했다.

"정말 감사합니다. 덕분에 편히 올 수 있었군요."

"네? 그게 무슨? 아, 그 사람들 말이군요."

그는 내 말에 고개를 끄덕였다.

"괜찮다면 이름이라도 알려주시겠습니까?"

"치우라고 합니다."

치우? 그거 고대 우리 나라 쥬신의 왕 이름 아니야?

예전 어느 책에서 본 것이 떠올랐다. 고대에 우리나라는 쥬신이라는 이름을 가지고 있었다고 한다. 치우라면 몇 대인지는 몰라도 왕을 해먹었던 사람이다. 치우천황이라던가? 뭐 그렇던데……. 어쨌든 나같이 잘 모르는 이들이 이런 말을 하다가는 욕먹기 십상이다.

"혹시 쥬신의?"

"네. 치우천황님의 성함을 따온 것입니다."

역시나 예상이 맞았군.

"그럼 이제 전 가보겠습니다."

치우라는 사람은 내게 인사하며 작별을 고했다. 음, 괜찮은 사람인걸?

나는 인사하는 그에게 고개를 숙여 보이며 감사의 인사를 했다.

"예, 정말 감사했습니다. 다음에 꼭 이 은혜를 갚죠."

"은혜라고 할 것까지야 있습니까. 그냥 앞으로 다른 사람들을 위해 힘내십시오."

내 힘? 난 급히 고개를 들었지만 이미 치우라는 남자는 사라지고 없었다. 쩝, 신통방통하네. 어디로 사라진 거야?

우선 십문객잔으로 돌아간 나는 그곳에서 하룻밤을 묵고 비무대회에 대한 정보를 조사하러 나섰다. 그런데 조사라고 할 것도 없이 마을 중앙 게시판에 떡하니 붙여져 있는 게 아닌가. 약간 황당한 마음을 감추지 못하고 게시판에 적힌 글을 읽었다.

천하제일(天下第一) 비무대회(比武大會) 개최

천하 동도들의 마음을 모으고 강호의 평화를 지키고자 천하제일 비무대회를 개최하게 되었습니다. 많은 참여와 성원 부탁드립니다.

장소: 천악산(天樂山) 설악봉(雪嶽峰)

시기: 비상 신력(新歷) 3년 9월 21일

대회 목록

무차별 천하제일 비무대회(전원 출정 가능)

초절정 고수 청룡 비무대회(레벨 180 이상)

절정 고수 백호 비무대회(레벨 120 이상 179 이하)

일류 고수 현무 비무대회(레벨 70 이상 119 이하)

중수 주작 비무대회(레벨 30 이상 69 이하)

하수 잠룡 비무대회(레벨 2 이상 29 이하)

그 외 대회.

천하제일 비무대회와 다른 대회는 중복 출전이 가능하며 낮은 등급의 비무부터 차례대로 치러질 것입니다.

상품은 당일 밝힙니다. 결코 실망시켜 드리지 않을 만한 상품이니 많은 참가 부탁드립니다.

음, 대회에 관한 정보는 이 정도면 충분한데 천악산 설악봉으로 어떻게 가야 할지가 막막하네.

"천악산 설악봉 지도 팔아요! 팔아요! 천하제일 비무대회가 열리는 천악산 설악봉 지도 팔아요!"

흐흐흐, 좋았어.

난 지도를 팔고 있는 소년에게서 은 일 냥에 지도를 샀다. 음, 지도는 역시나 비싸군. 그나저나 내가 왜 꼭 여기를 가야 하는 거야. 젠장, 그 조건만 아니었으면…….

2년 전 나와 상호는 한 가지 내기를 했다. 어떤 내기인지는 절대 밝힐 수 없지만 어쨌든 내기를 했고, 지는 사람은 이기는 사람의 조건을 하나 들어주기로 했다. 만약 그 조건을 달성하지 못할 시에는 더 큰 조건을 걸게 하였고 그 내기에서 내가 이겼다.

상호는 무려 열 번이나 졌고 난 불쌍한 마음에 그냥 일주일간 여장을 하고 돌아다니라는 가벼운(?) 조건을 내걸었고, 상호는 그것을 해내었다.

얼마 후 상호는 내게 다시 내기를 제안했다. 왠지 불안했지만 한번 내기에서 이긴 나는 기고만장해져 그 제안을 수락했다. 이것이 나의 실수였다. 그 내기는 상호가 조작한 것이었고, 미처 그것을 알아차리지 못한 나는 상호에게 승리를 내주고 말았다.

상호는 벼르고 별렀다. 그때의 공포를 생각하면… 무려 6개월이나 나에게 공포를 주던 상호는 어이없이 상호 아버님에 의해 잡혀 아프리카로 떠나가 버리고 난 쾌재를 부르며 그 사실을 잊어버렸다. 그런데 그것을 상호는 잊지 않고 있었다니… 역시 여장에 대한 충격이 너무 심했나?

어쨌든 첫 번째 조건은 쉬운 것으로 내주기로 했으니 이것도 제법 쉬운 것이라 할 수 있다는 말이다. 즉, 이 조건만 완수하면 나는 다시 공포에 떨지 않아도 된다는 말!

자, 오늘은 떠날 준비를 하고 편히 쉬자. 내일부터 바빠질 테니까.

신력(新歷) 3년 12월 21일. 바로 비상의 날짜를 나타내는 것. 비상은 2122년 2월에 1차 클로즈 베타를 열었다. 그리고 6개월 후 2122년 8월 10일. 내 생일에 제2차 클로즈 테스트를 했으며 1년이 지난 2123년 8월 10일에 오픈했다. 그리고 지금은 2123년 10월 5일. 현실에서의 한 달은 게임에서의 두 달이니까 지금 비상의 세계에선 8월 10일쯤이 될 것이다.

비무가 열리는 날짜는 9월 21일. 현실의 날짜로는 약 15일쯤 남았고, 이곳의 날짜로는 한 달하고도 이 주일 조금 못 되게 남았다. 사람들한테 묻고 물어 이곳에서 천악산 설악봉까지 가는 데 대충 걸리는 시간을 종합해 보면 비상 시간으로 약 삼 주일이 걸린다고 한다.

그렇다면 아직까지는 시간이 넉넉하지만 혹시나 가는 도중에 무슨 사고가 생겨 만약에라도 늦어버린다면 두 번째 조건을 감수해야 한다. 그래서 미리 가서 주변 구경이나 하고 있자는 생각으로 무려 한 달하고도 일주일 전에 출발을 하기로 했다.

이미 여행에 필요한 것들은 다 챙겼으니 출발만 하면 된다 이거야. 우선 떠나기 전에 용문객잔에 들려 주인 어르신께 방세를 드리고 대장간에 들려 인마귀들을 잡고 나온 아이템들을 모두 비싼 가격에 팔아치웠다.

강우 형은 내가 처음 들어서자 흠칫했지만 다행히도 저번처럼 폭주하지는 않았다. 거기다가 좋은 소식도 하나 있었으니 바로 얼마 후에 좋은 화석이 들어올 것이라 하였다. 그렇다면 이제 제련은 시간 문제이다.

좋은 소식을 들어 희희낙락한 기분으로 길을 출발하자니 왠지 앞으로의 일이 너무나 잘 풀릴 것 같은 예감이 들었다.

젠장! 좋기는 개뿔이 좋아?

벌써 일곱 번째다. 일곱 번째로 산적을 만나고 있다. 정말 지겹다. 거기다가 산적들의 대부분이 인간형 NPC라 베어버리는 것도 찝찝하다. 또 NPC뿐만 아니라 유저 산적도 있으니 짜증나는 일이 아닐 수 없다. 난 마지막 남은 산적을 그냥 돌려보내고는 계속 가던 길을 갔다. 아, 저 산적들 때문에 길까지 잃어버렸잖아.

정말 길을 잘못 들었다. 분명 지도가 가리킨 방향으로 가고 있는데 지도는 방향만을 가리킬 뿐 길은 가르쳐 주지 않나 보다. 크윽, 어느덧

길에서 벗어난 지 5일. 이젠 지도에도 길 같은 것은 보이지 않는다. 온통 숲뿐이다. 그나마 방향은 알고 있으니 다행이라지만 문제는 수많은 마물 때문이다.

정말 끝없이 쏟아진다. 끝없는 마물 때문에 죽을 위험도 많이 넘겼다. 다행이라면 폭기공으로 인한 주화입마의 진기가 모두 정화되어 폭기를 쓸 수 있게 되었고, 폭기는 내게 너무나 많은 도움을 주었다.

비상에서는 잠을 자거나 로그아웃을 해도 캐릭터는 그대로 남아 있기 때문에 상당히 위험하다. 그래서 운영자들이 개발한 방법이 바로 불을 피우는 것이다. 불을 피우고 잠을 자거나 로그아웃을 하면 그 불을 피운 곳으로부터 반경 5미터까지는 안전 지대로 형성된다.

하루는 이상한 일이 있었다. 마물 때문에 너무나 피곤한 하루를 보낸 나머지 장작을 제대로 준비하지 못해 새벽에 불이 꺼진 적이 있었다. 그때 나는 내가 죽인 마물들이 나를 고문하는 악몽으로 괴로워하고 있었다.

그런데 다음날 아침, 밤새 악몽에 시달리다 꿈에서 깨어난 나는 내 주변에 깔려 있는 마물들의 시체를 보아야 했고 밤에 불이 꺼진 것을 깨닫고는 기겁을 해야 했다. 다행히 아무런 피해도 입지 않았지만 정말 섬뜩한 일이 아닐 수 없었다. 도대체 어떻게 된 것이었을까?

다행히도 장소가 좁은 곳이었다면 바로 사라졌을 마물들의 시체가 이런 숲 같은 광활한 곳에서는 빨리 사라지지 않는다는 것이 내게 유일한 단서를 제공해 주었다.

마물들의 시체는 모두 무언가에 찢기거나 깔린 듯 산산조각이 나 있었다. 그러나 그것 가지고는 도저히 어떻게 된 것인지 알 수 없었고 사건은 미궁에 빠졌다.

그 사건 후부터 엄청난 수의 마물들에 대항해 싸우고 나면 마물들의 시체 중 꼭 그런 이상한 시체가 1/4 정도 있었고, 의문은 점점 가중되어 갔다.

분명히 암중에 나를 도와주는 사람이 있다. 첫 번째로 의심된 것은 상호다. 상호라면 나의 시야에 들어오지 않고 도와줄 수 있을 테니까. 그러나 그것은 바로 기각되었다. 이 숲에는 상호 혼자만이 들어와도 정말 살아남기 힘든 곳이다. 그런데 친구들을 데리고 들어와? 웃기는 소리다.

내가 예상하기로는 친구들을 데리고 들어온다면 입구에서 바로 죽음을 맞을 것이다. 자기 몸 하나 지키기 어려운 상황에서 다른 친구들을 보살펴 줄 수 없을 것이고 또 친구들이 하나씩 당하는 것을 보면 당황하기 마련. 결국 자신의 목숨까지 부지하기 어렵다.

또 한 가지 더. 마물들의 상처가 상호가 아님을 증명해 준다. 예전에 상호가 마물에게 남긴 상처를 본 적이 있는데, 상호의 공격은 매끄럽고 시원하게 박살을 내버리는 것이지 이처럼 찢거나 뭉개는 기술은 없다. 여기서 상호는 절대 아니라는 결과가 나온다.

그렇다면 누구일까? 강우 형? 강우 형은 분명 이런 상처를 만들 수 있다. 부와 추라면 충분하니까. 하지만 비상에서 유일한 장거리 통신 수단인 비조(飛鳥)로 서찰을 보내본 결과 강우 형은 시부촌에 있다는 것이 판명되었다. 그렇다면 강우 형도 아니다.

순간적으로 강민 형을 떠올려 보았다. 강민 형은 그날 이후로 내 앞에 나타나지 않았다. 부모님의 기일(忌日)에도 산소에 찾아오지 않았고 박오 할아버지께서도 보지 못하셨다고 했다.

거기다가 형은 운영자. 내게 직접적인 도움을 줄 수 없다. 강우 형도 친분이 있는 운영자가 강우 형의 사정이 너무 딱해 나와 상호에 대한 최소한의 정보만을 주었을 뿐, 결코 다른 것에 대해서는 입에 담지도 또한 주지도 않았다고 한다. 그것이 들켜 회사에서 지금 논란이 벌어지고 있다니 직접적으로 개입하려 해도 할 수가 없는 것이다.

순차적으로 내가 알고 있는 모든 사람들을 떠올려 보았지만, 그다지 알고 있는 사람도 없었고 조건에 마땅한 사람도 없었다. 설마 용문객잔의 어르신이 이랬을 리는 없잖은가. 결국 아무것도 알아내지 못한 채 오늘도 계속해서 전진만을 할 뿐이었다.

고개를 틀어 얼굴로 날아오는 단검을 피했지만 조금 늦었는지 얼굴에는 긴 혈선이 그어졌다. 하지만 그것에 신경 쓰지 않고 계속 뛰어나가 긴 코에 짧은 다리를 지닌, 어떤 영화에서 본 것 같은 난쟁이 귀신 난귀(難鬼)의 짧은 몸통에 예도를 박아 넣었다. 그리고 녀석의 몸에서 예도를 뽑을 생각도 하지 않은 채 주저앉으며 뒤에서 나를 노리던 목 위에 간신히 달려 덜렁거리는 목이 매력적인 시체 마물 시귀(屍鬼)의 다리를 잘라 버리고는 그대로 뒤로 굴러 시귀의 머리통을 발로 멀리 차버렸다.

시부촌을 떠난 지 삼 주일. 평범하게 여행을 했더라면 벌써 도착할 시간이었건만 직선거리만으로 이동하고 있는데도 쏟아지는 마물 때문에 이동 속도는 느릴 수밖에 없었다.

그동안 많은 변화가 있었다. 좀처럼 올라가지 않던 도제도결이 10성에 올랐고, 도제도결이 10성에 오르면서 폭(爆)이라는 새로운 식이 추가되었다. 폭의 식은 폭기공을 바탕으로 만들어진 것 같은데 폭기공을 운용했을 때만 쓸 수 있도록 되어 있었다. 그리고 예전에 마왕충을 잡아서 나온 원주미보(圓周彌步)라는 일류보법을 익혀서 좀 더 마물들을 쉽게 잡을 수 있게 되었다.

원주미보는 발걸음이 하나의 원을 그리며 그 원의 주변으로 넓게 퍼져 나가는 보법이었는데 원을 타고 자연스럽게 이동하여 때로는 공격으로 때로는 방어로 자리를 마음껏 이동하는 기능이 있었다.

덕분에 공방의 조화가 이루어져 도제도결의 특성이 한껏 살아나기 시작했고 폭의 식이라는 강력한 공격의 식까지 추가되었으며 실전 경험을 지겹도록 쌓아 처음의 나라고는 생각하기 어려운 동작을 보이며 마물들을 학살했다.

그러나 아무리 학살을 해도 녀석들의 수는 끝이 없었고, 불을 피워두는 밤만이 유일한 휴식 시간이었다.

"폭!"

이미 진기는 모두 깨여 있는 상태. 난 진기를 담은 예도에 폭의 식을 접합시켜 마물들을 도면으로 한 대씩 쳐나갔다. 어찌 보면 힘이라고는 하나도 실려 있지 않은 장난 같은 동작이라 치부할 수도 있지만 난 내공이 급속도로 빠져나가는 것을 느껴야 했다.

폭의 식은 말 그대로 적을 폭파시키는 식. 하지만 보통 사람들처럼 내공을 담아 한순간의 파괴력으로 적을 폭파하듯 튕겨 나가게 하는 것이 아니라 폭기로 인한 주화입마의 진기를 적에게 전해주어 적이 폭기의 흐름을 견디지 못해 스스로 폭파하게끔 만드는 잔인한 초식이었다.

난 폭의 식으로 쳐낸 마물들을 다시 보지 않았다. 단지 멀리 떨어질 뿐이다. 처음에 폭의 식을 펼쳐 몬스터를 가격하자 아무런 변화가 없기에 이상한 생각이 들었는데, 갑자기 폭의 식에 당한 녀석의 몸이 폭사(爆死)되어 버림으로 해서 구역질나는 장면으로 넘어가는 것과 함께 사방으로 폭사된 녀석의 시체 조각에 많은 상처를 입었다. 아니, 거의 죽을 뻔했다는 것이 옳다.

그래서 그날 밤은 벽곡단도 먹지 못했고 다른 날보다 훨씬 빨리 불을 피워야 했다.

폭의 식에 당한 녀석들에게서 어느 정도 떨어지자 그곳에서 '쾅!' 하는 폭발음과 함께 주변에 있던 많은 마물들이 쓰러져 죽어갔다. 이처럼 폭의 식은 다수의 적을 상대할 때 매우 유리한 초식이다.

난 원주미보로 사방을 돌아다니며 곳곳에 폭의 식을 펼쳐 마물들을 전멸시켰고 다시 한 번 왕복하며 살아남은 녀석들의 숨통을 완전히 끊어주었다.

"허억! 허억!"

이렇게 한번 전멸을 시켜놓으면 당분간은 마물의 진입이 없다. 이때가 폭의 식을 익힌 후로부터 잠자는 시간 외에 나의 유일한 휴식 시간이다. 하지만 휴식 시간이라 해서 운기조식을 취하거나 긴장을 풀 수 없다. 당분간 마물의 진입이 없다는 것은 평균적인 것을 바탕으로 말한 것이지 절대적으로 그렇다는 것이 아니기 때문이다. 때때로 전멸을 시킨 후에 다시 바로 마물이 덤벼들어 나를 곤혹스럽게 한 적도 있었으니 긴장을 풀 수 있을 리가 있나.

거기다가 내 몸속에는 계속해서 진기가 움직이고 있기 때문에 가만히 앉아서 쉬어도 저절로 내공이 회복되었다. 물론 운기조식을 하는 것만큼 빠르지는 않지만.

난 자리에 주저앉아 체력 회복을 위해 건량을 뜯었다. 사실 건량보다 벽곡단이 좋기는 하나 벽곡단은 비싸단 말이야. 거기다가 건량과 벽곡단이 다 떨어져 가 얼마 후부터는 사냥을 해야 할지도 모른다.

다행히도 아직까지는 고위 등급의 마물들을 많이 만나지 않았다. 만났다 하더라도 한 마리 정도만 만났기에 큰 문제 없이 싸울 수 있었다. 그러나 이 숲의 안쪽으로 들어갈수록 고위 등급의 마물들을 만나는 횟수가 늘어나고 있다.

이러다가 나중에는 고위 등급의 마물들만 떼거리로 나오는 거 아냐? 그나마 계속되는 전투로 실전 경험만은 제대로 쌓고 있다는 게 위안일 뿐이었다.

◆비상(飛翔) 일곱 번째 날개

예상치 못한 만남

비상(飛翔) 일곱 번째 날개 예상치 못한 만남

계속해서 진입하다 보니 예상치 못했던 일이 생겼다. 바로 바닥이 보이지 않는, 끝없는 절벽이 눈앞에 펼쳐진 것이다. 그것도 짧게 되어 있는 것이 아니라 양쪽 다 살펴보아도 절벽이 끝나는 곳이 보이지 않는 그야말로 죽음의 절벽이었다.

지도에 웬 죽음의 절벽이란 곳이 나와 있기에 그냥 높은 절벽이 자리잡고 있는 것인 줄 알았다. 그런데 이게 웬 말인가, 가로세로 둘 다 끝이 보이지 않다니…….

거기다가 지금 내가 있는 곳과 절벽 너머의 거리는 무려 100미터도 넘게 보인다. 뛰, 뛰면 저기까지 갈 수 있을까?

하지만 다행스럽게도 내가 가야 할 곳은 이 절벽 너머가 아닌 절벽을 따라가도록 되어 있었다.

절벽 사이의 나무들이 삐죽이 튀어나와 절벽의 엇갈림을 뚜렷하게 표현하고 있고 날아다니는 새들과 끝이 보이지 않는 지평선. 한폭의 그림이라 할 수 있을 정도였다.

"히야, 정말 높기는 더럽게 높네. 흐흐흐, 만약 나보고 이 절벽을 건너라고 했으면 그냥 떨어져 죽었을지도 몰라. 그나저나 이쪽으로 가면 되는 건가?"

그렇게 위험한 생각을 하며 지도가 가리키는 방향으로 계속해서 걸음을 옮겼다. 그런데 이상한 것은 절벽 중간에만 비행 마물들이 떼를 지어 있었고, 지상에서는 한 마리의 마물도 보이지 않았다. 방금 전까지만 해도 쏟아지던 마물들이 그 흔적 하나 없이 모습을 감추다니…….

이… 이… 이게 바로 천국인가?

난 갑작스런 휴식에 이곳이 천국인 것처럼 느껴졌다. 나중이야 어떻게 되든 우선 지금은 쉬고 보자. 나중이야 어떻게 되든 우선 운기조식부터 취했다. 아, 이렇게 낮에 운기조식을 취해보는 게 얼마 만이냐…….

오랜만에 마음 편히 운기조식을 마친 나는 조금 더 그 기분을 즐겨보고자 눈을 감고 명상에 잠겼다. 아, 평온한 세상이여…….

"하아, 정말 기분 좋다."

잠깐의 명상으로 머리를 맑게 하였고 덕분에 너무나 상쾌한 느낌이 들었다. 그리고 자리에서 일어나며 눈을 떴다.

응? 이게 뭐지?

눈을 뜬 내 시야에 이상한 것이 들어왔다.

검고 주먹만한 둥그런 것에 수많은 붉은 실들이 이어져 있고, 또 그 실들이 이어지는 곳에 둥글고 하얀, 그 안에 검은 동그라미가 그려져 있는 것이 달려 있고 그 아래쪽에는 붉은 틈새가 왠지 옆으로 삐뚤어져 있었다. 그리고 그것들이 이어지는 곳에는 붉은 실이 뒤덮여 있는 거대한 몸뚱어리가 있었다. 음, 전에도 이런 거랑 비슷한 거 본 적이 있는데? 어디서 봤더라?

"헉!"

당혹감이 온몸을 싸고 돌며 트위스트를 추는구나. 내가 갑자기 패닉 증세를 보이는 이유는? 있었다. 녀석은 벌건 곰탱이닷!

그르르릉.

"헉! 이, 이 미련 곰탱아! 또 무슨 일이냐?! 또 한 번 해보자고?"

좋아, 해보자고! 오늘은 나도 컨디션 최고란 말이야.

크르릉.

응? 이게 뭐지?

녀석은 여전히 티껍다는 표정을 지으며 입에 물고 있던 서찰을 내게 내밀었다. 이게 뭐지? 설마 뇌물인가?

"뇌물을 준다고 내가 널 용서할 줄 알았더냐! …우선은 보고 판단하마."

난 녀석이 가지고 온 서찰을 펴보았다. 그런데 어떻게 곰이 서찰 같은 것을 적을 수 있는 거지?

안녕하신가. 난 지자(知者)라고 한다네.

현재 자네의 심정을 그 누구보다 잘 알고 있다네. 혼란스럽겠지. 그리고 황당하겠지. 웬 붉은 곰이 자네 앞에 떡하니 나타나 있으니 말일세. 그에 대해선 정말 할 말이 없네. 정말 미안하이.

자네 앞에 있는 그 곰은 얼마 전까지만 해도 내가 맡아온 곰이었다네.

무슨 이유 때문인지 부모 곰인 반달곰과는 다르게 붉은 털을 가졌으며 또한 무지막지한 힘과 맷집, 체력, 영리한 머리, 그리고 마물을 먹는 특이한 식성을 가지고 태어난 덕에 부모에게 버려졌지.

강한 힘과 맷집, 체력 때문에 점점 더 흉포해져 갈까 봐 걱정하고 있었는데 때마침 녀석이 눈물을 뚝뚝 흘리며 돌아오더군. 내가 자초지종을 물어보니 웬 인간에게 졌다는 게야. 그것도 싸움이 아닌 녀석이 가장 자신있어 하던 체력으로 말일세.

난 황당했다네. 이곳에 설마 체력으로 녀석을 이길 수 있는 사람이 있다고는 생각지 않았거든.

자세히 물어보니 녀석이 간식이라 생각하는 인마귀를 잡아먹으러 갔는데 웬 인간이 자신의 간식들을 다 죽여 버렸다는걸세. 그래서 그 인간에게 덤벼들었는데 그 인간은 싸우려 하지 않고 도망만 쳤다고 하더군. 녀석은 그 모습을 보고 가소롭게 생각하며 인간을 쫓았고, 인간이 나무 벽 위로 올라가는 동안 자신은 나무 벽을 뚫고 그냥 도망쳤다더군. 그래서 처음으로 패한 느낌이 든 녀석은 계속 울었고 말일세. 허허, 정말 웃기지 않은가? 항상 이상한 표정을 짓는 녀석이 울다니 말일세…….

그런데 내가 때마침 우화등선(羽化登仙)의 시기가 다가온 듯해서 자네에게 곰을 보내네. 그 녀석을 이길 정도의 체력이라면 다른 능력도 뛰어날 테고 그만큼 강하다는 소리지 않은가. 불쌍한 녀석이라네. 부디 잘 돌봐주게나.

허허, 자네가 이 글을 볼 때쯤이면 난 우화등선을 맞이하고 있을 게야. 하는 짓은 심술 맞더라도 본디 심성은 착한 녀석이고, 거기다가 웬만한 말보다 훨씬 빠르니 타고 다녀도 될 게야.

잘 부탁하이. 그리고 녀석은 이름이 없네. 정이 들면 떠나기 힘들까 봐 이름을 붙여주지 않았거든. 자네가 좋은 이름으로 붙여주기 바라네. 그럼 자네의 앞길에 축복이 있기를 바라네.

머엉.

이, 이게 무슨 소리지? 이 사람 미친 거 아니야? 저 곰탱이랑 이야기를 할 수 있다고?

난 황당한 마음을 감출 수 없었다. 그리고 여전히 티꺼운 표정을 하고 있는 곰탱이를 쳐다봤다.

"야, 곰탱이. 말해 봐, 말해 봐. 너 말할 줄 아는 거 아냐? 이 사람은 너 말하는 것 들었다는데?"

그러나 곰탱이는 미친 거 아니냐는 눈빛만 보낼 뿐, 말 같은 것은 하지 않았다.

그럼 그렇지. 누굴 속이려고.

난 바본가? 저런 곰탱이가 말을 할 수 있을 리가 없잖아. 그런데 곰탱이에게 말을 걸다니… 요즘 들어 특히 바보가 되어가는 것 같아.

난 저 곰탱이를 부탁한단 내용에 있는 서찰을 째려보았다. 내가 왜 저런 곰탱이를 맡아야 하는 거야? 척 보니 힘이랑 체력은 좋게 생겼지만 저 티껍다는 눈빛이 마음에 안 들어. 저런 티꺼운 표정을 짓고 있는 녀석은 언젠가는 반드시 배신을 한단 말이야.

음, 그나저나 지자라… 어디서 많이 들어본 이름인데… 어디서 들어봤더라? 지자… 지자… 어? 지자록의 지자랑 똑같네? 우연이겠지. 아니면 한자가 틀렸거나.

즉시 지자록의 지자라는 한자와 서찰의 지자라는 한자를 보았다.

이런, 똑같잖아!

경악할 수밖에 없었다. 내게 끝없이 방대한 정보를 안겨다 준 인물, 지자. 시대에 남을 현자가 바로 그다. 근데 난 방금 그런 현자님을 미친놈으로 싸잡아 욕했다. 이것은 이미 지자의 교도가 되어 지자를 경배하게 된 나에게는 치명적인 일이었다. 오, 지자시여, 절 용서하소서.

"그렇다면 지자께서는 이 곰탱이랑 대화를 하실 수 있으셨단 말이야? 그리고 지금쯤이면 우화등선을 하셔? 허, 놀랄 노 자구만."

난 다시 한 번 곰탱이를 째려봤다. 그러자 곰탱이도 지지 않겠다는 티꺼운 눈빛으로 날 마주 째려봤다.

이런 녀석을 앞으로 데리고 다녀야 한다는 말이지? 어휴, 할 수 없지. 지자님의 부탁인데. 그럼 녀석의 이름을 지어줘야 할 텐데… 뭐가 좋을까?

순간 뇌리를 스치는 한 단어.

"그래, 넌 이제 앞으로 푸우다. 알았냐?"

푸우, 20세기 말 소년소녀들의 선풍적인 인기를 끌어모았던 곰탱이. 나 역시 아주 어릴 때 어머니가 보여주셨던 비디오를 통해 푸우의 존재를 알았고, 그의 존재에 쾌재를 부르며 좋아했다.

그는 내 우상이었고 나의 희망이었으며 친구이자 애완동물이었다. 그런데 워낙 비디오가 오래된 것이다 보니 그 비디오는 곧 고장나 버렸고 난 푸우를 살려내라고 무려 일주일간 단식 투쟁을 했던 것으로 기억난다. 그때는 어렸지.

어쨌든 그만큼 푸우는 나의 영웅인 것이다. 푸우의 노래 중 아직 기억나는 부분이 있다. 푸우~ 곰돌이 푸우~

험험, 내가 왜 이러지?

그 곰탱이와 이 곰탱이를 비교하면 이쪽 곰탱이의 값어치가 훨씬 떨어지는 게 사실이지만 이름이 좋으면 그 성격도 좋아지리라 믿으며 푸우라는 이름을 붙여줬다.

도리도리.

그러나 이 곰탱이는 내게 반항을 했다. 푸우라는 이름이 어때서!

"푸우라는 이름이 어때서! 그래 뵈도 20세기 말에는 전 세계 소년소녀의 가슴을 포근하게 만들었고, 22세기에도 나를 비롯한 수많은 아이들의 심금을 울렸으며, 아직까지도 역사에 그 이름을 남기고 있는 새 시대 곰의 이상형이자 모든 곰의 우상이어야 할 존재란 말이야! 이름이 이상하다는 편견은 버려! 그냥 그대로 받아들이란 말이야! 우리는 22세기의 당당한 선두자이자 희망이자 미래야! 그런데 넌 이름의 어감으로 모든 것을 판단하려 하고 있어. 지자님께서 널 그렇게 가르치시디? 23세기를 준비하는 입장에서 어떻게 그런 헛된 생각으로 살아가고 있는지, 나도 모르겠다. 왜 그렇게 사니? 그냥 죽어! 그게 싫으면 그냥 푸우 해! 그러니까 넌 푸우야! 넌 푸우라고!"

난 나도 알아먹지 못할 소리를 하며 곰탱이를 교란시키고서는 곰탱이의 이름을 푸우로 결정지어 버렸다. 흐흐, 넌 이제 빼도 박도 못하는 거야. 넌 영원한 푸우다!

한참을 생각하던 푸우도 머리가 아픈지 고개를 내젓고는 그냥 받아들였다. 흐흐, 지가 별수있겠어?

"웃차! 이제부터 넌 내 전용 자가용이다."

난 몸을 날려 푸우의 넓고 포근한 털 속에 몸을 뉘었다. 오, 푸우 이 자식, 좋은 샴푸 쓰나? 왜 이렇게 털이 보드라워? 매일 목욕도 하나 보네?

내가 자신을 타자 티꺼움의 정도가 더욱 심각해지는 것 같았지만 말

없이 내가 가리키는 방향으로 움직이는 것을 보면 지자님께서도 많이 애용하신 것 같았다. 흐흐, 이제 좀 편히 가겠네.

"푸우야, 가자!"

다음날부터 난 정말로 편해졌다.

아침마다 깎아지른 듯한 절벽에 낀 안개로 인해 절경을 이루었고 그 날부터 계속 날씨가 좋았기에 무엇보다도 상쾌했다. 밥 때가 되면 푸우는 숲 속으로 들어가 마물들을 포식하고 오고, 나는 건량이나 벽곡단으로 때우다가 가끔씩 푸우가 잡아오는 날짐승을 구워 먹기도 했다.

녀석은 정말 미련 곰탱이 같지 않게 개보다 훨씬 냄새를 잘 맡았다. 한번은 녀석이 사냥을 간 사이 계속해서 이동한 적이 있었다. 결코 버리려 한 행동은 아니다. 단지 귀찮은 마음에… 그냥 천천히 오라고 그런 것일 뿐이었다. 믿어주오!

크흠, 어쨌든 녀석은 어떻게 알았는지 항상 사냥을 마치고 나타나는 시간에 내 앞에 나타났다. 처음에는 그냥 우연이라 치부했지만 그런 일이 조금씩 생겨가자 녀석의 코가 보통이 아니라는 것을 눈치 챌 수 있었다. 결국 난 녀석을 따돌리는 것을 포기했고 마음을 편히 하는 순간부터 곧 그곳은 천국이 되었다.

캬! 이게 바로 무릉도원이지. 흐흐흐

지금까지 숲을 통과하면서 겪었던 것이 야근이라면 지금 이 절벽을 따라가는 것은 그야말로 휴가가 따로 없었다. 아, 이 휴가를 계속 즐기고파.

쏴아아아아아.

비가 온다. 하지만 걱정없다. 푸우의 배에 끈을 매달아 우산 대용으로 천을 넓게 고정시키고 따뜻한 푸우의 등에서 주변 풍경을 감상하고 있으니까. 화창한 날의 풍경도 풍경이지만 비 오는 날의 이 죽음의 절벽 풍경은 그야말로 죽음이었다.

끝없이 펼쳐진 절벽 사이로 비가 내리고 뿌옇게 낀 안개로 그 풍취를 더한다. 거기다가 얼마 멀지 않은 곳에 솟아 있는 절경의 산들. 그야말로 장관이었다. 장관도 이런 장관이 없을걸? 히야, 사진이 있다면 찍어서 내 방에 걸어둘 텐데…….

그렇게 푸우와 함께 절벽을 따라가고 있을 때 쏟아지는 빗소리를 뚫고 갑자기 이상한 소리가 내 귀를 파고들었다.

창! 캉!

"응? 이게 무슨 소리지?"

그것은 틀림없이 누군가 싸우고 있는 소리였다.

다른 곳이면 몰라도 이런 곳에서 누가 싸우고 있단 말인가? 마물이라고는 보이지도 않는 이곳에서 마물이 싸우고 있는 것은 아닐 테고 그렇다면 사람들끼리 싸우는 것? 좋아, 여기까지 온 사람들이니 여기가 어디쯤인지는 알겠지. 물어보도록 하자.

"어이, 푸우. 속도 좀 발휘해 봐라. 이 몸께서 저 소리가 들리는 쪽으로 어서 가야 하니까 그 말보다 빠르다는 속도 좀 보자."

난 푸우에게 다정하게(?) 부탁(?)을 하였다. 나만한 주인이 어디 있어. 음핫핫핫!

푸우는 내 말을 듣고 속도를 올리기 시작했다. 그것도 갑자기.

크르르!

"으악!"

흐억! 떨어질 뻔했다. 푸우의 갑작스러운 가속도로 무방비 상태였던 난 떨어질 뻔했고 다행히 푸우의 빨간 털을 붙잡는 것으로 굴러 떨어지는 것은 면할 수 있었지만 비에 흠뻑 젖는 것은 피할 수 없었다.

휘유, 굴러 떨어졌다면 구르고 굴러 바로 절벽으로 낙하했을 텐데……. 뿌드득! 푸우 녀석, 아무리 내게 평소에 감정이 많다지만 그래도 명색이 주인인데 내게 어찌 이럴 수 있단 말인가. 뿌드득! 푸우, 나중에 보자. 감히 내게 반항을 해? 반항의 대가는 비싸다는 것을 똑똑히 새기게 해주마.

내가 이를 갈든 말든, 푸우의 티꺼운 표정이 조금 풀어지든 말든 푸우의 속력은 정말 말보다 빠른 듯했고, 곧 소리가 난 곳이 보이기 시작했다. 그리고 내 예상이 맞았다는 것을 알아차렸다.

음, 얼굴이나 좀 볼까? 주먹으로 싸우는 적의(赤衣)의 남자 한 명에 피리를 휘두르는 백의의 여인 한 명이라……. 쏟아지는 비가 시야를 가려 얼굴은 잘 보이지 않지만 대충 성별과 그들이 쓰는 무기, 그리고 옷 색깔은 알 수 있었다. 근데 이 빗속에서 뭣 때문에 저렇게 싸우는 거지?

그들에게로 다가가는 사이 여인의 피리가 남자의 어깨를 찔러갔고, 남자는 주먹으로 피리 옆면을 쳐내며 여인의 품속으로 파고들어 카운터를 날렸다.

그러나 여인은 당황하지 않고 침착하게 몸을 비틀어 남자의 주먹을 피한 뒤 보법을 밟으며 뒤로 물러섰고 빗나간 주먹 때문에 생긴 빈틈으로 피리가 찔러갔다.

그런데 그들의 주먹과 피리에는 각각 빛이 뿜어져 나오고 있었고, 그것은 분명 의형진기였다. 상호는 의형진기를 한 번 쓰고 지쳐 버렸는데 저렇게 의형진기를 남발하다니…….

계속되는 공방이었고 가벼운 공격으로 보였지만 나에게는 사방으로 폭사되는 진기들이 느껴졌다. 그들 주변의 빗방울들은 사방으로 튀어 오르며 시야를 더욱 가리고 있었고, 그런 능력을 발휘하는 둘의 무위는 확실히 나보다 훨씬 윗대의 고수가 분명하다는 것을 증명해 주었다. 사실 의형진기만으로도 내가 근접하기 어려운 수준의 고수다.

비릿한 미소를 짓고 있는 남자의 얼굴은 이제 확연히 보이지만 여인은 등지고 있는 방향이라 잘 보이지 않았는데, 내가 그녀의 얼굴을 보려고 노력하는 그 순간 상황에 변화가 찾아왔다.

약간 우세를 빼앗기고 있던 남자는 굳은 결심을 했는지 여자의 피리를 피하지 않고 왼손으로 잡아내었고 곧바로 그녀의 품속으로 파고들어 가 어깨로 그녀를 쳐냈다.

의형진기를 펼치고 있던 피리를 쥔 남자의 손에서는 붉은 피가 쏟아지고 있었으나, 손 전체를 의형진기로 감쌌는지 단순한 상처만 생긴 것 같았다.

그와 반대로 순간적으로 강한 타격을 받은 그녀는 피를 토하며 뒤로 나가떨어졌고 곧 그녀의 얼굴이 내 눈에 잡혔다.

응? 내가 잘못 봤나? 아냐, 말도 안 돼. 내가 잘못 본 걸 거야. 어떻게 그녀가 지금 여기 있을 수 있단 말이야. 그것도 저런 고수인 채로.

난 푸우의 털을 잡고 있던 두 손 중 왼손을 떼어 눈을 비볐다. 그리고 다시 봤다. 그때 남자의 주먹이 쓰러진 여자를 향해 내리찍어지고 있었다.

아, 안 돼!

"멈춰!"

내 말에 그들도 나의 존재를 눈치 챈 듯했지만 남자는 손을 거둘 생각이 없는 듯했다. 느리지만 강력한 진기가 담긴 사내의 손이 여인을 향해 다가가고 있었고, 여인은 꼼짝도 하지 못하고 있었다.

"멈추란 말이야!"

나는 남자를 향해 외친 것이지만 푸우는 자신에게 말한 것인 줄 알았나 보다.

빠른 속도로 뛰던 푸우는 나의 말에 급정지를 했고 한 손만으로 매달려 가던 나는 관성의 법칙에 따라 정지한 푸우와 점점 멀어져만 갔다. 즉, 내 몸이 이미 푸우에게서 벗어났다는 말이다.

"이! 미련 곰탱아아아아아아아아!"

다행히 나의 비명 섞인 울부짖음에 사내는 다시 나를 쳐다보았고, 그만큼 그의 공격 속도도 늦어졌다.

"으아아악! 피해!"

나는 그들에게로 똑바로 날아갔다. 그리고 사내는 여인을 언제든지 처리할 수 있다는 듯 내가 자신을 향해 날아가자 살짝 뒤로 물러났지만, 여인은 내상이 심한지 그대로 앉아 있었다. 이런 젠장!

"으아아악!"

안 되겠다. 이렇게 부딪치면 여인이 쿠션이 되어 나는 안전하겠지만 저 여인은 너무나 위험하다. 그녀일지도 모르는 여인을 다치게 둘 수는 없어.

난 여인에게 근접하자 최대로 집중했다. 단 한 번이다. 단 한 번.

마침내 손을 뻗으면 닿게 될 만큼 여인과 가까워졌을 때 난 손을 뻗어 여인의 어깨를 잡고 내 몸을 빙글 돌리며 원심력을 이용하여 여인을 위로 띄웠다. 크윽, 성공이다! 아니, 절반의 성공이다!

그리고 내 몸은 차디찬 진흙 바닥을 끊이지 않는 회전 운동을 바탕 삼아 구를 수밖에 없었다.

퍽!

데굴데굴! 데굴데굴!

"으아아아!"

다행히 비가 온 덕분에 땅이 물렁해 많은 충격을 받지는 않았다. 그리고 이쯤이면?

퍽!

"끄윽!"

여인은 추락했다. 내 배 위로. 끄으윽! 계산은 정확한데 고통이… 푸우 녀석, 가만 안 둔다!

난 나의 모든 고통을 푸우의 잘못으로 돌리며 복수를 다짐했다. 여인은 내가 한 일이 무척이나 놀라운지 고통스러운 와중에도 날 쳐다보았고 덕분에 난 그녀의 얼굴을 정면에서 볼 수 있었다.

그녀의 놀란 듯 커진 눈동자와 코, 입술, 눈썹, 얼굴의 윤곽. 모든 것이 내가 알던 그녀와 일치했다.

"초… 은설."

그녀였다. 그녀가 확실했다. 이 분위기, 이 느낌. 그녀의 생김새가, 그녀의 모든 행동이, 항상 놀랄 때면 계속 눈을 깜빡거리는 버릇까지… 모두 그녀였다. 초은설, 그녀였다.

그녀는 현재의 상황에도 놀랐겠지만 내가 그녀의 이름까지 알자 더욱 놀란 듯했다. 다행히 다시 태어났어도 이름은 안 바뀌었나 보구나.

욱신거리는 아랫배의 고통을 참아내며 그녀를 내 배 위에서 내려놓고선 그녀에게 따뜻한 미소를 보냈다.

"저기 초은설 아니신가요?"

"네? 아, 네. 그런데 어떻게?"

역시 그녀다. 난 다시 한 번 그녀에게 웃어주고는 입을 열었다.

"잠시만, 잠시만 기다리세요. 그 뒤에 말씀드리죠."

그러고선 뒤를 돌아 남자에게로 걸어갔다, 천천히.

"넌 뭐냐?"

남자는 내가 갑자기 끼어든 것이 마음에 들지 않는지 비릿한 미소를 지우고 내게 물었지만 난 그것에 굳이 답을 해줘야 할 필요성을 느끼지 못했다.

"왜 그녀를 해하려고 하는 것입니까?"

그녀가 인적이라고는 찾아볼 수도 없는 이런 곳에서 낯선 남자와 싸우고 있는 이유 같은 것 따위는 알고 있지 않다. 또 그녀의 무위와 함께 그동안 어떻게 지냈는지에 대해서도 알 수 없다.

하지만 단 한 가지. 우선 이 싸움을 끝내야 한다는 것은 알고 있다. 이유야 어찌 되었든 우선 이 험악한 분위기부터 해결해야 그나마 이야기가 되겠지.

난 적의를 입은 그를 쳐다보며 물었고 그제야 그의 모습을 제대로 볼 수 있었다.

굵고 강한 얼굴 선은 그의 고집과 강직한 성격을 짐작케 해주었고 비에 젖어 축 늘어지기는 했지만 제대로 다듬지 않은, 평상시에는 산발을 하고 있을 것 같은 그의 모습 역시 짐작할 수 있었다. 키는 188센티미터 정도로 상당한 거구였고, 비를 맞으며 꿈틀대는 그의 단단해 보이는 근육은 수많은 수련의 강도와 정도를 나타내 주었으며, 굵고 정확한 이목구비를 가져 남자다운 풍모를 물씬 드러내고 있었다.

그러나 날카로운 눈매와 그 속의 눈동자에서 왠지 모를 섬뜩한 광기 비슷한 것이 느껴졌고, 입가에 짓고 있는 비릿한 미소는 그의 전체적인 인상을 완전히 바꾸어놓고 있었다. 즉, 한눈에 보아도 나 같은 것은 상대가 안 될 만큼 강해 보인다는 말이다. 비단 모습뿐만이 아니라 주변에서 느껴지는 그의 살인적인 살기가 담긴 기도가 그것을 증명해 주고 있었다.

"크큭, 신녀(神女)는 나와의 비무에서 패했다. 그것만으로도 죽을 이유는 충분해. 보통 같았으면 내 일을 잠시나마 방해한 너 역시 살려두지 않았겠으나 오늘은 한참 명성을 날리는 신녀를 잡아 죽이는 기념과 그것 덕분에 기분이 좋으니 특별히 살려주도록 하지. 꺼져라."

최… 최악의 상황이라고밖에 할 수 없는 상황이다.

사내는 살기를 은은하게 주변으로 퍼뜨리고 있었다. 내 육체와 본능은 살갗의 따끔함을 느끼며 위험 신호를 보내고 있었고, 이성 역시 그와 붙지 말라 충고하고 있었다.

체… 쳇! 주변으로 퍼뜨리는 살기로도 이 정도인데 정면으로 받으면 어떻게 될까? 그나저나 신녀라니… 초매를 가리키는 말인가?

본능적으로 느끼며 예상하기로 이 사내는 거력부추 강우 형과 비등한 경지거나 그 이상이다.

강우 형만 하더라도 상호와 내가 전력을 다해 협공을 한다 해도 상처하나 입힐 엄두가 나지 않는 괴물인데, 그런 괴물보다 최소한 비등한 경지라면 도대체 얼마나 강한 거야? 거기다가 지금 내가 그의 무위를 측정할 수 있게 한 살기가 전력을 다한 것이 아닐 수도 있다는 것이다.

그렇다면 내가 상상도 못할 무위를 가졌다는 건데……. 그리고 결정적인 순간 결단력이 부족해 이 사내에게 당한 초매는 순수한 무위로는 사내를 압도하고 있었다. 그렇다면 초매는 나로서는 꿈도 못 꿔볼 경지를 이루었다는 뜻이다. 만나지 않은 지 얼마나 되었다고 이렇게 변하냐? 훗! 아니, 원래 초매가 강했을 수도 있지.

하여튼 사내를 압도하기까지 했던 초매는 내상이 생각보다 심한지 제대로 움직이지도 못하고 있는 실정. 도대체 초매는 왜 이런 남자와 싸우고 있었던 것일까?

혼자만의 망상에서 헤엄을 치고 있을 때 사내는 초매에게 다가가고 있었고 난 급히 몸을 날려 초매와 그의 중간에 끼어들었다.

"잠깐만!"

내가 다시 끼어들자 사내는 걷던 것을 멈추더니 눈살을 찌푸리며 나를 바라보았고, 주변의 살기는 점점 더 짙어져만 갔다. 크… 크윽! 이거 장난이 아니잖아.

사내의 살기는 정말이지 가공했다. 단순히 살기로 사람을 죽일 수 있다면 난 벌써 수백 번은 족히 죽었으리라.

"뭐냐? 용서는 이번까지다. 한 번만 더 날 가로막으면… 너 역시 죽는다."

거세지는 살기를 간신히 참아내고는 남자의 말에 난 억지웃음을 지으며 입을 열었다.

"하… 하하, 너… 너무 그렇게 살기를 뿜어내지 말라고요. 옷깃만 스쳐도 인연이라는데 이렇게 죽을 뻔한 것도 잠시지만 구해주고, 또 힘들게 살려놓은 인물인데 작별 인사는 해야 하지 않겠습니까? 잠시만 시간을 주시죠. 설마 그 정도 인사를 나눌 시간도 주시지 않는 것은 아니겠죠? 저 여자 분의 상태를 보아하니 운기요상(運氣療傷)으로 하루를 꼬박 지새워도 치료하기 힘들 것 같은데, 그 얼마 안 되는 시간에 별일이야 생기겠습니까?"

제… 제발 통해야 할 텐데…….

나의 말에 사내는 대수롭지 않다는 투로 말했다.

"저 여자 분? 좀 전에는 신녀와 아주 잘 아는 사이 같았는데?"

뜨끔!

헛! 보기완 다르게 너무 예리하잖아!

난 사내의 말에 속으로 뜨끔했지만 겉으로 표현하지는 않았다. 그리고 사내의 말이 완전히 맞는 것도 아니었다. 나는 초매에 대해 무척이나 잘 알지만 초매는 오늘 나를 처음 만나는 것일 테니까… 난 결코 거짓말하는 것이 아니야.

난 그렇게 스스로 세뇌를 걸어 티를 내지 않으려 하며 미소를 지우지 않고 말했다.

"서, 설마요. 이 넓은 대륙에서 아는 사람을 이렇게 우연히, 그리고 이런 외진 곳에서 만날 확률이 몇 퍼센트나 된다고 생각하십니까? 당연히 오늘 처음 만나는 것이죠."

사예야, 넌 거짓말을 하고 있는 게 아니야. 말 더듬지 마. 그리고 긴장하지도 마. 완전한 거짓말은 아니잖니. 새로 태어난 초매는 처음 만나는 거니까. 진정해!

다행히도 남자는 나를 얕보고 있었다. 사실 내가 무슨 짓을 해도 통할 상대가 아니기는 하지만 그래도 나를 얕보고 있다는데 내가 말릴 의향은 없다. 마음껏 얕봐라. 그것에 발등 찍힐 날이 올 테니…….

"좋다. 잠시간의 시간을 주마. 빨리 끝내도록."

좋았어. 여기까지는 내 뜻대로 된 거야. 여기까지 내 뜻대로 되었다면 반은 성공함 셈이지.

난 천천히 그녀에게로 다가갔다. 그리고 그녀에게 전음을 보냈다.
"잘 들으세요. 전방에 붉은 곰 보이죠? 우린 그 녀석을 타고 도주할 겁니다. 그러니 제가 당신을 안고 뛰더라도 너무 놀라지 마세요."
"하지만……."
"아, 저렇게 보여도 웬만한 말보다 훨씬 빠르답니다. 걱정 마세요."
초매의 불안함을 풀어주려 푸우가 빠르다는 마음에도 없는 말까지 했지만 초매는 계속해서 무언가를 말하려 했다.
"아니, 저 그게……."
그때 남자의 목소리가 들려왔다.
"크큭! 저기 있는 저 곰을 타고 도망칠 생각이었나?"
헉! 어, 어떻게?
"크큭! 궁금하겠지. 미안하지만 내 능력 중에는 남의 전음을 완전히는 아니더라도 몇 단어 정도는 들을 수 있는 능력이 있거든. 그 몇 단어면 충분하지. 붉은 곰, 도주, 빠르다. 그렇지 않나? 크크큭! 아, 그래도 네놈의 기 다루는 솜씨는 괜찮아서 조금 읽기 힘들더군."
마… 말도 안 돼. 그런 능력이 있단 말이야? 사실 내가 가진 능력도 말이 안 되기는 마찬가지였지만 난 나를 생각할 인물이 아니었다.
"크크크, 넌 네가 스스로 살 수 있는 기회를 버렸다. 이젠 너 역시 살려둘 기분이 아니나 특별히 작별 인사만큼은 하게 해주지. 그리고 저 곰은 믿지 않는 게 좋을 거야. 전설의 적토마(赤土馬)라면 몰라도 보통 말보다 빠른 속도 정도는 금방 따라잡을 수 있으니까 말이야. 크크큭! 그렇지 않나, 신녀?"
허, 어디서 거짓말을. 지가 말보다 빠르다니… 난 초매를 바라보며 부정의 대답을 바랐지만 그녀는 고개를 끄덕이고 있었다. 젠장!

"그래요. 투귀(鬪鬼)의 말이 맞아요. 원래 저 투귀라는 사람은 상대를 가리지 않고 계속해서 싸우고 다녀 싸움에 미친 사람으로 유명하지만, 신법(身法)의 고수이기도 해요. 저 곰이 얼마나 빠르든 잡혀 버리고 말 거예요."

이걸 믿어야 해, 말아야 해? 사람이 말보다 빠르다고? 분명 믿지 못할 소리다. 하지만 초매가 내게 거짓말할 이유가 없잖아?

결국 하는 수 없이 난 도주를 포기해 버렸다.

"투귀! 이분은 보내주세요. 아무런 상관도 없는 분이잖아요."

역시나 마음씨 착한 초매. 그러나 그렇게 말하면 떠날 수 없는 게 당연하잖아. 저 남자가 보내줄 것 같지도 않고.

"크크큭! 난 분명히 기회를 줬어. 그것을 걷어차 버린 것은 저 녀석이고 말이야. 왜 내가 다시 한 번 더 기회를 베풀어야 하지? 내 일을 방해한 놈에게 말이야."

투귀라 불린 남자의 말에는 비웃음이 담겨 있었다. 훗! 내가 보내준다고 초매를 놓고 도망… 갔었을까? 흠, 나조차 내가 의심되는군.

"이분을 보내주신다면 조용히 죽어주죠. 설마 내가 내상을 입었다고 아무런 행동도 못하리란 생각은 안 하겠죠? 설사 죽더라도 당신의 팔 하나 정도는 가지고 갈 수 있어요. 아무리 상황이 나빠진다 하더라도."

초… 초매가 무섭다. 여자가 한을 품으면 오월에도 서리가 내리다 못해 얼음덩어리가 우박처럼 떨어진다더니… 예전의 초매도 무섭지만 지금은 왠지 강인해 보이는 인상까지 합쳐져 더욱 박력있는데?

"크큭, 내상 때문에 저놈이 날아오는 것도 피하지 못해 도움을 받았던 네가? 농담이 심하시군."

투귀라는 남자는 비웃음을 흘리며 초매를 쳐다보았고, 초매는 일말의 흔들림 없이 그를 마주 보았다.

"……."

"……."

"크크큭! 좋아, 좋다구. 그럼 마지막으로 한 번만 기회를 주지. 어이, 너. 열을 셀 테니 어서 사라져라. 이것이 정말 마지막 기회다. 내게 이 이상의 자비는 기대치 마라."

자식, 셀려면 좀 많이 셀 것이지. 쪼잔하게 열이 뭐냐?

◆ 비상(飛翔) 여덟 번째 날개

결전

비상(飛翔) 여덟 번째 날개 결전

"지금이에요. 어서 가세요."

초매는 나를 쳐다보며 입을 열었고, 나는 그냥 말없이 내 웃옷을 벗어 초매에게 입혀줄 뿐이다. 내가 입고 있던 옷은 숲을 지나오며 얻은 아이템으로 100퍼센트 방수에 체온 유지 기능이 달려 있을 뿐만 아니라 손상이 전혀 없다. 대신 방어력은 거의 제로지만. 어쨌든 더 이상 비를 맞으면 몸에 안 좋다고.

"열."

초매는 내가 옷을 입혀주자 흠칫하면서 말했다.

"뭐 해요. 도망가라니까요. 투귀는 도저히 당신이 어찌해볼 수 없는 인물이에요. 어서 도망쳐요."

"아홉."

난 말없이 초매를 응시했다. 처음에는 안절부절못하던 초매도 나를 응시하게 되었고 난 그녀에게 미소를 지어 보였다.

"여덟."

"당신은 제가 누군지 모를 겁니다."

모를 거야. 난 알지만.

초매는 내 말에 눈을 동그랗게 뜨며 날 빤히 바라보았다.

"일곱."

"하지만 전 당신을 압니다."

너무나 잘 알지. 일 년이나 동고동락한 사인데.

초매는 내 말에 눈을 동그랗게 뜨며 날 빤히 바라보았다.

"여섯."

"그리고 한 번. 아무것도 못하고 당신을 떠나보낸 적이 있답니다."

너무나 어이없이. 아무런 힘 한 번 써보지 못하고.

"다섯."

"또 당신에게 정말 못할 짓도 많이 했답니다."

그래. 사람처럼 대하라고 해놓고선 난 널 단지 프로그램이라 생각하고 있었어.

"넷."

"이젠 그것에 대해 사죄하려 합니다."

미안해. 이젠 사죄할게.

"셋 남았다."

알았어, 이 자식아.

"잠시만 기다리세요. 곧 돌아오겠습니다."

난 귀여운 눈을 동그랗게 뜨고 있는 그녀에게 다시 한 번 미소를 지어 보이며 돌아섰고 눈을 감은 채 심호흡을 하며 마음을 진정시켰다.

"둘 남았다."

내가 왜 이러는 건지 나도 모른다. 항상 이성적으로 살아왔던 내가 왜 이런 급박한 상황을 연출하는지도 알 수 없다. 다만… 단지 도망가기 싫을 뿐이다. 여기서 내가 물러선다면 다시는 세상에 똑바로 서지 못할 것 같다고나 할까나?

"하나."

다시 눈을 떴을 때 투귀라는 남자는 비릿한 미소를 지으며 날 바라보고 있었고, 난 그의 눈빛을 피하지 않고 마주 바라보았다.

"제 결정은 이것입니다."

"끝. 크크크큭!"

난 열의 시간을 효과적으로 사용했다. 마음도 굳혔고 다시 한 번 다짐도 했다. 이제 남은 것은 저 투귀라는 남자를 쓰러뜨리는 것.

"크큭! 정말 멍청한 선택을 했군. 네가 남는다고 해서 무언가 변할 것이 있다고 생각하나?"

"전 최선을 다할 뿐입니다."

어디선가 많이 들어본 대사. 하지만 여기, 지금 이 상황에서 이보다 더 어울리는 대사가 있을 수 있을까?

내 말에 투귀는 대소(大笑)를 터뜨렸다.

"크, 크큭! 크하하하하하!"

기분 나쁘게 웃기는 왜 웃냐?

"크크큭! 알고 있나? 내가 한 번 죽이기로 작정한 녀석은 무슨 일이 있어도 반드시 죽여 버린다는 것을. 그것이 내 불문율이라는 것을."

투귀의 말은 광오하기 그지없었다. 그 말은 자신이 죽이고자 한 다면 그 누구라도 죽일 수 있다는 말이지 않은가. 그렇다면 자신이 곧 천하제일인. 천상천하유아독존의 인물이라는 것을 뜻한다.

"……."

"열을 셀 동안 도망갔어도 넌 죽었다. 반항없는 신녀 따위 죽이는 것은 일도 아니거든. 그런 다음 네놈을 쫓을 생각이었지. 그런데 네놈이 이곳에 있어줘 내가 찾을 수고를 덜어주는구나. 크크큭!"

투귀는 나를 완전히 얕보고 있었다. 마치 나를 죽이는 것 따위는 아무런 일도 아니라는 것처럼. 기적이란 없다는 것처럼. 그래, 마음껏 얕봐라. 그럴수록 내가 살아날 확률만 증가할 테니…….

"더 이상의 말은 필요없겠죠."

스르르릉!

난 도갑에서 예도를 뽑아 들었다. 그리고 모든 진기를 끌어올리며 일으키기 시작했다. 시동어는 필요없다. 시동어는 단지 조금 더 빨리 진기를 깨우기 위한 방법. 그러나 충분히 시간만 있다면 시동어없이도 진기를 깨울 수 있다.

난 쾌, 연, 유, 예, 이 네 가지 자결을 융합결로 천천히 융합시키기 시작했다. 그리고 융합된 진기를 천천히, 아주 천천히 끌어올리기 시작했다.

아차, 그전에…….

"푸우! 내상에 좋은 약초 좀 찾아와!"

난 어느새 가까이 온 푸우를 바라보며 말했다. 푸우는 내 명령에 티꺼운 표정이 극에 달했지만 상황이 상황인 것을 깨닫고 곧 숲으로 몸을 날렸다. 이왕이면 빨리 와라. 그리고 난 다시 자세를 잡았다.

원래 자신보다 뛰어난 고수와 싸울 때는 조금이라도 시간을 끄는 것이 좋다. 막상 싸움에 들어간다면 속전속결이 좋겠지만 싸우기 전에는 최대한 시간을 끌어 방비를 해야 한다. 그러나 난 그러지 않았다.

방금 전 초매와의 싸움으로 조금이라도 체력이 떨어져 있을 때 싸워야 한다. 체력을 회복하면 내가 살아날 확률은 더욱더 줄어든다.

그는 이미 체력을 완전히 회복했을지도 모른다. 하지만 지금 싸워야 한다. 그렇지 않으면 주변의 기운으로 긴장된 내 몸이 어떤 반응을 일으킬지 모르니까. 내 몸의 제어권이 남아 있지도 않은 상태에서 싸우면 그야말로 자살을 재촉하는 길이기에 그나마 몸의 제어권이 남아 있는 상태에서 싸우는 것이 좋다. 꼭 그것만이 아니더라도 투귀의 살기가 당장이라도 내게 공격할 것임을 암시하고 있으니 별수있나. 싸워야지.

난 끌어올린 예 자결로 인해 더욱더 증폭되는 예도의 싸늘한 예기를 느꼈다. 이젠 어느 정도 적응이 되어 오히려 이 싸늘함이 내 마음을 진정시켜 준다. 투귀도 내가 가진 예기에 놀랐는지 이채의 눈빛을 빛내며 나를 바라보았고, 난 이미 한껏 끌어올린 도제도결의 모든 진기를 온몸으로 돌리기 시작했다. 그러자 뇌기 역시 스스로 모습을 드러냈다.

빠지지직!

내가 끌어올린 뇌기를 다스리고 있는 사이 투귀가 나에게 손짓을 하며 입을 열었다.

"와라, 삼 초를 양보해 주마."

후! 끝까지 얕보는군. 그래, 네가 그렇게 나온다면 나야 더없이 기쁜 일이지.

난 속으로 냉소를 지었지만 그것을 밖으로 드러내는 멍청한 짓은 저지르지 않았다.

"그럼 갑니다."

난 자세를 잡았다. 상대가 준 세 번의 기회. 단 하나도 헛되게 해서는 안 된다. 이 세 번의 공격이 먹히느냐 그렇지 않느냐 하는 것에 따라 내가, 아니, 초매와 내가 살아날 수 있느냐 없느냐가 결정되기 때문이다.

난 천천히 심호흡을 하며 기회를 엿보기 시작했다. 상대는 두 팔을 내리고 완전 무방비 상태로 내가 공격하기를 기다리고 있었으나, 의형진기까지 쓰는 고수를 기습한다고 해서 쉽사리 그 기습이 성공하길 바라는 것은 어리석은 일이다.

이미 끌어올린 진기들은 극도로 치달아 있었고, 모든 준비는 끝났다. 이제 기회를 잡기만 하면 된다.

천천히 발걸음을 옮겨 녀석에게로 다가갔다. 일직선이 아닌 지그재그의 각도로 녀석의 시선을 분산시키며 다가갔다. 사실 이것은 나 혼자만의 착각일지도 모른다. 이런다고 해서 녀석이 내 신형을 놓칠까? 장담할 수 없다. 아니, 거의 불가능하다. 하지만 지금 난 내가 할 수 있는 모든 것을 펼쳐 보일 생각이다. 그래야만 하니까.

"폭기."

난 녀석을 향해 다가가며 폭기를 사용했다. 곧 온몸을 자연스럽게 유영하던 진기들은 광포하게, 강하게, 미친 듯 폭주하기 시작했고 그 진기를 예도에 담았다. 그리고는 순간적으로 속력을 높였다.

"섬!"

싸움을 할 때 기술 명을 외치는 것은 미친 짓이다. 무협지 같은 것을 보면 대부분 주인공은 기술 명을 외치고 적을 공격하는데, 그것을 얌전히 맞고 있을 적이 어디 있겠는가.

기술 명을 외치고 공격해도 적이 피할 수 없을 만큼 엄청난 공격이면 몰라도 그렇지 않다면 적에게 뻔히 언제 공격할 것인지를, 또 그 공격이 어떤 것인지를 짐작케 해주는 미친 짓에 불과하다.

그러나 비상에서는 어쩔 수가 없다. 물론 진기를 자신의 신체처럼 자유자재로 조절할 수 있다면 말은 달라지겠지만 식을 표출하기 위한 시간이 조금이나마 더 걸린다. 고수들에게서는 그 조금의 시간이 억겁의 시간과도 바꿀 수 없는 아주 소중한 시간이다. 그 시간으로 인해 승패가 갈라지니 말이다.

나 역시 진기를 내 신체의 일부처럼 사용한다. 연연유도의 특성이 그렇고 그 특성을 그대로 물려받은 도제도결의 특성이 그렇다. 축뢰공으로 모아 도제도결의 진기로 변환된 진기들은 의식하든 그렇지 않든 간에 스스로 내 몸을 돌아다닌다. 그 방향도 정해져 있지 않다. 제각각으로 돌아다니다가 서로 만나게 되면 하나로 합쳐져 다시 돌아다닌다. 그러다가 인체의 수많은 갈림길 중 하나가 나오면 다시 그 갈림길로 나누어진다. 보통의 진기 같았다면 완전히 그 진기에 흡수되거나 아니면 충돌해야 하건만 도제도결의 진기는 모든 것을 포용하고 있다.

내가 동굴 속에서 한 것은 오직 도제도결의 개발과 연성. 그렇게 도제도결을 익히며 난 진기를 손에 쥔 장난감처럼 마음대로 할 수 있게 되었다. 내 의지가 가는 곳에 진기가 움직인다는 것이 정확할 것이다.

그런 나도 진기만을 일으켜 식을 표출하는 것에 조금이지만 시간이 걸린다. 그러나 시동어를 외친다면 진기가 식이 지향하는 방향으로 움직이게 되고 난 그것을 통제만 하면 되는 것이니 쉽기도 하고 빠르기도 했다.

거기다가 거기서 멈추지 않고 진기를 내 마음대로 변형시켜 공격의 변화라든지, 내뱉고 거둠을 더욱 내 의지대로 조종할 수 있었다. 약간의 위험을 감수하면 공격 시간을 줄일 수 있고, 그만큼 나에겐 득이 된다.

난 섬의 식을 펼쳐 투귀의 미간을 찔러갔다. 내가 생각해도 실로 섬전 같은 속도라 할 만하다.

"훗!"

츠츠츳!

그러나 투귀는 정확히 내 예도가 가진 공격의 범위에서 한 걸음 떨어진 곳으로 물러섰고, 내 공격은 무위로 돌아갔다. 하지만 이것은 내가 노린 것이다.

"합!"

캉!

난 섬의 식을 펼친 예도를 비틀어 땅에 꽂았다. 그리고 오른발에 진기를 집중시켜 녀석을 차기 위해 땅에 꽂힌 예도를 축으로 해서 반탄력으로 몸을 날렸다.

"차앗!"

파팟!

내 계획대로 녀석의 허리에 내 발이 적중했다. 내공이 잔뜩 담긴 발에 맞았으니 적어도 갈비뼈 한두 개쯤 나갔을걸?

"헉!"

맙소사… 말도 안 돼. 녀석은 내 진기가 담긴 발을 팔 하나를 들어서 막고 있었다. 분명 내가 생각해도 섬전 같은 속도로 펼친 변칙 공격이었는데 그것조차 통하지 않다니…….

"크크크, 한 번 남았다. 아니, 방금 것은 변칙 공격을 노린 듯하니 한

번으로 쳐주지. 두 번 남았다."

크윽, 난 다리를 거두었고 다시 자세를 잡았다. 쳇, 계속해서 무시하는군. 하지만 덕분에 다시 두 번의 기회가 주어졌다. 그것에 감사할 따름이지.

"큭!"

발을 회수하여 발을 내딛는 순간 방금 공격한 다리에서 지독한 고통이 밀려왔다.

"크크 이런, 미안해서 어쩌나? 난 그저 막고자 했을 뿐인데… 다리뼈가 그렇게 약한 줄 알았으면 피했을 텐데 미안하군. 크크크."

제… 젠장. 공격은 내가 해놓고 오히려 내가 충격을 받았단 말이야? 그것도 내공을 실은 공격으로? 저런 괴물 같은 놈!

방금 있었던 일은 나에게 상당한 충격을 안겨주었다. 육체적 충격이 아닌 정신적 충격. 분명 난 모든 진기를 끌어올렸고 내 발에도 모든 진기가 담겨 있었다. 그런데 녀석은 오히려 그 순간 나에게 타격을 주었다. 그것도 공격이 아닌 방어만으로…….

즉, 나 혼자 쇼를 떨다 넘어져 코가 깨졌다는 말이다. 다행히도 큰 충격은 아닌 것 같고, 또 내공이 움직여 상처를 스스로 치료하고 있으니 고통만 빼면 곧 온전한 상태가 될 것이다. 이깟 고통쯤이야 참을 수 있다고.

녀석에게는 신체적 공격이 통하지 않는다. 분명 능력치는 내가 녀석보다 상위다. 녀석이 만약 능력치가 비상에서 제일 뛰어나다 한들 그것은 나를 제외하고 한 것이기에 내 능력치가 녀석보다 뛰어나다는 것에 한 푼의 의심조차 하지 않는다.

하지만 난 도객이고 녀석은 권법가. 애초에 사용하는 공격 방식이라든지 몸을 움직이는 법 자체가 틀리다. 내가 아무리 강한 공격을 하더라도 녀석은 그것을 가볍게 넘기며 오히려 내게 더 큰 충격을 줄 수 있는 방법을 가지고 있다. 그런 녀석에게 신체적 공격을 하다니… 내가 어리석다고밖에 할 수 없는 상황이다. 젠장, 저거 완전히 괴물이잖아.

난 절망감을 느끼며 그런 내게 도움이 될 수 있는 것이 없나 하는 마음으로 주위를 둘러보았고, 내 눈에 초매가 들어왔다. 그리고 한순간 흐트러지려는 마음을 다잡았다. 내가 죽으면 초매 역시 죽는 것이고, 나야 또다시 살아날 수 있다지만 초매는 그렇지 못하다. 이왕 지켜주기로 한 거 화끈하게 가자고!

"크크크, 어서 와라."

젠장, 저 면상을 짓이겨 놓고 말겠어.

난 다시 한 번 녀석을 향해 몸을 날렸다. 그러나 이번은 조금 전과는 다르다. 천천히 여유를 가지고 원주미보를 운용하여 원을 그리며 녀석에게로 다가갔다. 그 모습에 녀석이 눈에 이채를 띠었지만 내가 보고 싶은 것은 그 모습이 아니다. 녀석의 일그러진 표정, 꼭 보고 말겠어.

난 예 자결의 진기를 극대화시켰다. 이것은 내가 그동안 숲을 지나며 익힌 기술 중 하나인데, 비록 융합되어 있는 진기라도 그 진기 각각의 특성을 하나하나 최고로 살릴 수 없을까 하는 발상에서 나온 것으로, 그것을 실험 중 우연찮게 실패 덕분에 얻은 기술이다.

비록 아직까지 모든 진기의 특성을 살리지는 못했지만 다른 진기들의 특성은 낮추고 진기 하나의 특성을 극도로 살리는 방법이었다. 그렇게 하면 애초에 융합하지 말고 그냥 쓰면 어떻겠냐는 생각이 들어 두 가지 방법을 다 실험해 본 결과, 융합을 시킨 후 극도로 끌어올리면 다른 약화된 진기들이 하나의 진기를 보조해 주어 그 진기가 자신의 능력을 100퍼센트가 아닌 120, 130퍼센트를 넘어설 수 있도록 해주었다.

계속해서 증가되어 가는 예기는 떨어지는 빗물을 베고 있었다. 실제로 내게 떨어지던 빗물이 예기를 타고 미끄러지고 있는 것 같은 장면이 연출되었다. 호오, 비 올 때 펼치면 이런 장면까지 연출되는구나. 멋진데?

타탓!

영양가없는 생각으로 긴장을 풀며 원주미보를 밟았다. 투귀도 내가 뿜는 예기에 지금까지와는 달라 놀랐다는 표정을 짓고 있었다. 곧 그 표정을 일그러지게 해주마.

원주미보는 원을 그리며 때로는 공격으로, 때로는 수비로 공수의 전환을 자연스럽게 이어주며 천천히, 그러면서도 유연하게 적의 품속에 파고드는 보법이다. 원주미보를 시전하다 보면 자연스럽게 상대에게로 다가가게 되고, 상대는 자신이 공격을 하는 그때야 거리가 얼마나 가까워졌는지를 깨닫게 된다. 정말 신묘하다고밖에 할 수 없는 그런 보법이다. 아쉬운 게 있다면 속도와는 담을 쌓았다는 것으로, 덕분에 공격보다는 방어 수단으로 많이 사용한다는 것.

원을 그리며 계속해서 투귀를 현혹시키기 시작했다. 분명 쉽게 성공하지는 않겠지만 그렇다고 해서 시도조차 해보지 않는다는 것은 어리석은 짓이다. 난 원주미보를 믿는다.

쏴아아아아아!

억수같이 쏟아지는 비는 내게 더없이 좋은 지원자였다. 비는 점점 더 거세어져 갔고, 끊임없이 내리는 비로 인해 시야는 서서히 좁혀져만 가는 상황. 그러나 적은 서 있고, 난 움직이고 있다. 난 어느 순간 투귀의 뒤로 이동하게 되었고 그대로 짓쳐 들어갔다.

"참!"

사사사사사!

극도로 끌어올린 예기와 상생에 있어 가장 잘 들어맞는 식. 예도는 빛살을 뿜어내며 쏟아지는 비를 갈랐고 그와 함께 투귀에게로 뿜어졌다. 예도는 밑에서 위로 올려쳤고, 순간 쏟아지는 비가 역류한 것 같은 착각이 들 정도로 예도는 강한 기세를 뿜어내고 있었다.

캉!

캉? 도대체 어떻게 극도의 예기를 뿜어내는 칼과 뼈와 살로 이루어진 인간의 몸이 부딪쳐서 이런 소리가 나는 것일까? 난 튕겨 나와 저릿한 손의 고통을 참아내며 제2차 공격을 준비했다.

"흐엇!"

카카카카캉!

내 예도는 위, 아래, 오른쪽, 왼쪽 가릴 거 없이 사람의 시각으로 판명되는 곳에서는 무조건 공격해 들어갔고, 투귀는 그것을 팔과 다리로 막고 있었다. 오직 빗소리와 쇳소리만이 울려 퍼졌다. 나는 혼신의 힘을 다해 오직 공격만을 펼칠 뿐이고, 투귀는 그것을 다 막아내고 있었다. 그것도 미소를 지으며. 젠장!

"폭기!"

폭기 이 단계. 예전에 폭기 이 단계를 쓰고 한동안 고생했던 적이 있다. 그런데 그날 이후로 폭기 일 단계가 나에게 주던 피해가 모두 사라졌다. 워낙 미미한 것들이라 처음에는 눈치 채지 못했지만 시간이 갈수록 그 느낌은 더욱 선명해졌다.

어느 날 숲을 지나오며 절체절명의 상황에 처한 날이 있었다. 머리가 셋 달리고, 온몸이 초록색이며, 양손에는 각각 커다란 감산도와 유성추를 지니고 있는 거인, 상급 마물 여귀(勵鬼) 두 마리와 붙게 된 것이다. 그때 난 죽음을 무릅쓰고 폭기 이 단계를 펼쳤다.

다행히 여귀는 죽일 수 있었지만 주화입마의 진기가 오랫동안 남아 내게 피해를 줄 것을 생각하자 끔찍해졌는데 나중에 운기조식을 취해 보고 마치 일 단계의 폭기를 쓴 것과 비슷하게 약소한 피해를 입었다는 것을 알게 되었다.

아마도 나는 죽을 위험을 겪으며 많은 발전을 이루었고, 덕분에 폭기를 어느 정도 안정적으로 사용할 수 있게 된 것 같았다.

난 폭기 이 단계를 펼쳐 네 배의 파괴력이 담긴 예도를 사정없이 휘둘렀다. 사실 나도 아직 폭기 이 단계의 제대로 된 능력을 모른다. 지금까지 이 단계를 사용하고 나서 살아 있는 적을 보지 못했기 때문이다. 이 단계가 이럴진데 삼 단계나 사 단계는?

예도는 속도를 타기 시작했다. 예 자결의 진기를 극대화시키기 위해 많은 제약이 걸려 있던 다른 진기들이 폭기 이 단계로 인해 새로운 힘을 얻고 다시 날뛰기 시작했고, 그중 선두에 쾌 자결의 진기가 있었다.

예도의 가속도는 계속해서 증가했고, 이미 한계를 뛰어넘은 예 자결의 진기조차 더욱더 강해지기 시작했다. 실로 빛살 같은 빠르기. 오, 내가 이렇게 잘 싸웠던가?

하지만 내가 빨라짐에 따라 투귀의 팔도 빨라졌고 나중에는 느려졌다. 그런데도 내 예도는 그 느리고 연약한 팔을 뚫고 들어가지 못했고, 오히려 내게 반탄력만 안겨주었다. 그래도 난 멈추지 않았다. 어디 해보자!

"언제까지 계속할 건가?"

파앗!

계속해서 방어만 하던 투귀는 단 한 마디를 하며 내게 살기를 집중시켜 뿜었고, 퍼져 있던 살기에도 괴로워하던 나는 그 살기를 모두 받아내야 했다. 하지만 퍼져 있었을 때보다 괴롭지 않으니 아마 내가 가진 예기가 살기의 대부분을 상쇄시켜 주고 있으리라.

그러나 아무리 더 미약하다고는 해도 살기는 굉장했고, 난 한순간 손을 멈칫 하는 멍청한 짓을 저지르고 말았다.

퍼억!

"크억!"

한 대. 투귀가 내 복부에 꽂은 주먹 한 방에 난 예도를 떨어뜨리며 힘없이 나가떨어지고 말았다.

"쿨럭! 쿨럭!"

다행히 내상은 입지 않은 듯했지만 맞은 부위가 너무 아팠고, 난 목구멍에서 올라오는 검은 피를 토해냈다.

"아마 삼 초식은 지난 듯한데……."

삼 초식? 내가 세어본 것만 해도 칼을 서른 번은 휘두른 것 같다. 그런데 삼 초식이라고? 젠장, 모두 막아내었다고 지금 날 약 올리는 건가?

순간 발끈한 기분이 든 나는 고개를 치켜 올렸다. 그리고 예도에 잘린 투귀의 너덜너덜한 옷과 그 찢긴 부분 사이로 보이는 암녹색 물질.

"어쨌든 정말 대단하더군. 그 미친 듯한 예기에는 나도 놀랐을 정도야. 만약 이게 아니었다면 상당히 위험했을 거야."

투귀는 옷의 너덜너덜한 부분을 뜯어내었고, 난 그의 양팔과 양다리에 붙어 있는 물건을 볼 수 있었다.

그것은 녹색으로 빛나고 있는 각반(脚絆)과 역시 녹색으로 빛나며 손목부터 팔꿈치까지 덮여 있는 팔 보호대였다.

난 갑자기 맥이 풀렸다. 저것으로 내 공격을 막은 것이리라. 무슨 광물인지는 몰라도 한계를 뛰어넘은 예기를 품은 예도를 막은 것으로 보아 상당히 단단한 것임이 분명했다. 난 저것으로 막은 줄도 모르고 혼자 삽질했잖아!

"젠장!"

나도 모르게 욕이 입으로 튀어나왔다. 정말 젠장이다. 어떻게 난 계속 공격을 하면서 상대의 팔과 다리에 어떤 막는 것이 있을 거라고 생각도 못했단 말인가. 정말 이 바보 같은 내 머리가 한탄스러울 뿐이다.

"크크큭! 어쨌든 좋아. 이런 공격을 받아본 것도 오랜만이니 재미있게 상대해 주지. 어서 무기를 주워라."

크윽! 젠장, 저 면상 반드시!

난 떨어져 있는 예도를 손으로 잡고 예도를 지팡이 삼아 일어나기 시작했다. 복부가 아팠지만 참았다. 그리고 견뎠다.

"하아, 하아."

힘들게나마 일어선 나는 예도를 오른쪽으로 늘어뜨렸다. 쉬고 있는 것 같지만 내 머리 속은 빛살같이 회전하고 있었다.

폭기 이 단계로도 저 녹색 광물을 뚫지 못했다. 그렇다면 내게 남은 것은 무엇인가?

좌절? 그 딴 것으로 시간을 헛되게 보내고 싶지 않다. 절망? 차라리 자살을 하고 말지. 기도? 내가 언제부터 그 딴 것을 믿었다고. 결국 내게 남은 것은 결전뿐이다. 내 모든 것을 걸고. 그리고 지금 내게 남은 것은 폭기 삼 단계. 아무리 생각해도 그것뿐이다.

그러나 폭기 이 단계가 일 단계 정도의 피해를 입지 않게 되었다고 해서 삼 단계가 이 단계 정도의 피해를 입게 되었다고는 장담하지 못한다. 아니, 그렇게 될 확률은 극히 적다.

그래도 난 해야 한다. 죽을 때 죽더라도 내가 할 수 있는 모든 것을 하고 죽고 싶다. 이건 하찮은 나의 오기일지도 모르지만, 그렇지만 난 해야 한다.

"폭기!"

일 단계, 이 단계와는 다르게 폭기 삼 단계를 펼치자 내 몸속에서 수십 번의 폭발이 일어났다. 일 단계에서 이 단계로 올라갈 때에도 단 한 번밖에 일어나지 않았던 것이 삼 단계부터는 수십 번의 폭발로 바뀌어 버린 것이다. 난 순간 머리가 깨질 것 같았고 온몸이 분해되는 것 같았다. 그리고 그 고통과 함께 새로운 힘이 솟아났다. 간다!

"크크크, 와라!"

"참!"

파사사사사!

이미 몸속에 폭주하는 진기들은 내 권한 밖의 것들이다. 그냥 몸을 내맡길 수밖에. 난 무슨 진기인지도 모를 진기를 예도에 잔뜩 주입하고는 참의 식을 펼쳤다.

예도가 완만한 곡선을 그리며 허공을 베어 나갔다. 투귀는 내 공격을 읽기라도 한 것처럼 급속도로 낙하하는 예도의 옆면을 주먹으로 갈겨 전혀 다른 방향으로 가게 해놓고선 옆차기로 내 가슴을 노렸다.

"흡!"

하지만 나 역시 단단히 준비를 하여 투귀의 옆차기가 날아온다는 것을 알 수 있었고, 방향이 바뀐 예도가 흐르는 곳으로 몸을 회전시키며 발차기를 피했다. 그러면서 예도를 비틀어 투귀의 허리를 노렸고, 투귀는 팔 보호대로 예도를 빗겨 막으며 내게 파고들었다. 그리고는 그와 동시에 공중에 떠 있던 내게 난타를 선사했다. 물론 내가 피하지 못한 것은 당연한 일이고.

파파파파팟!

"크악!"

떠 있던 나는 충격을 견디지 못하고 뒤로 날아갔고, 또다시 진흙 바닥을 구를 수밖에 없었다. 크윽, 아프다.

"끄으으으."

"크크크큭! 일어나! 날 더욱 즐겁게 해줘야지."

즈, 즐거워? 이 싸움에 미친 자식!

"젠장! 차아!"

원주미보는 확실히 뛰어난 보법이다. 하지만 속도가 너무 느려. 그렇다면 원주미보에 쾌 자결의 진기를 실으면?

"쾌!"

난 예의 진기를 몰아내고 쾌의 진기를 극대화시켰다. 모험. 예의 진기도 통하지 않는 녀석에게 내가 할 수 있는 별다른 공격은 없다. 그렇다면 우선 원주미보부터 발전시켜 보자!

원주미보의 진기의 흐름에 쾌의 진기를 잔뜩 실어 보냈다. 그 와중에도 투귀 녀석은 나를 기다려 주겠다는 듯 손짓을 하고 있지만 난 원주미보를 밟으며 계속 녀석의 주변을 돌았다. 아직 아니야. 확실히 속력은 빨라졌지만 이 정도로는 좀 전과 별로 차이가 없잖아.

난 다른 방법을 생각해 내었다. 단순히 진기를 싣는 것이 먹히지 않는다면 융합을 시켜보자. 그대로 융합결을 일으켜 원주미보의 진기와 쾌의 진기의 융합을 시작했다.

"큭! 어떻게 된 거냐. 왜 갑자기 그렇게 빨라졌지?"

성공이었다. 능력치가 높은 내가 투귀 녀석보다 확실히 동체 시력이 높다. 그런 내 눈에도 주변의 풍경이 휙휙 지나가는데 나보다 동체 시력이 떨어지는 투귀의 눈에는 내가 안 보였으면 안 보였지 잘 보이지는 않을 것이다. 휴, 폭기 삼 단계가 아니었다면 결코 성공하지 못했겠는데? 그리고 또 쓸 만한 것도 아니다. 단순히 속력 때문에 원주미보의 특성을 대부분 버려야 했으니까.

"섬!"

난 녀석의 주위를 계속해서 돌다가 섬의 식으로 복부를 향해 찔렀고, 녀석은 그것을 막아냈다. 하지만 난 아직 멈추지 않았다. 계속해서 원주미보로 녀석의 주변을 돌며 조금씩이지만 데미지를 입히고 있다. 일명 거북이 작전!

"크크큭! 이딴 조잡한 방법으로 날 어찌할 수 있다고 생각한 건가?"

이런? 저 웃음은 뭐야?

녀석은 웃음을 짓고 있었다. 아까처럼 비릿한 웃음이 아니라 진정으로 즐겁다는 듯. 맞는 게 그렇게 즐겁냐?

"섬!"

난 다시 한 번 섬의 식으로 녀석의 어깨를 찔러갔다. 그러나 그것이 바로 나의 실수였다. 녀석이 팔로 쳐낼 줄 알았던 예도는 그대로 녀석의 어깨에 박혀 버렸고, 예상치 못한 상황에 당황하게 된 나는 내 몸속으로 파고드는 녀석에게 미처 대항하지 못했다.

"투기살권(鬪氣殺拳)!"

이런 위험하다!

투귀의 발끝부터 조금씩 몸의 각 부위가 회전하며 그 힘을 오른쪽 주먹에다 실어주었고, 그 주먹 역시 맹렬히 회전하며 내 복부에 박혔다. 그리고 그 순간 복부가 뜯겨 나간 듯한 착각이 들었다.

"꺼억!"

다시 내동댕이쳐지는 내 몸뚱이. 꺼억, 수, 숨이…….

"끄윽, 끄윽!"

"크크."

저… 저 자식! 웃지 마!

난 복부가 뜯겨 나간 듯한 고통 속에 바닥을 뒹굴고 있었고, 녀석은 그런 나를 보며 광기가 가득한 웃음을 짓고 있었다.

"괜찮아요?"

으… 으응? 누… 누구지?

난 고통스러운 와중에도 고개를 돌려 내게 다가온 사람을 쳐다보았고 초매란 것을 알 수 있었다.

젠장, 초매 앞에서 이거 웬 스타일 구기는 일이냐.

"초… 초매……."

"정신이 들어요? 어서 정신을 차려요. 그리고 도망가요. 투귀는 제가 어떻게든 막아볼 테니 어서 도망가세요."

"크… 크윽!"

젠장, 꼴이 말이 아니잖아. 내가 왜 초매에게 이런 이야기까지 들어야 하는 거야.

"크크큭! 여자의 구원을 받아 도망치는 놈이라… 꼴사납구나."

저 자식이!

"크크큭! 내가 한 가지 충고를 하지. 누구를 지키려 한다면, 진정으로 다른 사람을 위하려 한다면! 네 목숨을 걸어라. 그것만이 네 뜻을 이룰 수 있는 길이다."

웬 개소리야!

난 짜증이 솟구치기 시작했다. 내가 왜 놈에게 저런 소리를 들어야 하지? 내가 왜 녀석에게 맞아야 하지? 내가 왜 녀석에게 두렵다는 감정을 느껴야 하냐고!

"가… 가만 두지 않겠어."

"크크큭! 그래 어서 와라. 나를 더욱 즐겁게 해줘!"

난 초매를 물리고 예도를 지팡이 삼아 다시 일어나기 시작했다. 크윽! 아까 맞은 곳을 또 때리다니… 치사한 자식!

"끄으으으!"

"안 돼요! 투귀에게 이길 수 없어요. 그는 10위의 랭커란 말이에요. 제가 막을 테니 어서 도망가요."

시… 10위? 젠장. 어째 강하다 했어. 그런데 10위라면 도대체 얼마나 강한 거야? 젠장, 감도 안 잡히네.

난 갑자기 투지가 꺾이는 기분이 들었지만 그녀에게 억지웃음을 지어 보였다.

"크, 10위라. 대단하군요. 걱정 마세요. 저도 랭커라더군요. 999위지만."

내 말에 초매와 투귀는 이상한 표정을 지었다. 설마 이만큼이나 싸우는 사람이 랭킹 안에 든다고 생각 못한 건 아니겠지?

"……."

"……."

"크크크크, 크하하하하하하!"

저놈은 왜 또 저러는 거야?

"이… 이런. 어서 도망가세요. 지금 당신은 정말 위험해요."

초매까지 이상한 증상을 보였다. 왜 이러는 거지? 내가 의문을 표할 때 투귀의 입이 열렸다.

"크하하하하하, 네가 999위라고? 네가 그 2차 테스터란 말이냐!"

큭! 투귀는 갑자기 엄청난 살기를 내뿜기 시작했다. 내가 999위인 게 그렇게도 의외냐?

"큭! 지독하군. 그래, 내가 999위다. 불만있냐?"

"크하하하하하. 마음이 바뀌었다. 고통없이 죽여주려 했는데 안 되겠구나. 고통스럽게 가지고 놀다가 아주 천천히 죽여주마!"

도대체 왜 저러는 거야? 난 이상한 마음에 초매를 쳐다보았고, 초매는 얼굴이 창백해져 있었다.

"왜 저러는 거죠?"

"투귀의 2차 직업은 바로 투장(鬪將)이에요. 그리고 세간에 알려지기를 2차 직업의 퀘스트 조건이 바로 랭킹 1,000명의 유저와의 비무라고 해요. 투귀는 원래 랭킹 10위가 아닌 1, 2위를 다퉜던 인물이에요. 그런데 2차 테스트가 시작되고 나서도 결코 랭커 1,000명 중 한 명도 나타나지 않았고, 덕분에 오픈이 되고 나서야 2차 직업을 얻게 되었어요. 상대적으로 늦게 2차 직업을 얻은 그는 랭킹 10위로 밀려나고 말았죠. 그리고 얼마 후 그 나타나지 않은 1,000번째 랭커가 바로 랭킹 999위 불명의 랭커라고 소문이 나돌았어요."

자… 잠깐만. 어, 어쩌다가 그런 헛소문이? 아니, 헛소문은 아니지만 누가 그런 사실을 퍼뜨린 거야?

"하… 하하하. 지, 진정해. 누가 그런 헛소문을 퍼뜨렸는지 몰라도 난 아니라고."

급히 변명을 했지만 살기는 전혀 줄어들지 않았다.

"크하하하하, 네가 진짜든 그렇지 않든 상관없다. 그런 소문이 난 녀석은 다 죽여 버리면 그만이니까. 크하하하하."

미… 미친 자식. 그깟 일 때문에 PK도 감수하겠다는 거야?

"빌어먹을. 좋아, 해보자고. 어차피 너에게 이기지 못한다면 죽는 거야 변함없으니."

전신에서 느껴지는 고통을 참으며 예도를 들었다. 그리고 녀석에게로 달려갔다.

초은설은 곧 열린다는 비무대회를 앞두고 천악산으로 향하는 중이었다. 그런데 그 도중 누군가의 비명 소리가 들렸고, 초은설은 급히 그곳으로 향했다. 비명 소리가 들린 곳은 현마(現魔)의 숲이라는 악명 높은 숲이었지만 그녀는 개의치 않았다.

그녀가 도착했을 때 비명을 지른 장본인인 한 여인이 쓰러져 있었고, 두려움에 떠는 한 남자가 그 여인을 지키려는 듯 벌벌 떨면서도 여자 앞에 서 있었다. 그리고 그들의 앞에는 온몸에 피를 뒤집어쓰고 광기에 젖은 미소를 짓고 있는 남자가 서 있었으며 그 주변에는 수많은 마물이 죽어 있었다.

대충 파악되는 상황이었다. 피를 뒤집어쓰고 있는 남자가 구해주었으리라. 초은설은 의술도 익히고 있어 여인의 상세를 살피기 위해 그들에게로 다가갔다.

"넌 누구냐?"

묵직하면서도 섬뜩한 목소리. 그 목소리가 피를 뒤집어쓰고 있던 남자에게서 새어 나왔다. 이미 예상하고 있던 바다. 이 정도 수의 마물을, 거기다가 고급 마물 역시 몇 마리 섞여 있는데 단신으로 처리했다면 그녀와 비슷한 경지일 것이다. 그녀는 공손히 대답했다.

"전 초은설이라고 합니다. 지나가는 길에 비명 소리가 들려 찾아왔는데, 실례가 되지 않는다면 저 여자 분의 상태 좀 봐도 될까요? 제가 의술을 조금 익히고 있어서요."

그는 아무 말도 하지 않았지만 초은설은 무언의 긍정으로 받아들였다. 그러면서도 정말 무뚝뚝한 사람이라는 생각을 지울 수 없었다.

여인과 사내의 곁으로 다가간 그녀는 먼저 사내를 진정시키고 여인의 상태를 살폈다. 여인은 다행히 너무 놀라 잠시 기절했던 것뿐이었고 잠시 후면 깨어날 것이었다. 초은설은 품에서 작은 단약을 꺼내 여인의 입에다 넣어주고 삼키게 한 후 사내에게 말했다.

"놀라서 잠시 기절한 것뿐이니 조금 시간이 지나면 깨어날 거예요. 방금 안정제를 먹였으니 돌아가셔서 푹 쉬게 해주세요."

그녀의 말에 사내는 황송한지 계속 고맙다는 인사를 하였고, 그녀는 그의 상태도 살펴보았다. 그는 여인보다 상태가 심각했다. 오른쪽 팔은 부러지진 않았지만 큰 충격에 빠져 버린 듯했고 왼쪽 다리는 길게 찢어져 있었다.

아무리 봐도 중상이었다. 그녀는 간단한 응급 조치를 하고 그를 쳐다보았는데, 그는 전혀 아픈 기색을 하고 있지 않았다. 아마도 감도를 최대한 낮추고 플레이하고 있는 듯했다.

초은설은 사내와 함께 여인을 부축하고 일어섰다. 감도를 최대한 낮추고 있으면 고통도 없고 혼자서 여인을 업는 데 그다지 힘도 들지 않겠지만 그렇게 한다면 상처가 더욱 벌어질 위험이 있었다.

그래서 초은설은 그들을 가까운 마을까지 데려다 주기로 했다. 어차피 그들만 빠져나가기에는 무리가 있다. 그때 지금껏 잠자코 있던 피를 뒤집어쓴 남자의 목소리가 들렸다.

"잠깐."

"……?"

"네가 요즘 명성을 떨치고 있다는 신녀인가?"

신녀, 그녀의 1차 직업이자 2차 직업. 그러나 그녀가 신녀로 불리게 된 것은 여러 곳을 돌아다니며 많은 선행을 쌓았기 때문으로, 덕분에 그녀는 스스로 과분하다 느끼는 명호로 불릴 수 있게 된 것이다.

"제겐 너무나 과분한 칭호지만 몇몇 분들이 절 그렇게 불러주시더군요."

순간 옆에서 여인을 부축하고 있던 남자의 눈이 휘둥그레졌다. 신녀라니…….

요즘 들어 제일 유명한 인물을 든다면 바로 불멸의 지존 '성자 단엽'과 랭킹 999위의 '불명의 랭커', 그리고 랭킹엔 오르지 않았지만 순수 무위로 랭킹 10위권 안에 든다는 '신녀'를 꼽을 수 있다.

원래 성자 단엽이야 비상 최고수로 알려져 있으니 말할 것도 없고, 불명의 랭커는 요즘 랭킹 10위 투귀와 얽힌 소문 때문에 많은 사람들에게 알려졌다. 그런데도 그를 알고 있는 사람이 아무도 없다니 정말 해괴한 일이었다. 그리고 신녀. 얼마 전에 무림에 출도하여 수많은 선행을 했으며 그녀의 아름다움은 선녀의 그것에 전혀 뒤떨어지지 않아 비상의 많은 청년들의 가슴을 끓게 만들고 있었다.

비단 청년들뿐만이 아니라 여성들조차 그런 신녀의 모습에 매혹되어 그녀를 추종하는 무리가 여럿 생겨나는 사태까지 발생되었을 정도로 그녀의 인기는 대단하였다.

"크크크크, 네가 성녀였단 말이지."

초은설은 그의 웃음소리와 함께 얼굴을 가리고 있던 앞머리가 흩어지며 드러난 얼굴에 피를 뒤집어쓴 남자의 정체를 알 수 있었다.

"투… 귀."

신음이 섞인 그녀의 음성.

"날 아는가?"

"아는 정도가 아니라 예전에 당신에게 한 번 당했었죠. 제 일행과의 비무 후, 그를 죽이려는 당신을 막다가요."

그랬다. 그녀는 오래전에 그와 싸운 적이 있었다.

투귀는 퀘스트를 이루기 위해 비무 상대를 찾아다녔고, 어느 날 초은설의 일행과 맞붙게 된 것이다. 그리고 비무에 이기게 된 그는 그 일행들을 무참히도 죽여 버렸다.

다행히 초은설은 정신을 잃고 강물에 휩쓸렸고, 투귀는 그녀를 내버려 두었다. 천우신조로 그녀는 동굴에서 살아날 수 있었고, 일행을 잃어버린 아픔을 겪었지만 덕분에 그 동굴에서 2차 직업을 얻는 기연을 얻게 되었다. 그후 지금에 와서는 투귀와도 일 대 일로 맞붙을 수 있는 무력을 얻게 된 것이다.

"크크크크, 그랬던가? 미안하지만 기억이 나지 않는군. 워낙 많이 죽여서 말이지. 크하하하하."

초은설은 그동안 선행을 하며 이미 투귀에 대한 복수의 미련을 버렸다. 그리고 지금 곁에는 부상을 입은 사람이 있으니 비무를 할 상황도 아니었다.

얌전히 지나가려는 초은설의 앞을 투귀가 가로막았고, 그녀는 투귀에게서 강한 살기와 투기를 느꼈다.

"지금 옆에 있는 환자가 보이지 않나요? 비켜주세요."

"그것들 따위야 내가 알 바 아니지. 애초에 구해주려는 의도도 없었어. 그냥 마물을 때려죽이고 싶어 찾아왔더니 그렇게 쓰러져 있더군."

초은설은 그를 지나쳐 가려 했지만 그는 계속해서 앞을 막아섰다.

"크크크크, 그것들이 방해가 된다면 다 죽여 버리면 되겠지?"

그녀는 섬뜩했다. 투귀는 절대로 자신이 죽이겠다고 한 사람을 살려두지 않는다. 아니, 단 한 사람, 성자 단엽만을 빼놓고. 그는 누구에게도 패하지 않았던 사람이다. 랭킹 10위로 밀려나면서 조금 뒤떨어지기는 했지만 누구도 그를 무시할 수 없다.

그런 그가 이 두 사람을 죽이겠다는 말을 했다. 초은설은 품에서 부적 한 장을 꺼내 사내에게 건넸다.

"이 부적을 가지고 있으면 한동안 마물을 만나지 않을 거예요. 제가 투귀를 따돌릴 동안 어서 도망가세요."

그렇게 말하고는 그녀는 뒤를 돌아 투귀와 마주 보았다.

"이분들은 내버려 두세요. 제가 상대해 드릴 테니."

"크크크크, 이거 미안해서 어쩌지? 난 내가 한 말은 꼭 지키거든."

초은설은 그의 말에 일말의 분노를 느끼며 품에서 자신의 자소(紫簫)를 꺼내었다. 그녀가 익힌 무공은 직업 퀘스트 때 얻은 자소로 펼치는 음공과 적소(笛簫)검법. 그리고 여러 가지 수많은 기술들이었다. 그녀의 병기인 자소 역시 그곳에서 얻은 것이다.

투귀는 여인을 업고 도망가려는 사내를 공격하려 했지만 그 공격은 초은설의 자소에 의해 차단되었다. 순식간에 십여 차례의 공방이 오가고 초은설은 그들이 어느 정도 대피했다 싶은 느낌에 경신법(輕身法)을 펼쳐 현마의 숲 안쪽으로 들어갔다.

투귀가 남녀를 잡으러 간다면 실질적 볼일이 있는 초은설은 결국 놓치게 될 것이고, 그렇지 않다면 그 남녀를 놓치게 될 것이다. 결국 투귀는 초은설을 쫓았다.

그로부터 투귀와 초은설의 쫓고 쫓기는 장면이 연출되었다.

며칠 동안이나 계속해서 도망다니던 초은설은 현마의 숲을 지나 죽음의 절벽에 도착하게 되었고, 투귀는 그녀의 도주 경로를 여러 은폐물로 차단시킨 채 그녀와의 결전을 준비했다.

결국 초은설과 투귀는 맞붙게 되었고, 무위는 예상 외로 초은설이 더 우세했지만 투귀의 수많은 실전 경험과 또 패기, 그리고 몸을 아끼지 않는 투지를 이길 수 없었다. 결국 초은설은 내상을 입어 죽음을 기다리는 신세가 되었다.

그때, 그가 나타났다.

그녀는 그를 몰랐지만 그는 그녀를 알고 있었다. 그리고 그는 그녀를 대신하여 투귀를 향해 칼을 뽑았다. 그는 투귀를 이기지 못했지만 포기하지 않았다. 계속해서 덤볐고, 나중에 그의 정체가 밝혀졌을 때는 후회마저 들었다. 애초에 그를 말릴걸. 이제 그는 살아날 가망성이 없는 것이다.

투귀는 그에게 고통을 주며 계속 괴롭혔고, 그는 수십 차례 나가떨어졌다. 너무 많이 맞아 얼굴은 퉁퉁 부어 원래의 모습을 확인하기조차 힘들었고 이제 서 있는 것조차 힘겨워 보였다.

그리고 그는 다시 투귀에게로 덤벼들었다.

퍼억!

"컥!"

크! 이게 몇 번째 땅에 뒹구는 거지? 기억도 안 나는군. 아니, 아무런 생각도 들지 않아.

투귀는 나의 상상보다 너무나 강했다. 아까까지는 그래도 몇 차례 공수를 주고받았는데 내 정체를 알게 된 후로 투귀는 그야말로 전광석화(電光石火)의 움직임으로 철저히 나를 제압했고, 내게 고통을 주었다.

이미 수십 번은 족히 투귀에게 쓰러졌고, 이젠 예도를 움켜쥐기조차 힘겹다.

"크크크크, 아까의 그 기세는 다 어디간 거지? 왜 그래? 덤벼봐!"

너 같으면 이 몸으로 덤빌 수 있겠냐?

하지만 내 생각과는 다르게 내 몸은 예도를 질질 끌면서 그에게로 다가가고 있었다. 이미 정신과 육체의 의식이 끊어진 상태. 내 몸은 투귀의 살기에 무의식적으로 움직이고 있었다.

그러나 변변찮은 공격 한번 못해보고 다시 나가떨어지는 내 몸뚱이.

아, 너무 많이 맞아서 그런지 지금 아무런 생각조차 들지 않는다. 멍하다. 주변이 흐릿하게 보이고 비에 대한 느낌도 들지 않는다. 아직 내게 남은 게 있나? 폭기 사 단계? 그것은 무리다. 지금 상황에서도 죽음은 뻔한 일인데 나 스스로 자살을 택하고 싶지는 않다. 그렇다면?

아, 한 가지 남아 있었지. 폭의 식. 내가 왜… 그것을 잊… 고 있었을까?

"크크크큭! 네놈은 내가 가진 힘 앞에서 벌레 정도밖에 되지 않는 존재다. 크하하하하! 받아라."

투귀는 아주 천천히 주먹을 내려쳤다. 난 남은 모든 진기를 폭의 식으로 전환시켰고, 투귀의 주먹에 얼굴을 맞으며 무의식적으로 예도를 녀석의 살에 가져다 대었다. 다행이다. 녀석의 팔 보호대나 각반에 가져다 대었다면 큰일 났을 텐데.

나가떨어지는 내 얼굴에 희미한 웃음이 걸려 있었다.

폭기 삼 단계를 시전하고 있을 때 사용한 폭의 식의 위력은 나도 모른다. 예전에 폭기 이 단계를 사용하고 펼친 폭의 식은 일 단계 때와는 너무나 큰 차이를 드러냈다.

일 단계는 시체가 터져 그 시체 조각이 주변의 것들에 상처를 입히는 것이라면, 이 단계는 주변 모든 것이 폭파하고 그 폭파 범위에 있는 것들의 시체까지 터치며 사방으로 퍼진다. 그렇게나 위력적인 식이었는데 과연 삼 단계는?

"크하하하하하, 큭!"

드디어 반응이 오는가 보군.

"크억! 이게 뭐지? 내 몸 안을 휘젓고 있어. 커억! 네놈! 무슨 짓을 한 거냐!"

갑작스러운 그의 반응에 초매도 의아한 표정을 지으며 투귀를 바라보고 있었고, 난 희미한 웃음을 지으며 입을 열었다.

"벌… 레의 쿨럭! 바… 반란이랄… 까?"

퍽!

"컥!"

"이 자식!"

어, 어떻게 된 거지? 왜 아직까지 견딜 수 있는 거지?

난 녀석의 주변에서 급히 끌어 모아지고 있는 진기를 느꼈다.

"큭! 진기로 폭기를 억제하고 있나? 그런 것까지 가능하다니… 정말 괴물이군."

"크악! 가만두지 않겠다."

내게 다가오는 투귀를 바라보았다. 그의 오른손에는 지금껏 내가 한 번도 느껴보지 못했던 거대한 내공이 모이고 있었다. 권기 따위의 의형지기가 아니다. 이건… 권강(拳罡)?

급히 몸을 날려 내려치는 주먹을 피했다. 이건 맞으면 바로 죽는다!

콰앙!

곧 천지를 진동시키는 폭음과 함께 내가 있었던 곳엔 거대한 구덩이가 생겼고, 난 폭발로 생긴 충격력에 멀리 나가떨어졌다.

"쥐새끼 같은 자식, 죽어버려!"

갑자기 자괴감이 들기 시작했다. 믿었던 폭의 식조차 통하지 않는 상대. 내가 이렇게 힘이 없었나? 난 이렇게 약했나? 그런데 왜 난 내가 제법 강하다고 생각했을까? 이제 내게 남은 것은 없나?

그 순간에도 투귀는 내게로 다가오고 있었다. 그러나 이상하게도 아까처럼 두렵다는 생각은 들지 않았다. 난 내가 약하다는 것을 깨달았다. 그리고 내게 남은 것도 없다는 것을.

천천히 눈을 감고 죽음을 기다리자. 다시 시작하면 되는 거야.

그때 뇌리를 스쳐 지나가는 빛줄기.

내게 남은 것이 하나 있었군. 내가 가진 모든 것을 쓰지 않고 죽는다면 억울할 테지? 그럼 마지막이다.

"투… 결(透決)."

힘들게 입을 비집고 나오는 희미한 소리. 투결, 내게 남은 마지막 스킬.

갑자기 세상이 느려지기 시작했다. 너무 많은 상처를 입어서 그런 게 아닐까 하는 생각이 들었지만 그게 아니었다. 다른 느낌. 그리고 투귀는 어느새 내 앞에 도달해 주먹을 들어 올리고 있었지만 그것조차 느리게 보였다. 그리고 투귀의 주먹에서부터 내 가슴으로 이어지는 실 한 가닥이 보였다.

이게 뭐… 지? 뭔지 모르겠지만 거치… 적거… 려.

"죽어라! 투굉강권(鬪轟强拳)!"

"피해요!"

투귀와 초매가 뭐라 말하는 듯했지만 그 말소리조차 너무나 늦게 들려 무슨 말인지 알 수 없었다. 똑똑히 들리는 것은 빗소리뿐.

이… 실이… 너무 마음에 안… 들어.

난 실을 피해 자연스럽게 몸을 옆으로 옮겼다. 실은 나를 뚫고 있었는지 그 자리를 계속해서 이어 땅으로 이어져 있었다.

쾅!

"큭! 어, 어떻게?"

투… 귀 녀석이 왜 땅에다가 주먹… 을 쳤… 을까? 난 이번에는 이상하게도 폭발의 충격에 날아가지 않았고, 덕분에 무방비 상태인 모습이 바로 눈에 들어왔다. 그리고 녀석의 복부에 예도를 힘껏 찔러 넣었다.

◆비상(飛翔) 아홉 번째 날개

다시 천악산으로

비상(飛翔) 아홉 번째 날개 다시 천악산으로

초은설은 너무나 놀랐다.

솔직히 사예는 투귀의 적수가 될 수 없었다. 그가 아무리 랭킹 999위라고는 해도 투귀는 10위. 하늘과 땅만큼 차이가 나는 것이다. 그러나 그녀가 하나 간과하고 있는 게 있었으니, 하늘이든 땅이든 사람으로선 그 끝을 헤아리기 힘들 정도로 드넓다는 것이었다.

결코 상대가 되지 못하리란 그녀의 예상을 멋지게 깨버리고 사예는 포기하지 않고 끝없이 투귀에게 덤비고 있었다.

그러나 어느 순간 그 분위기가 달라졌다. 아무런 공격도 하지 못하던 사예가 투귀의 몸에 칼을 살짝 접촉시킨 후부터 투귀는 괴성을 지르며 괴로워했고, 사예는 희미한 미소까지 짓고 있었다. 그리고 마침내 투귀의 손에서 강기(罡氣)가 뿜어져 나왔다. 그녀는 절망했다.

권기를 사용하지 못한 투귀에게도 적수가 되지 못한 사예다. 권기도 아닌 권강이 뿜어져 나오고 있으니 절망적인 상황이었다. 그러나 사예는 그 순간 그 권강을 피해내었다.

권강의 속도가 느리기도 했지만 그의 능력치 덕분이기도 했다. 물론 초은설이야 그런 것을 알 리 없었다. 광분한 투귀가 마침내 자신의 절기 중 하나를 선보이려 하자 초은설은 움직이지 않는 몸을 일으켜 세우려 노력했다. 그때 사예의 행동이 변했다.

의식적이라고 하기에는 너무나 자연스럽게 물 흐르듯 투귀의 절기를 피해내었고 단숨에 투귀의 품속으로 파고들어 간 그는 투귀의 단전이 있는 부위에 칼을 꽂아넣었다. 실로 믿기지 않는 광경이었다.

그러나 투귀는 물러서지 않고 괴성을 지르며 사예의 몸에 옆차기를 날렸고, 그것에 적중된 사예는 혼절한 듯 조금의 움직임도 보이지 않은 채 절벽으로 날아가 떨어졌다.

"안 돼!"

초은설은 비명을 질렀다.

'나 때문이야. 내가 그를 죽게 만들었어. 흐흐흑.'

그러나 투귀는 그녀가 슬픔에 잠기는 것조차 허락하지 않았다.

"커억! 큭! 지… 지겨운 자식. 신녀, 너도 죽어라!"

투귀는 무리를 하면서까지 권기를 일으켰다.

강기는 무리다. 그러기엔 녀석에게 당한 상처가 너무 심하다. 권기만으로도 반항하지 못하는 신녀를 죽이기에 전혀 부족하지 않다고 생각하는 투귀였다.

그러나 그가 미처 생각하지 못한 게 있었고, 그때 천지를 뒤흔드는 괴성이 들렸다.

쿠어어어엉!

숲 속에서 붉은 물체가 튀어나오더니 그대로 투귀의 몸에 부딪쳤다.

"커억!"

내공으로 사예에게서 전해진 폭기를 간신히 누르고 있던 그였다. 거기다가 사예의 예도에 단전에 상처까지 입어 내공이 기하급수적으로 줄고 있었는데 또다시 강한 충격까지 받다니……. 불난 데 석유 붓는다는 게 바로 이런 것이리라. 투귀는 자신의 온몸으로 퍼져 나가는 정체 모를 내공을 느낄 수 있었고, 그 고통은 점점 심해졌다.

쿠어어어어엉!

다시 한 번 괴성이 울려 퍼졌고, 투귀는 그 장본인을 쳐다보았다.

붉은 곰. 투귀는 붉은 곰을 볼 수 있었다.

바로 푸우. 사예가 초은설을 위해 약초를 찾으라고 보냈던 푸우였다. 그런데 정작 약초는 괴성을 지르다 다 떨어뜨렸는지 보이지 않았고, 투귀를 쳐다보며 진득한 살기를 흘리고 있었다.

"큭! 감히 미물이!"

투귀는 화가 났다. 그 랭킹 999위라는 놈도 모자라서 이제는 그 애완 동물까지 자신을 우습게 본다. 투귀는 전력을 다해 내공을 억제시키며 일어나기 시작했다. 내공을 사용하지 않더라도 저런 미물쯤은 제압할 수 있는 자신감이 있었다.

그때 마치 초은설을 보호하듯 그 중간에 떡하니 서 있던 푸우의 몸이 변화하기 시작했다.

쿠어어엉!

검은 눈동자가 혈광(血光)을 뿌리며 붉게 변해갔고 입에서는 날카로웠지만 그래도 섬뜩한 기분은 주지 않던 이빨들이 마치 마귀의 그것처럼 길고 더욱 날카롭게 자라나기 시작했다. 그리고 붉은 털도 혈광을 띠며 원래의 붉은색이 아닌 피의 붉은색으로 변해갔고 사방으로 곤두서 있었다. 발톱은 길어져서 땅을 파고들고 있었으며 전신에서 혈광을 뿜으며 살기를 폭사하고 있었다. 결코 투귀의 그것에 밀리지 않는 살기.

완전히 변하고 난 푸우의 모습은 그야말로 흉신(凶神)의 그것이라 할 만큼 괴기스럽고 두려웠으며 또한 감히 범접하기 어려운 분위기를 뿜어내고 있었다. 바로 이것이 푸우의 본래 모습이었다.

푸우는 100년에 한 번 꼴로 나타난다는 혈천성(血天星)을 타고 태어났다. 덕분에 그 털이 모두 붉었으며 힘 또한 보통의 곰들과는 비교도 되지 않았고 그 흉포함과 잔인성마저 범웅(凡熊:보통 곰)을 훨씬 상회했다. 제일 문제는 분노가 극에 달하면 몸이 변화를 일으킨다는 것인데 그것이 바로 지금의 모습이었다.

이 모습으로 변하면 변하기 전의 모든 능력을 훨씬 뛰어넘으며 스스로도 제어하기 힘들 만큼 살기를 뿜어낸다. 다행히 희대의 현자 지자가 푸우를 가르치고 키운 데에, 푸우는 스스로를 제어하는 방법을 깨달을 수 있었고 최대한 억제하며 살아왔다. 그런데 그 자제력이 마침내 폭발하고만 것이다.

푸우는 살기가 가득 담긴 괴성을 질렀다.

쿠어어어어어어엉!

지금까지완 비교도 되지 않는 소리가 사방을 진동시켰고, 직접적으로 괴성을 들은 초은설은 충격을 입어 정신을 잃었으며, 투귀는 내상이 더욱 심각해지는 것을 느꼈다.

"크윽! 쿨럭! 울… 음소리 하나만으로 이 정도의 위력을 내다니… 도대체 넌 뭐냐!"

투귀의 외침에도 푸우는 살기만 내뿜을 뿐이었다. 결국 투귀는 초은설을 포기할 수밖에 없었다. 자신이 원래 상태일 때라면 몰라도 지금은 어지간한 고수 하나도 당해내기 힘들다. 투귀는 몸을 날려 숲으로 들어갔다.

한참 동안 숲을 노려보던 푸우도 발길을 돌려 사예가 떨어진 절벽으로 다가갔다. 어느새 원래의 모습으로 돌아간 상태였다.

쿠어어어어엉!

마치 어서 돌아오라는 듯 길게 외치는 울음소리. 한참을 그렇게 외치던 푸우는 다시 초매에게로 다가갔고, 입으로 초매를 들어올려 머리를 통해 등에 태우는 묘기를 발하고는 숲 속으로 사라졌다. 그리고 그 자리에는 빗소리만이 남아 있어 고독을 씹을 뿐이었다.

쏴아아아아아아.

"컥! 쿨럭!"

투귀는 남아 있는 모든 내공을 사용해 폭기를 억제시키고 있었다. 그러나 그러기엔 폭기의 흐름이 너무 강했고 또한 투귀 자신이 입은 상처도 만만치 않았다. 그중 가장 큰 이유는 바로 단전을 다쳤다는 것이었다. 단전을 다쳐 내공은 모이지도 않았고, 오히려 계속해서 몸 밖으로 빠져나가고 있었다.

투귀는 현재 얼마 전 자신이 봐두었던 동굴에 앉아 폭기에 대항하는 중이었다. 시간이 갈수록 폭기는 투귀의 온몸을 잠식해 들어갔고, 투귀가 살 가망성은 점점 줄어들었다.

'이럴 순 없어! 이렇게 허망하게 죽을 순 없단 말이다!'

사실 투귀는 이번이 세 번째 목숨이었다. 첫 번째와 두 번째 목숨은 수많은 싸움을 거치면서 다 써버렸고 이번이 세 번째 목숨.

본디 능력의 120~130퍼센트로 끌어올려 준다는 세 번째 목숨이다. 거기다 투귀는 세 번째 목숨을 얻을 때 200퍼센트의 힘을 낼 수 있는 버그에 걸려 한때 1, 2위를 다투기까지 했었다. 비록 2차 직업을 늦게 얻어 10위로 밀려나기는 했지만 지금 당장 성자 단엽과 붙어도 쉽게 지지 않을 만큼 강대한 힘을 가지고 있었다.

그런 그가 너무나도 허무하게 목숨을 잃어가고 있었다. 이윽고 투귀는 내공을 이기지 못해 정신을 잃고 말았다.

그때 투귀의 몸에서 변화의 조짐이 보이기 시작했다.

그의 단전은 이미 재기 불능의 상태였다. 예도의 싸늘한 예기에 심각한 상처를 입었음에도 억지로 권기를 끌어올려 그 상처를 더욱 악화시켰고, 폭기를 억제시키려 끌어올린 내공이 단전을 폐기 상태로 만들어 버리고 있었다. 그런데 그때 폭기가 서서히 투귀의 내공과 섞이기 시작했다.

잠시 후, 폭기와 하나가 된 투귀의 내공은 투귀의 전신을 돌아다니기 시작하다가 서서히 그의 단전에 집약되기 시작했고, 곧 내공이 모여 단전의 부분을 채우기 시작했다. 결국 완전히 단전과 하나가 된 내공은 서서히 그 움직임을 멈추기 시작했고, 새로 만들어진 단전에서 다시 태어난 내공이 투귀의 혈도를 통해 그의 상처를 치료하기 시작했다.

사실 사예가 투귀에게 시전한 폭의 식은 완전한 것이 아니었다. 사예 자신도 결코 투귀보다 적지 않은 상처를 입었고, 의식까지 희미한 정도였기에 완전한 폭기가 아닌 도제도결의 진기가 가미된 폭기로 폭의 식을 시전하고 말았던 것이다.

덕분에 투귀가 폭기를 억누르는 사이 폭기의 강력한 힘에 잠들어 있던 도제도결의 진기가 깨어나 도제도결 진기의 특이성으로 폭기와 투귀의 내공을 하나로 융합시키기 시작했고, 자아 치료의 능력으로 파괴된 단전 대신 스스로 하나의 단전이 만들어졌다.

그것뿐만이 아니라 새로운 단전에서 나온 내공은 온몸을 돌아다니며 훼손된 신체를 없애 버리고 내공이 그 신체가 되기 시작했다. 이것이 바로 투귀가 겪는 두 번째 버그였다.

목이나 심장이 날아가지 않는, 단순한 신체의 훼손으로는 결단코 죽지 않는 버그. 일명 불사신의 버그가 투귀의 손에 들어가게 되었고, 그는 이제 새로운 힘을 얻게 되었다.

이 모든 것이 도제도결의 진기 덕분이니 사예가 투귀의 생명의 은인이 되었다고도 볼 수 있다. 이 사실을 사예가 알면 땅을 치고 통곡을 하며 후회의 눈물을 흘릴 만한 일이지만 현재 그는 자신의 일을 처리하기에도 바쁜 상황이었다.

그렇게 또 투귀는 자신도 모르게 버그라는 또 다른 기연을 얻게 되었다.

절벽으로 떨어진 사예. 그는 어떻게 되었을까?

사예는 절벽에 떨어질 당시 투귀의 발차기에 그만 정신을 잃고 말았다. 그다지 강한 공격이 아니었지만 이미 지칠 대로 지친 사예. 사실 지금까지 싸웠던 것만으로도 충분히 놀라울 만한 것이었다.

어쨌든 사예는 정신을 잃은 채 떨어졌다. 끝이 보이지 않는 죽음의 절벽으로. 그래도 예도를 놓치지 않았으니 투귀를 베고자 하는 그의 의지가 얼마나 강한지 알려주고 있었다.

지금 사예는 실로 위험하다 할 만한 순간이었다. 죽음의 절벽. 끝이 보이지 않는다 해서 결코 끝이 존재하지 않는 것은 아니다. 단지 그 높이가 상상을 불허할 만큼 높다는 것이 문제지만. 그렇다고 단순히 높은 것만은 아니다. 단순히 높기만 하다면 이미 벽호공(壁虎功)을 수련한 비상의 수많은 유저들이 정복했을 것이다.

일정한 간격으로 절벽 밑에서부터 올라오는 강한 상승류의 바람이 있어 무림 일류 고수라도 제 한몸 지탱하기 힘들었고, 결국 아직 아무도 정복해 보지 못한 곳이 이곳, 죽음의 절벽이었다. 사예는 바로 그런 곳으로 떨어지고 있었다.

바람에 휘날리듯 이리저리 힘없이 날려지고 있던 사예는 어느 순간 세찬 바람으로 인해 벽에 부딪쳐 버렸고, 덕분에 예도가 사예의 팔을 슬쩍 베어버렸다. 그냥 조그마한 상처가 난 정도였지만 사예는 그에 아픔을 느끼고 정신을 차릴 수 있었다.

'아, 왠지 몸이 조금 가뿐해진 것 같은… 헉! 여긴 어디야?'

정신을 차린 사예는 자신의 몸이 조금 전보다 조금이나마 좋아진 것에 의아한 생각을 하며 주변을 둘러보았다. 그리고 그는 놀랐다. 주변의 모습에 너무나 놀랐고, 자신이 현재 떨어지고 있는 것에 더욱 놀랐으며 입구도 보이지 않을 만큼 멀리 떨어졌음에도 끝이 보이지 않는다는 것에 다시 한 번 놀랐다.

정말 무협 영화에 흔히 나올 듯한 장면이다. 이곳에 떨어지는 자신은 분명 기연을 만나게 될 테고 덕분에 지존이 될 것이다라고 사예는 생각했다. 정말 망상임에 틀림없는 그런 생각을 사예는 하고 있었고, 불어오는 상승류에 미리 대처하지 못하고 있던 사예는 또다시 벽에 부딪쳐 자신이 현재 어디 있는가를 기억해 내고는 헛된 생각을 버릴 수 있었다.

'분명 이대로 간다면 죽는 거야. 둘째 치고 엄청 아플 텐데…….'

아프기만 하겠는가? 정신적인 충격이 대단할 것으로 예상되는 상황에 그는 로그아웃을 하거나 감도를 낮추면 된다는 생각을 하지 못하고 있었다.

문득 사예는 벽을 잡아 멈추는 방법을 생각해 내었지만 맨손으로 잡기에는 떨어지고는 속도가 너무 빨랐다. 자신이 예도를 들고 있다는 것조차 생각해 내지 못하고 말이다.

그때 조금 전 그가 부딪친 곳에서 커다란 돌덩어리가 떨어져 내렸다.

"헉! 위험하다!"

사예는 급히 예도를 휘둘러 떨어지는 돌덩어리들을 산산조각 내었다. 비록 진기를 끌어올릴 만한 힘은 없다고 하지만 예도의 본래 예기만으로도 돌덩어리쯤 잘라내는 것은 일도 아니었고, 덕분에 사예는 뒤통수에 돌덩어리를 붙이는 것을 피할 수 있었다. 그리고 깨달았다, 자신이 예도를 들고 있다는 사실을.

"이런 바보! 차앗!"

사예는 있는 힘을 다해 힘껏 예도를 벽에다가 박아 넣었다.

쿠콰콰콰콰.

"으아아악!"

그러나 떨어지던 속도를 그렇게 간단히 줄일 수 없는 법. 다행히 예도는 부러지지 않았지만 예도의 예기에 의해 예도를 따라 벽이 갈라지고 있었고, 사예는 점점 손에 힘이 빠져나가는 것을 느꼈다.

내공을 사용할 수 있었다면 모르되 이 상태로는 잠시도 버티기 힘들 것 같았다. 결국 사예는 조금 좋아진 몸에다가 모험을 걸었다.

"폭기!"

사실 사예가 투귀와 싸우면서 쓴 것은 폭기 삼 단계가 아니었다. 의지는 폭기 삼 단계를 원했지만 스스로 정화 기능과 치료 기능이 있는 도제도결의 진기가 폭기 삼 단계를 막아섰고, 도제도결의 저항에 이기지 못한 폭기는 도제도결의 진기를 넘으려 계속해서 이 단계의 폭발을 가동시켰다.

그러나 도제도결의 진기는 결코 물러서지 않았고, 얼마 지나지 않아 힘이 떨어진 폭기는 도제도결의 진기에 잠식되어 버렸다.

결국 항상 호시탐탐 폭기를 먹으려 기회를 노리고 있던 도제도결의 진기는 폭기의 힘이 떨어진 틈을 타 폭기의 근본이라 할 수 있는 곳까지 잠식하였고, 덕분에 폭기는 완전히 도제도결의 진기로 흡수되어버리고 말았다.

이에 도제도결의 진기는 더욱 힘이 강해져 축뢰공의 뇌기까지 잠식하여 버렸고, 축뢰공은 더 이상 축뢰공이 아닌 축기공(縮氣功:기를 다스리며 옳게 만드는 기공)과 축기공(畜氣功:기를 쌓는 기공)으로 탈바꿈되었다. 그렇기에 사예가 정신을 차렸을 때 몸이 가뿐해진 것 같이 느꼈던 것이다.

거기다가 도제도결의 진기는 폭기공의 폭기, 축뢰공의 뇌기와 항상 보이지 않는 암투에 힘을 쏟고 있었기에 본디 능력의 반 정도밖에 사용하지 못하고 기껏해야 이류 무공과 비슷하거나 그보다 뒤지는 힘밖에 발휘하지 못해 도기도 뿜어내지 못했는데, 이번의 계기로 사예의 몸을 완전히 장악하여 모든 힘을 개방할 수 있게 되었다.

하지만 모든 내공들을 제압하느라 체내에는 아주 극소량의 진기밖에 남아 있지 않았고, 덕분에 사예로 하여금 폭기를 사용하도록 하였다.

폭기도 완전히 변하였다. 도제도결로 완전히 편입된 폭기는 그 폭발력을 완전히 버리지 못해 사예가 폭기를 사용함에 따라 다시 일어서려고 발버둥을 칠 기세를 보였고 도제도결은 그것을 막기 위해 순간적으로 자신을 압축하였다가 한꺼번에 토해내게 되었다.

그럼으로써 폭기는 아니지만 폭기와 비슷한 능력으로 변화했던 것이다. 폭기의 제한은 사 단계였지만 일 단계는 막을 필요조차 없을 만큼 강해진 도제도결의 진기였기에 삼 단계로 구분되어졌다.

계산해 보자면 폭기 일 단계는 본래 힘의 두 배, 이 단계는 네 배, 삼 단계는 여덟 배, 사 단계는 열여섯 배였으나, 일명 뉴 폭기(new 폭기)의 일 단계는 본래 힘의 네 배, 이 단계는 열여섯 배, 삼 단계는 백스물여덟 배라는 머리 아픈 숫자로 바뀌어 버렸다. 그리고 사예가 뉴 폭기를 사용함에 따라 남아 있던 도결(刀訣:도제도결)의 진기가 순간적으로 압축되었다가 막혔던 둑이 터지듯 강한 힘을 뿜어내었다. 물론 사예는 이해하지 못할 것이다.

크윽, 어떻게 하지? 이대로는 버티지 못하겠는데.

난 지금 죽음의 절벽에 매달려 있다. 말이 매달려 있는 거지, 예도에 몸을 실은 채 계속해서 하강하고 있으니 속력을 조금 줄이고 있었다고 말하는 것이 정확할 것 같다.

어쨌든 난 지금 위험에 처해 있다. 예도를 잡고 있는 손에 힘이 빠져나가고 있어 더 이상 버티기 힘들 것 같다. 그렇다고 내공이 남아 있느냐 하면 그것도 아니다. 이미 과도한 내공 소모에 따라 정말 극소량의 진기밖에 남아 있지 않았다.

정말 이상하게도 지금 느끼기에 내상은 완전히 치료된 것 같았고, 몸도 가뿐해져 있었다. 그렇다고 힘이 충만한 것은 아니지만 난 이 이해 못할 일에 모험을 걸기로 했다.

"폭기!"

폭기 사 단계. 폭기공에 적혀 있는 것에 따르면 이 폭기공의 창시자를 비롯한 폭기공을 익힌 수많은 사람들이 폭기 사 단계를 한 번 쓰고 죽어버렸다고 적혀 있었다.

그럼에도 폭기공이 전해지는 이유는 강한 힘을 얻을 수 있는 것과 죽음이 두려워 폭기 사 단계를 쓰지 않은 사람들이 그 맥을 이어왔기 때문이라 한다. 그래서 이 폭기 사 단계는 자살공이라고도 할 만한 것인데, 난 내 버그와 도결의 진기에 목숨을 걸었다. 한번 믿어보자!

그런데 이상한 일이 생겼다. 폭기 사 단계에서는 폭발이 전혀 일어나지 않았고, 내공이 압축되기 시작하더니 그것이 마치 스프링 튕기듯 한꺼번에 터져 나왔다. 그리고 그것은 내가 아직까지 한 번도 겪어보지 못한 대단한 힘을 뿜어냈다.

난 폭기 뒤에 이어지는 극악한 고통을 대비했지만 이상하게도 고통마저 느껴지지 않았다. 고통이 극에 달하면 오히려 느끼지 못한다더니 이게 그건가?

어쨌든 난 전신에 충만한 힘을 바탕으로 불어오는 바람을 견디며 예도를 벽 속에 더욱 깊숙이 박았고, 떨어지는 속도를 줄여 나가기 시작했다.

나는 곧 한 20미터쯤 더 떨어지고 나서 완전히 멈추었다. 휴, 살았다.

"휴, 살았다. 그나저나 아직까지 이 절벽의 밑바닥은 안 보이는군.

허어, 이젠 위쪽도 안 보이는데?"

흠, 어쩌지? 내려가서 이 절벽의 끝을 봐야 하나 아니면 그냥 올라가 봐야 하나? 고민이다 고민.

하나 운명은 내가 고민하는 것조차 내버려 두지 않았다.

뚝!

"엥? 으아아악!"

지금까지 잘 견디던 예도가 마침내 그 생명을 다하고 부러지고 말았던 것이다. 젠장, 벌서 내구력이 그렇게나 떨어졌었나? 난 예도의 내구력을 확인하지 않은 것에 후회가 끓어올랐지만 지금은 속 편히 후회나 하고 있을 만큼 좋은 상황이 아니었다.

젠장, 그나마 속도는 얼마 되지 않으니까 손으로라도 잡자!

난 내공을 끌어 모아 손가락으로 집중시켰고 바람을 기다렸다. 조금 후 세찬 바람이 떨어지는 내 몸의 속력을 낮추었고, 그때 기를 집중시킨 손가락을 벽으로 박아 넣었다. 으억! 손가락이여!

콰콰콰.

역시 떨어진 지 얼마 되지 않았기에 멈추는 것 역시 빨랐고, 손가락은 부서진 듯 아픔을 호소했지만 다시 불어오는 바람에 난 그저 벽에다가 몸을 찰싹 접촉시키고 있을 수밖에 없었다. 그 다음부터는 생각할 것도 없었다.

"젠장, 이 상태에서 끝도 모르는 저 밑으로 내려가자고? 내려갈수록 바람은 점점 더 강해지고 있는데? 죽고 싶으면 무슨 짓을 못하겠어. 차라리 끝이나 알고 있는 위로 올라가자!"

별수있나. 올라가는 것을 택할 수밖에.

그때부터 난 손가락에 기를 집중시키는 것을 연습해야 했고, 올라가는 길에 부러진 예도의 나머지 부분을 찾아 예도의 손잡이와 함께 도갑에다 넣어버렸다. 그 도중에 손을 베일 뻔했다는 것은 말하기 싫지만…….

그리고 밤이 되면 익숙하지 않은 절벽을 타고 오르느라 퉁퉁 부은 손가락을 접고 주먹에다가 내공을 가득 담아 절벽을 계속 두들김으로써 간신히 한 명이 몸을 뉘일 수 있는 공간을 만들어 잠을 청했고 운기조식도 취해 몸의 상태도 확인했다.

역시 예상대로 내상은 다 치료된 상태였고, 이상하게도 폭기 사 단계의 흔적이 전혀 남아 있지 않았다. 어쨌든 좋은 게 좋은 거라고 하늘이 드디어 내게 선물을 주는 것이라 생각하며 내일을 준비했다.

다음날부터는 짜증나는 절벽타기가 날 기다리고 있으니까. 그리고 그날 밤 잠을 자다 굴러 떨어질 뻔했다는 것은 비밀로 남겨두고 싶다.

투귀와의 싸움 후로 내게 이상한 변화가 일어났다. 절벽과의 싸움에서 첫날 난 운기조식을 취한 후 이상한 점을 느끼지 못했다. 평소 내공이 모자랄 때와 마찬가지로 주변에서 무섭도록 기를 빨아들이고 있었고, 난 어서 내공이 전부 회복되기를 바라고 있었다. 얼마 되지 않는 내공은 한 번의 운기조식으로 보충되지만 양이 많아지면 말이 달라진다.

내가 가진 내공은 일 갑자를 조금 넘어서는 정도였다. 내가 생각하기에는 내가 가진 정신력에 비해 너무나 적은 양인 것 같았지만, 상호가 일 갑자의 내공은 한 문파의 장로급 이상의 사람들만이 가지고 있을 만큼 많은 양이라고 말해 주었다. 상호 자신도 이제 기껏해야 50년의 내공을 지니고 있다고 했으니 내게 거짓말을 한 게 아니라면 난 꽤나 많은 내공을 가지고 있는 것이 된다.

그런데 그 많은 양의 내공을 투귀와의 싸움에서 거의 다 써버렸다. 동굴 속에서 도제도결로 하루 종일을 보내던 내가 겨우 반 시진 정도밖에 싸우지 않았는데 내공이 바닥을 기다니… 뭔가 잘못돼도 한참이나 잘못된 것을 느낄 수 있었다.

이상한 것은 그것뿐만이 아니었다. 무슨 이유 때문인지 일 갑자였던 내공이 갑자기 45년으로 줄어버렸다. 그나마 정신력의 내공은 남아 있었고 나머지 축뢰공으로 쌓은 내공은 모두 날아가 버린 것 같았다. 몇 번이나 운기조식을 해보기도 하고 하루를 운기조식으로 보내봐도 단전은 기존의 내공은 전혀 받아들이지 않고 새로이 내공을 쌓고 있었다.

여기까지는 투귀와의 싸움 후유증 때문이라 생각할 수도 있었으나 문제는 전과도 비교도 되지 않을 만큼 전신에 힘이 넘치고 제멋대로였던 도제도결의 진기가 하나의 줄기로 통합되어 끊임없이 내 몸을 돌며 내게 충만한 기운을 주고 있었던 것이다.

그리고 내공을 극한까지 끌어올려도 더 이상 뇌기는 모습을 드러내지 않았다. 주변에 떠돌던 스파크 역시 완전히 오리무중(五里霧中)의 상태가 되어버렸다.

폭기도 이상해졌다. 이틀 전에는 충만한 기운과 폭기만 믿고 겁없이 바람을 무시한 채 절벽을 탔었다. 폭기라면 충분히 바람을 견딜 만한 힘을 줄 수 있을 것 같았기 때문이다. 그리고 절벽을 타고 올라가다 바람이 불어오는 것을 느꼈고, 난 재빨리 폭기의 시동어를 외쳤다. 그러나 이게 웬일? 큰 소리로 폭기를 외쳤으나 폭기는 내게 반항이나 하듯 발동되지 않았고, 난 바람과 밀고 끄는 싸움 끝에 결국 떨어질 수밖에 없었다.

아마 무의식적으로 손을 뻗어 절벽에 손을 박아 넣지 않았더라면 그대로 게임 오버 됐으리라. 어쨌든 난 바람에 떨어질까 느릿느릿하게 이틀이나 걸려 올라온 곳에서 무려 사흘이나 더 걸리는 곳으로 떨어졌고, 손가락이 비명을 지르는 것을 들으며 다시 올라가야 했다. 일순간의 만용의 대가는 너무나 비쌌다. 크윽!

어쨌든 내 몸에 무슨 변화가 일어났는지는 확실하지 않다. 그러나 변화 전보다 좋으면 좋았지 나쁘게 된 것은 별로 없는 것 같아 다행이다. 줄어든 내공만큼 다시 쌓이고 있으니 얼마 지나지 않아 내공 역시 완전히 본래의 일 갑자로 돌아갈 것이고, 그때까지 내가 해야 할 일은 이 절벽을 넘는 것이었다.

"차앗!"

드… 드디어, 드디어 다 올라왔다. 기쁨의 눈물이 홍수가 되어 눈앞을 가리누나. 절벽을 탄 지 일주일. 무려 일주일 만에 다시 지상으로 올라올 수 있었다.

"아, 투귀가 박살 내어 만든 구덩이야. 너도 변한 게 없구나. 참으로 반갑기 그지없다."

땅을 쳐다보며 말하는 내 모습은 다른 사람이 보면 미쳤다고 할 만했지만 지금은 그냥 이 기쁨을 누리고 싶구나. 푸하하하하하.

"푸하하하하하!"

난 그렇게 한동안 신나게 웃었다. 이럴 때 아니면 언제 이렇게 웃어보리!

절벽에서 올라온 날 난 떨어질까 섬뜩한 마음을 지우고 오랜만에 마음 편히 운기조식을 취할 수 있었고, 잠도 푹 잤다. 그리고 다음날부터 다시 숲으로 들어갔다.

지도에는 숲으로 갈 필요 없이 죽음의 절벽을 죽 따라가라고 화살표시가 되어 있었지만 난 그러지 않았다. 절벽은 두 번 다시 보기 싫다는 이유도 있었지만 가장 중요한 것은 힘, 힘을 얻기 위해서다.

투귀와의 싸움으로 나 자신이 얼마나 한심하고 약한 존재인지 뼈저리게 느꼈다. 지금 내가 가지고 있는 이 미증유의 힘은 나를 투귀와의 싸움 때보다 강하게 해줬지만 아직 내게 그것을 자유자재로 다룰 능력이 없다.

또한 투결, 내 목숨을 구해준 투결의 스킬. 절벽을 올라오며 써보려고 계속해서 시도했지만 결국 한 번도 성공하지 못한 스킬. 분명 투귀의 주먹과 이어진 실이 보였는데 어떻게 된 게 실은커녕 그 세차던 바람 한 점 불지 않으니 답답할 따름이다.

어쨌든 이 미증유의 힘과 버그의 힘은 내게 가능성을 심어주었다. 그리고 투결의 비밀 역시 시간이 지나면 밝혀질 것이고 또한 내게 힘을 보태줄 것이다.

악운인지 행운인지 잘 모르겠지만 이런 저런 일이 겹치다 보니 내겐 거의 무한하다고 말할 수 있는 가능성이 생겼다. 문제는 그 가능성을 내가 얼마나 잘 활용할 수 있냐는 것이다. 그러기 위해선 수련을 멈추어선 안 된다.

사실 숲을 지나오며 나 스스로도 많이 강해졌다는 것을 느낄 수 있었다. 별로 달라진 것은 없는데… 단지 실전 경험이 쌓였을 뿐인데도 전과 비교도 안 될 정도로 강해졌다면, 또 다른 새로운 힘이 생긴 지금, 이 힘을 내 의지대로 마음껏 사용할 수 있다면? 그때 역시 지금의 나는 우습게 여겨질 정도로 많은 발전을 거둘 수 있을 것이다.

그렇기에 난 숲으로 이동하려 한다. 극한의 상황은 사람을 강하게 하는 법. 강해지기 위해 난 힘든 길을 택하겠다. 타의나 불의의 상황 때문이 아니라 자의로 선택하는 길. 내가 스스로 강해지려는 길. 난 그 길을 택하겠다.

그나저나 예도도 부러졌는데 어떡한다냐?

내가 가진 고민은 의외로 쉽게 풀렸다. 정 안 되면 주먹만 사용해서라도 마물들을 잡으려 했는데 첫 번째로 만난 마물이 바로 푸우의 간식, 인마귀 무리였다. 그리고 인마귀가 주로 사용하는 무기는 뭐? 바로 박도!

이미 인마귀 따위는 숫자가 어떻든 내 상대가 되지 못하기에 진기를 살짝 불어넣은 주먹으로 순식간에 다섯 마리를 처리하고 나니 나머지 녀석들은 꽁지를 빼고 도망쳤다.

인마귀들은 적이 자신들의 산채에 쳐들어갔다면 죽을힘을 다해 싸우겠지만 밖에선 조금이라도 상황이 불리해지면 즉각 후퇴한다. 그리고 순식간에 다섯 마리를 처리하는 모습에 녀석들은 자신들과 나의 수준 차이를 알아보았고, 즉시 도망을 친 것이다.

덕분에 난 박도 다섯 자루를 노획할 수 있었고, 박도가 얼마나 버틸지 모르기에 하나는 허리에, 나머지는 등에 메고 다시 길을 나섰다. 자, 가보자고!

휙!

사사사사삭!

젠장, 언제까지 쫓아올 거야? 질긴 자식! 아! 밖이 보인다!

드디어 이 지긋지긋한 숲을 벗어날 수 있다니… 비록 자의는 아니지만 밤을 새며 달려온 보람이 있구나. 그나저나 놈은 어떻게 하지? 이대로 숲 밖으로 나가? 적어도 이곳에서보다는 그게 나을 거 같은데? 좋아, 별수없지.

난 발끝에 힘을 주며 속력을 냈지만 뒤에 따라오는 놈도 나에 뒤지지 않는 속력을 내며 계속해서 내 뒤를 따랐다. 질긴 자식. 벌써 하루째 쫓아오고 있잖아. 그 시간에 차라리 다른 녀석을 쫓았으면 열 마리도 더 잡았겠다.

10미터, 8미터, 5미터, 3미터, 1미터.

"밖이다!"

그렇다. 난 드디어 숲을 통과한 것이다. 오 일, 장장 오 일이나 걸렸다. 이곳까지 오는 데 총 한 달하고도 일주일이 걸렸으니 앞으로 일주일 안에 천악산에 도착하면 만사 오케이가 된다. 그리고 지도에도 천악산이 나타났다. 비록 이곳에서 사 일 정도 떨어진 거리에 위치해 있지만 무슨 상관인가. 이제 마물도 많이 안 나올 텐데.

난 숲의 더러운(?) 공기 대신 밖의 깨끗한(?) 공기를 마시는 기쁨을 즐기며 숲을 빠져나왔다. 그리고 그곳에는 마침 한 무리 사람들의 침소인 듯한 천막 몇 개과 그들이 붙여놓은 모닥불이 안전 지대를 형성하고 있었다. 오, 이렇게 운이 좋을 수가. 아무리 제깟 놈이라도 저기까지는 못 따라오겠지?

그러나 몸을 날려 안전 지대로 들어가려는 내 계획에 차질이 생겨버렸다. 모닥불의 주인으로 보이는 일행 중 한 남자가 물이 잔뜩 담긴 물동이를 부어 모닥불을 꺼버리려 했다.

"안 돼!"

젠장, 끄지 마. 안 돼!

그러나 그 남자는 울부짖는 내게 살짝 고개만 돌렸을 뿐 물동이는 뒤집혀져 있었고, 그 안에 들어 있던 상당량의 액체는 만류인력의 법칙에 의해 모닥불을 낙하 지점으로 삼고 낙하하고 있었다. 모닥불의 절체절명의 상황. 재빨리 모닥불로 다가간 나는 물에 처참히 공격당한 모닥불을 살려보려 했지만 결국 마지막 남은 불씨마저 꺼져 버리고, 내겐 희망이 아닌 절망만이 가득했다. 이런…….

크롸롸롸롸!

"으헉! 피해요!"

모닥불의 헛된 죽음에 슬퍼하고 있는 내게 괴성이 들려왔고, 난 옆에서 있는 살화자(殺火者:불을 죽인 놈)를 옆으로 밀며 재빨리 왼쪽 허리에 매달린 박도를 빼 들고는 그 사람과 반대편으로 몸을 굴렸다. 그리고 곧 모닥불의 싸늘한 주검이 있는 자리에 놈이 모습을 드러냈다.

고동색과 흰색의 절묘한 조화로 열곡 무늬를 뽐내고 있는 비늘. 팔과 다리는 없지만 몸과 하나로 이어지는 꼬리 끝에 달린 왕방울. 그리고 반대로 몸을 타고 올라오면 보이는 눈 부분을 검정색으로 칠한 듯 검지만 나머지 부분은 눈처럼 새하얗고 넓적한 세모꼴의 머리. 그리고 길게 찢어진 입. 그 사이로 보이는 끝이 두 갈래로 나누어진 혀와 입천장과 바닥에 붙어 있어 위압감을 나타내는 기다란 이. 보이지는 않지만 그 이로는 무시무시한 독이 흐르겠지?

녀석의 정체는 바로 킹코브라와 방울뱀을 합쳐 놓은 듯한 그런 모습의 왕 뱀이었다. 뱀 중에 왕이 아니라 크기가 왕으로 커서 녀석을 피해 도주하는 하루 동안 내가 생각한 이름이다. 아, 이 탁월한 작명 센스가 빛을 발하는구나.

아차, 내가 이러고 있을 때가 아니지. 젠장, 독에 대한 경험은 전무한데 어떻게 온몸을 독으로 떡칠한 것 같은 녀석이랑 싸우란 말이야.

이것이 바로 내가 녀석을 피해 도망친 이유다. 극독은커녕 간단한 수면제도 직접 본 적이 없는 내가 무슨 수로 독을 쓰는 뱀이랑 싸울 수 있을까? 물론 그 방법이라는 것이 내 머리 속에는 떠오르지 않았고 결국 싸우지 못한다면 삼십육계 주위상(삼십육계 줄행랑)이 최고라는 병법가의 말씀을 따라 죽어라 도망쳤다.

그러나 이미 나를 발견한 녀석은 나무 따위에는 구애받지 않는 듯 빛살 같은 속도로 날 뒤쫓아오기 시작했다. 만약 내가 민첩이 높지 않았더라면 십중팔구 도중에 잡혀 녀석의 독으로 샤워를 했을지도 모르는 일이다. 어쨌든 지금 상황에서는 녀석과의 접전이 불가피한 상황.

"덤벼! 이 자식아!"

도제도결의 모든 진기를 박도에 담기 시작했다. 이건 투귀와의 싸움 이후로 변한 것 중 하나인데 시동어 없이 진기를 끌어내려면 시간이 꽤나 필요했던 것에 비해 지금은 그 시간이 상당히 줄어들었다. 그래도 여전히 시동어를 외치는 쪽이 훨씬 초식의 변화도 쉽고 빠르지만 지금 같은 때 괜히 시동어를 외쳐 내가 공격하는 타이밍을 들키고 싶지는 않다.

난 원주미보를 밟을 준비를 하며 녀석의 공격을 기다렸다. 그런데 녀석은 마치 날 경계하듯 머리를 치켜들며 강한 척을 하고 있었고, 독과 마찬가지로 뱀에 대해서도 아는 것 없는 나는 그저 녀석이 공격해 들어오면 반격할 준비만 하고 있었던지라 한동안 우리 사이에는 아무런 공수의 교환이 없었다. 공격하려면 빨리 공격하라고!

녀석도 하루 동안 쉬지 않고 나를 쫓아다니느라 신경이 곤두선 것 같았고, 그 화풀이를 나에게 하려는 것처럼 보였다. 그리고 녀석이 움직였다. 거대한 몸을 이리저리 비틀며 빠른 속도로 다가와 꼬리로 내 몸을 감싸려고 했다.

"차앗!"

난 몸을 옆으로 틀어 녀석의 꼬리를 피하고는 박도를 휘둘러 꼬리를 내려치려 했다. 그러나 다가오는 녀석의 거대한 몸뚱어리를 피해 다시 한 번 몸을 날릴 수밖에 없었다.

다시 똑같은 방식으로 공격해 오는 놈. 이번에는 몸을 살짝 옆으로 이동시켜 근소한 차이로 녀석의 꼬리를 피해내고 녀석의 몸통으로 파고들었다. 이미 모든 진기는 활성화되어 있는 지금, 녀석을 잘라 버리는 것은 식은 죽 먹기.

그러나 난 계획의 수정이 불가피하다는 것을 느낄 수 있었다. 꼬리와는 다르게 녀석의 입에서 계속 독기(毒氣)가 흘러나와 녀석의 주변으로는 이미 독무(毒霧)가 형성되어 있었고, 독에 대해 면역성이라고는 전혀 없는 내가 극독으로 이루어진 것처럼 보이는 독무에 쉽사리 접근할 수 있을 리 없었다. 젠장, 저걸 어떻게 죽이라는 거야?

독무 때문에 내가 주춤거리는 사이 뒤에서 무엇인가 날아오는 소리가 들렸다. 읏! 위험하다!

파앗!

"큭!"

다름 아닌 녀석의 꼬리였다. 녀석의 꼬리는 내가 몸을 틀어 피하려 하자 곡선을 그리며 회전해 들어왔고, 난 꼼짝없이 오른손에 들고 있던 박도를 떨어뜨린 채 녀석의 꼬리에 오른팔 하나만 빼고 온몸이 휘감겨

버렸다.

"끄아아아악!"

녀석의 꼬리 힘은 그야말로 죽여줬다. 내 몸을 꼬리로 조여대는데 정말이지 죽을 만큼 아프다. 제기랄.

"놔! 이 자식아!"

난 고래고래 소리를 질러댔지만 내 말을 살짝 무시하며 독이 뚝뚝 흘러져 나오는 주둥이를 내밀며 내게 다가왔고, 내가 그토록 걱정하던 독무는 이미 몸속에 침투한 상태였다. 큭, 그래도 조여대는 고통 때문에 독에 대한 고통은 느끼지 못한다는 것이 조금이나마 위안이 되는구나.

막 녀석의 입속으로 여행을 떠나려 할 때 누군가의 목소리가 들렸다.

"뒤통수! 절명사(絶命蛇)는 뒤통수가 약점입니다!"

뭐? 절명사? 이 녀석 이름인가? 내가 그 사람을 쳐다보았듯 절명사라 불린 녀석도 자신의 식사를 방해한 것이 심히 기분이 나쁜지 독기를 뿜어내며 그쪽으로 머리를 돌렸고, 마침 내게 녀석의 뒤통수가 훤히 드러났다

난 재빨리 등에 매달려 있는 마지막 박도를 뽑으려 했다. 그런데 박도 역시 녀석이 휘감고 있어 쉽사리 빠지지 않았다. 좋아, 네가 그렇게 나온다면 나도 수가 있지.

"크윽, 폭기!"

이제 폭기를 일 단계만 발동시켜도 전의 폭기 이 단계와도 비교될 정도의 힘이 넘쳐 났다. 난 폭기를 사용했고 곧 온몸으로 퍼지는 미증유의 힘을 새로이 느낄 수 있었다.

폭기를 사용한다 해서 녀석의 꼬리에서 쉽게 탈출할 수 있는 것은 아니다. 하지만 내가 폭기를 사용한 이유는 딴 곳에 있다.

폭기를 사용하고 세차게 흐르는 기를 박도에 집중시켰다. 이 기술을 박도로 쓰면 박도가 견디지 못할 테지만 한 번은 쓸 수 있다. 난 등 뒤에 매달려 있는 박도의 손잡이를 잡고 기를 끌어올렸다.

그러자 녀석의 꼬리 때문에 자취도 보이지 않던 박도가 있던 곳에서 꼬리 사이로 빛이 새어 나오기 시작했다. 그 빛은 점점 강렬해지더니 결국 박도를 감싸던 꼬리 부분은 터져 나갔고, 그 자리에 박도가 빛을 뿜으며 존재하고 있었다.

도기(刀氣), 얼마 전부터 쓸 수 있게 되어 박도 두 개를 날려먹은 도기를 시전하고 있는 중이었다. 누구나 이루기를 바라지만 쉽게 이룰 수 없다는 도기가 지금 나의 손과 박도에 의해 뿜어져 나오고 있었다.

녀석도 갑자기 꼬리가 터져 나가며 느껴지는 고통에 괴성을 지르며 내게로 고개를 돌리려 했으나 이미 내 손에 든 박도는 도기를 뿜으며 섬의 식을 사용하여 녀석의 뒤통수를 뚫어버린 상태였다.

푸학!

절명사가 죽어 난 자유의 몸이 되었으나 도기라는 내공 소모가 심한 기술을 썼기 때문인지 기운이 빠져 왔다.

"하아, 하아."

난 그만 바닥에 주저앉아 버렸다. 아, 기운 빠진다. 그리고 그때 나를 도와주었던 살화자가 내게로 다가왔고, 난 그제야 그의 얼굴을 볼 수 있었다.

"괜찮으십니까?"

"도와주셔서 감사합니다. 그리고 전 괜찮습… 어? 당신은?"

"여기서도 뵙게 되네요. 오랜만입니다."

그였다. 인마귀에게 상처를 입고 마을에 도착한 나를 제일 먼저 부축해 주었던 남자. 치우라고 했던가?

"아, 오랜만입니다. 치우라고 하셨던가요?"

"기억하고 계시는군요."

음, 이런 곳에서 만나다니 이런 우연이… 그것도 위험할 때 딱 도와주네. 모닥불 살해 혐의가 있기는 하지만 뭐 어쨌든 저 지겨운 뱀돌이도 없애 버렸으니 잊어버리자. 모닥불아, 부디 좋은 곳으로 가거라.

"그나저나 방금 현마의 숲을 통과해 오신 겁니까?"

현마의 숲? 이 숲을 말하는 건가?

"네. 어쩌다 보니 그렇게 됐습니다."

내 말에 치우라는 남자는 상당히 놀란 표정을 지었다.

"호오, 대단하신 줄은 알고 있었지만 끊임없이 나오는 마물로 악명이 자자한 현마의 숲까지 통과하시다니……."

이 빌어먹을 숲이 그렇게나 유명했었나? 어쨌든 날 칭찬하는 것 같으니 기분은 나쁘지 않네.

"그나저나 방금 절명사의 독무에 당한 것은 어떠십니까?"

독? 아, 그러고 보니 아무런 이상도 없잖아? 도제도결의 진기가 독까지 치유하나?

"음, 별로 이상이 없군요. 다행히 내성이 있는 독인가 봅니다."

"그래도 혹시 모르니 진찰을 받아보시죠. 제 일행 중에 독과 의술에 능통한 사람이 한 명 있습니다."

그럴까? 어차피 시간도 조금 남았겠다. 말하는 거 보니까 공짜로 봐주겠다는데 사양할 것 없지 뭐.

"그럼 그렇게 하죠."

"잠시만 기다리시죠."

치우란 남자의 말로 보아 아마도 아직 자고 있는 것 같았고, 난 급히 그를 말렸다.

"아뇨, 아직 주무시는 것 같은데 깨어나실 때까지 기다리겠습니다."

치료도 공짜로 해주는데 잠까지 깨우면 미안하잖아.

"아뇨. 어차피 깨우려 했었습니다."

그러더니 그는 천막 쪽으로 다가갔다. 음, 지금 보니 천막이 두 채밖에 안 되는군. 아니, 삼 인용 천막이 두 채면 많은 건가?

내가 혼자 영양가없는 생각을 하고 있는 동안 치우라는 남자는 일행을 깨우고 있었다.

땅땅땅땅!

"일어나!"

"도대체 뭐야?"

"아침이야. 일어나!"

솔직히 아침은 아니지. 아직 해도 반밖에 안 떴는데 아침이라니…….

"아직 새벽이잖아."

"난 다른 녀석들을 깨울 테니 계속 잘 생각 하지 말고 어서 일어나."

"하아암."

한참의 말싸움 끝에 누군가 천막에서 나왔고 난 그곳에 집중하고 있었기에 바로 그 사람의 얼굴을 볼 수 있었다. 어?

"응? 누구지? 어디서 본 것 같은데?"

그건 내가 할 말인데……. 분명 저 남자 어디선가 본 것 같은데…

어디서 봤더라?

"음… 아! 너 그 사기꾼 2차 테스터?!"

사기꾼이라니… 내가 언제 사기를 쳤… 헉!

"당신은 깡패 1차 테스터!"

그렇다. 비상에 처음 접속한 날, 내게 협박과 함께 엉뚱한 질문을 한 사람. 내게 지금의 도제도결의 바탕을 이루는 네 가지 무공을 나에게 준 사람. 이름이 뭐랬더라? 자… 자… 장남?

"누가 깡패 1차 테스터야!"

"어? 서로 아는 사이였습니까?"

치우라는 남자는 의아한 듯 물었지만 깡패 1차 테스터와 눈싸움을 하고 있는 나는 그 의문에 대답해 줄 만한 상황이 아니었다. 깡패 1차 테스터에겐 그다지 나쁜 감정이 없다. 아니, 오히려 고마운 생각이 든다. 이 사람이 아니었다면 도제도결이란 도법을 얻지 못했을 테니. 하지만 사기꾼 2차 테스터라니! 절대 밀릴 수 없다.

그때 또다시 천막에서 누군가 밖으로 나왔다.

"무슨 일입니까?"

천막 속에서 나온 사람의 얼굴을 보고 나는 모든 사고가 정지되는 것을 느꼈다. 그리고 내가 느끼는 모든 감정은 분노로 바뀌어갔다. 아직 완전히 가라앉지 않은 진기를 다시 끌어올렸고, 어느 사이엔가 도신 부분이 가루가 되어 없어진 박도 자루를 던져 버리고 절명사와 싸우던 도중 떨어뜨린 박도를 주워 들었다. 그리고 쾌 자결의 진기를 불어넣은 원주미보를 밟아 몸을 날렸다. 죽여 버리겠어.

"참!"

난 박도로 참의 식을 펼쳤다. 그에게, 내게 막대한 정보를 주었으며 동굴의 지도를 준 그에게, 흑의의 그에게!

"응? 헛!"

캉!

놈은 급히 허리춤에 달린 검을 빼 들어 내려찍는 박도를 막아내었다. 사실 베어버리려 했다면 벨 수 있었다. 쾌 자결의 진기를 약하게만 하지 않았다면 검 같은 것은 뽑지도 못한 채 목이 베어진 시체가 되었으리라. 하지만 그것은 내가 생각해도 너무 치졸한 짓이기에 간단히 위협 공격을 가했던 것이고, 놈은 그것을 막아냈다.

나의 돌발 행동에 치우란 사람과 깡패 1차 테스터는 많이 놀란 듯했지만 난 신경 쓰지 않았다. 그리고 간신히 내 박도를 막아낸 놈은 갑작스러운 공격에 당황한 듯 급히 입을 열었다.

"자, 잠깐. 왜 이러십니까?"

"왜… 이러냐고? 내가 당신 때문에 얼마나 고생을 했는데 왜 이러냐고? 운영자한테나 물어봐라. 아주 친절히 가르쳐 줄 테니!"

"예?"

그리고 난 다시 원주미보를 밟으며 놈에게로 신형을 폭사시켰다. 이제부터 진짜 공격이다.

내가 말이 통할 상대가 아니라는 것을 느꼈는지 녀석도 자세를 잡기 시작했다. 원주미보의 장점은 군더더기없는 최소한의 움직임으로 무수한 변화를 만들어내는 것에 있다. 숲을 지나오며 이미 원주미보는 6성의 경지까지 끌어올렸다.

원래 이렇게 빨리 올리기란 거의 불가능에 가까웠으나 길을 갈 때도 그냥 걷지 않고 원주미보를 밟으며 걷는 것이 효과를 거둬 6성의 경지까지 끌어올릴 수 있었다. 그리고 그 실용성은 이미 입증된 바.

사실 숲을 지나오며 느낀 것은 강해졌다는 것이다. 난 정말로 강해졌다. 무엇 때문인지는 몰라도 폭기를 쓰지 않을 때도 예전의 폭기를 썼을 때보다 훨씬 강했고, 폭기를 사용하면 예전과는 비교도 되지 않을 만큼의 위력이 나온다.

지금이라면 투귀에게도 지지 않을 것이다. 아니, 이길 수 있을 것 같기도 하다. 그만큼 난 강해졌고, 지금은 복수를 해야 할 때이다.

쾌 자결의 진기를 극대화시킨 나는 섬의 식을 펼쳤다.

"쾌! 섬!"

쾌 자결과 섬의 식은 그야말로 찰떡궁합. 내가 가진 모든 공격 중에서 가장 빠른 공격을 대라면 쾌 자결과 섬의 식을 조합한 쾌섬이라 할 수 있다. 그런 만큼 공격의 성공에 대한 믿음도 컸다.

그러나 내 예상과는 달리 상대의 비명 소리가 아닌 쇠와 쇠가 부딪치는 소리가 들렸다.

캉!

오, 그래? 쾌검(快劍)을 쓴다, 이 말이지?

쾌검이었다. 빛살같이 뻗어가는 내 박도의 진행 방향을 틀어버린 것이 바로 상대의 손에 들려 있는 장검이었고, 그 장검의 속도는 쾌섬에 못지 않은 속도였다.

그러나 물러설 생각은 없었다. 상대가 쾌검을 사용한다면 속도로써 완전히 뭉개 버리겠다는 것이 내 생각이다. 난 계속 쾌섬으로 승부를 걸었고, 상대도 승부를 피하지 않고 계속해서 쾌검으로 맞받아 쳤다. 순식간에 수십 차례의 공방이 이루어졌고, 내가 일방적으로 공격하던 것에서 서로 공수를 교환하는 것으로 전환되었다. 그리고 계속되는 공격과 방어.

"차앗!"

"하앗!"

캉!

우리는 서로 한 번씩 공격하고 거리를 벌렸다.

"이제야 당신이 누군지 생각나는군요. 죄송합니다. 잊고 있었어요."

"뿌드득! 당신이 준 지도에 나오는 곳에서 실제 시간으로 무려 1년이나 갇혀 지냈단 말이야! 그런데 뭐? 잊고 있어? 그게 지금 말이 될 법한 소리냐!"

"……."

"말이 필요없어. 우선 내 도부터 받아!"

다시 신형을 날리려는 나를 제지하는 목소리가 들려왔고, 난 그 진원지를 찾아 고개를 돌렸다.

"도대체 어떻게 된 것인지 알 수가 없군요. 어쨌든 그 박도는 내려놓으시고 여기 앉아 아침 식사나 하면서 우리 대화로 이 상황을 풀어나가죠."

난 이 얼토당토하지 않는 소리에 화가 났지만 그 진원지가 내게 많은 친절을 베풀었던 치우라는 남자이기에 참기로 했다.

거기다가 어느 사이엔가 아침 식사가 준비되었기에 분노의 기운을 가라앉히고 음식에 그 화풀이를 하기로 했다. 이게 얼마 만에 먹는 제대로 된 음식이냐.

◆ 비상(飛翔) 열 번째 날개

좁디좁은 세상

비상(飛翔) 열 번째 날개 좁디좁은 세상

난 그들에게 그동안 내가 겪었던 일에 대해 얘기해 주었다. 물론 버그라든지 기연이라든지, 쓸데없는 얘기는 쏙! 빼버리는 것도 잊지 않았다. 때문에 약간 어색하기는 했으나 어느 정도 내가 말하고자 하는 주제는 전해진 것 같았다.

얘기를 마친 나는 이들이 서백이라 부르는 사기꾼을 째려보았다.

"크… 크크하하하하! 그러니까 네 말은 서백한테 속아서 1년이나 생고생했다는 거 아냐? 킥! 이런 말도 안 되는 우연이 있나. 하필이면 서백이 속인 녀석이 내가 무공을 준 녀석이고, 또 우린 동굴에 꼼짝없이 갇혀 있는 녀석을 며칠 동안이나 찾아다녔다니……. 푸하하하하!"

"아? 그럼 이분이?"

난 장염이라 불리는 1차 깡패 테스터의 말을 듣고 의아해할 수밖에 없었다. 날 찾아다녀? 왜?

"그런 표정 짓지 말라고. 사실 내가 네게 준 무공은 하나만 익히면 득이 되지만 그 이상으로 익히면 오히려 화가 되는 무공이야. 난 그것도 모르고 귀찮은 마음에 그냥 너에게 다 줘버린 거고, 나중에 그 사실을 알게 되어 네가 익히기 전에 회수하려고 했었지. 그런데 동굴에 갇힌 너를 찾을 수가 있었겠냐? 결국 며칠 동안 헛고생한 후 포기해 버렸지. 그 다음에는 그냥 잊고 있었고."

저… 저런 사악한! 저 인간은 사람 죽여놓고 미안하다는 말 한마디로 모든 일을 끝낼 인간이야.

"듣고 보니 서백이 잘못했군요. 서백아, 사과해."

역시나 치우, 저분은 제정신이 박힌 사람이로군.

"죄송했습니다. 저도 그곳이 그런 곳인 줄 몰라 실수를 한 것 같습니다."

쳇, 저 사과 한마디에 풀릴 만한 기분은 아니지만 맛있는 식사도 대접받았고, 또 그다지 나쁘지만도 않았으니 이 정도만 할까? 그래, 그러자.

"아닙니다. 저도 갑자기 공격한 것 죄송합니다."

그렇게 나와 서백이란 사람은 악수를 나누며 화해를 했고, 그 모습에 아직까지도 혼자서 실실 웃고 있던 장염이란 사람이 입을 열었다.

"좋아, 결정했어. 야, 재미있는 놈. 너, 우리 동생해라."

"에에에엑?!"

"이봐, 그 싫다는 표정과 목소리는 뭘 뜻하는 거야? 나이도 어려 보이는데 동생해라."

말 그대로 싫다는 거지. 말이야 바른 말이지. 깡패의 동생이 되기를 원하는 사람이 어디 있겠어?

"하하하, 그것도 좋은 생각이로군요. 애초에 첫 만남부터 예사롭지 않은 인연 같은데 말입니다. 저도 염이의 의견에 표를 던지고 싶군요. 서백아, 넌 어때?"

"응, 나도 찬성이야."

뭐, 나도 장염 저 사람만 빼놓고는 그다지 싫은 기분도 안 들고, 서백이란 사람도 본바탕은 착한 것 같으니… 그렇게 할까?

"그렇게 하죠. 정식으로 제 소개를 하겠습니다. 이곳에서의 이름은 사예. 나이는 열아홉 살입니다."

먼저 내가 소개를 하자 그 다음으로 장염이란 사람이 말을 이었다.

"하핫! 역시 어리잖아. 나도 소개하지. 난 장염. 나이는 스물한 살이야. 내가 익힌 무공은 검법이지."

"이름은 서백. 스무 살이야."

"난 저번에 소개했던 대로 치우라고 해. 말 놔도 되겠지? 첫 만남은 어쨌든 이렇게 좋은 만남이 되니 기분 좋구나. 앞으로 잘 지내자."

"저야말로 잘 부탁드립니다, 형님들."

"야야, 형님들이라니… 닭살 돋는다. 그냥 형이라 부르고 말 편하게 해."

호호, 이 말을 기다렸지.

"정말? 그렇게 해도 될까?"

"왠지… 내가 이 말을 하기를 상당히 기다린 것 같은 느낌이 드는데?"

헛! 이런 실수다.

"하, 하, 그럴 리가."

"뭐, 어쨌든 좋아."

첫 만남이야 어쨌든 우리의 인연은 그렇게 시작되었다.

그때 장염 형과 서백 형이 나온 천막과 다른 천막에서 누군가 모습을 드러냈다.

"으우! 시끄러! 도대체 아침부터 왜들 그래? 어라?"

여인이었다. 그것도 충분히 미인 축에 들어가는… 아니, 어디를 내놔도 빠지지 않는 미모를 갖춘 여인이었다. 비상에서는 외모를 많이 바꾸지 못하는 것을 생각하면 실상에서도 꽤나 남자를 울렸을 만한 외모를 지니고 있을 것 같았다.

푸른색의 경장을 차려입고 머리를 뒤로 땋아 내린 모습이 상당히 잘 어울렸는데 아침부터 일찍 일어나 짜증스러운지 살짝 아미를 찌푸리고 있었다. 그리고 그 여인 뒤로 백색의 경장을 차려입은 여인이 따라나왔는데 앞의 여인과는 달리 냉막한 표정으로, 지수가 생각나는 여인이었다. 물론 이 여인도 상당히 아름다웠다. 푸른색 경장의 여인과는 색다른 매력을 풍긴달까?

"사예야, 인사해라. 누님이시다. 이쪽의 이름은 설청화라 하고, 나이는 나랑 동갑이야. 그리고 이쪽은 은유라 하고 나이는 청화보다는 많은데, 확실히 말하면 날 죽이려고 할 테니 그냥 그렇다고만 알아둬."

장염 형은 청색 경장의 여인과 백색 경장의 여인을 각각 '설청화'와 '은유'라고 소개해 줬고, 그녀들의 분위기에 나도 모르게 90도로 허리를 숙여 인사했다.

"아, 안녕하세요?"

휘이이잉!

아, 이 어색한 분위기. 순간 인사를 한 나는 아무도 인사를 받아주지 않자 뻘쭘한 기분에 고개를 들지 못했고 침묵만이 계속되었다.

하지만 그때 나를 도와주는 한줄기 웃음소리가 낭랑히 울려 퍼졌다.

"푸, 풋! 그, 그래. 안녕? 난 설청화라고 해. 근데 넌 누구니?"

"후우……."

나도 모르게 튀어나오는 한숨. 정말로 당황했다. 다행히도 설청화라는 누님이 내 인사를 받아줘서 다행이지 만약 그렇지 않았다면 난 내 바보 짓을 저주했을지도 모른다. 뭐, 지금도 충분히 저주하고 있지만.

나에 대해 소개하려 하자 장염 형이 재빨리 끼어들었다.

"우리 동생이야. 이름은 사예고, 오늘 동생 삼았지."

정말 간단하기 그지없는 소개로군. 앞뒤 맥락 다 빼놓고 요점만 말하다니… 으이그.

"됐어. 네가 하는 말은 알아듣지 못하겠는걸. 사예라고? 이름 좋구나. 그런데 서백이랑 넌 왜 그런 꼴을 하고 있니?"

나와 서백 형은 쾌검과 쾌도의 승부를 했다. 우리 둘 다 제대로 된 공격에는 들어가지 못했기에 중상이라 할 만한 상처는 입지 않았지만, 중요치 않은 공격들은 몸으로 흘려 버렸기에 옷 여기저기가 찢겨 있었고, 그곳에서 조금이지만 피가 새어 나왔다. 긁힌 것이리라. 거기다가 나는 절명사와 싸우느라 더욱 많은 생채기를 입고 있었다.

쩝, 싸워서 이렇게 됐다고 말하기도 뭐하고…….

"뭐, 이유야 어찌 됐든 치료해 줄 테니 이리 와봐."

치료? 난 고개를 돌려 치우 형을 보았고, 치우 형은 고개를 끄덕임으로써 내가 생각한 것이 맞다는 것을 알게 해주었다. 그렇다면 이 설청화란 누님이 그 의술을 할 줄 안다는 일행이란 말이지? 하지만 그다지 심한 상처는 없는데?

"아뇨, 괜찮아요. 그냥 긁힌 것뿐인데요."

"괜찮긴 뭐가 괜찮아. 작은 상처일수록 병균이 더 침입하기 쉬운 법이야. 의원에게는 병이나 상처를 치료하는 일도 중요하지만, 그보다 더 중요한 것은 병에 걸리지 않도록 하는 것이야. 난 그 의원 정신을 살려 지금 너를 치료해야 한단 말이야. 어서 이리 와!"

이모저모 들어도 전부 옳은 소리요, 반박할 말 같은 것은 생각나지도 않게 하는 말이다. 거기다가 굉장한 고집이 느껴지는 말이라니……. 서백 형은 청화 누님의 고집을 잘 알고 있는지 이미 청화 누님 앞에 서서 대기하고 있는 중이었다.

"어서 빨리 못 와?"

이크, 거, 목소리 한번 크구만. 난 더 이상 머뭇거리다가는 또 한소리 들을 것 같아 한달음에 달려갔다.

기본적인 처방이 끝나자 나는 절명사의 독무에 당한 것을 상기해 내고는 말했다.

"저, 그런데 좀 전에 절명사의 독무에 당했는데 별 이상이 없어요. 왜 그렇죠?"

"상처들이 조금 다르더니 따로 입었던 상처로구나. 절명사의 독무는 걱정하지 마. 절명사는 극독을 품고 있지만 독이 공기 중에 나오면 독성이 약해져 그 효력이 마비 증상이 일어나는 정도밖에 되지 않아. 그리고 독에 대해 조금이나마 내성이 있는 사람이라면 마비 증상도 일어나지 않지. 직접 물리지만 않는다면 절명사는 그냥 덩치 큰 뱀일 뿐이야. 하지만 살아 있는 절명사는 힘도 강하고 물리면 즉사일 텐데, 네가 그 절명사를 잡았다고? 어디서?"

난 청화 누나의 말에 가죽이나 팔아치우려고 한쪽에 곱게 치워둔 절명사의 시체를 가리켰다.

"어머나, 절명사가 통째로 있네?"

청화 누나는 절명사의 시체로 다가가더니 이리저리 살펴보며 탄성을 질렀다. 이미 다른 일행은 천막을 걷고 떠날 준비를 하고 있는 중이었다.

"와아, 정말 이런 빛깔을 가지고 있었구나."

"절명사를 처음 보세요?"

"응, 절명사는 상당히 희귀한 뱀인데다 가죽이며 독이며 온몸이 돈덩어리라 절명사 사냥꾼까지 생길 정도거든. 그래서 살아 있는 절명사는 만나보기 정말 어려워. 뭐, 이것도 살아 있는 건 아니지만 죽은 지 얼마 안 됐으니 비슷하다고 볼 수 있지. 거기다가 나같이 독에 대한 기술을 가진 사람에게는 정말로 귀중한 실험 재료라 할 수 있지."

음, 그렇게 대단했었나? 그냥 가죽만은 좀 비싸겠지 했는데 그게 아니었구나.

"그런데 절명사의 독은 공기 중에 나오면 독성이 약해진다면서요? 그런데 어떻게 채취를 해요?"

"응, 그래서 몇 명밖에 알지 못하지만 절명사의 독을 채취하는 독특한 방법이 있어. 물론 나도 그 방법을 알고 있고 말이야."

음, 그래? 그렇다면 이러면 되겠네.

"그럼 설청화 누님."

"그냥 청화 누나라고 불러."

"네, 청화 누나, 그러면 저 절명사 누나 가지세요."

"뭐?"

음, 누나의 말을 들어보면 누나는 꽤 실력있는 의녀인 것 같고, 그런 사람에게 미리 아부해 두는 것도 나쁘지 않겠지? 그래서 난 아깝지만 과감히 절명사를 넘기기로 한 것이다.

"정말?"

"네. 누나 가지세요. 저에게는 별로 필요없는 거거든요. 필요한 사람이 가져야 그 빛을 제대로 발하는 것이라면 마땅히 그 사람이 가져야죠."

"꺄! 사예야, 정말 고맙다."

그렇게 난 또 한 명의 인물을 매수하는 데 성공했다.

그때 치우 형이 우리에게로 다가왔다.

"사예야, 넌 어디로 가는 길이니?"

"나? 천악산으로 가는 길인데?"

"어머, 그래? 그럼 우리 같이 가자. 우리도 천악산에 비무 구경하러 가는 길인데, 잘됐네."

"그래, 그렇게 하자."

음, 어떻게 하지? 쩝, 고민할 것도 없잖아.

"음, 그렇게 할까?"

"그래, 챙길 짐은 없고?"

난 내가 메고 있는 가방 인벤토리를 가리키며 말했다.

"난 이게 다야."

"마침 우리 짐도 다 챙겼으니 지금 출발하자."

마침내 난 혼자만의 여행의 막을 내리고 동행을 얻을 수 있었다. 아, 이제 천악산으로 가는 길이 좀 편해지겠지?

젠장, 편해지기는 정말 개뿔이!

"으하하하하하, 이놈들! 이 몸은 고주채(孤主寨)의 산적님이시다. 가지고 있는 것과 거기 있는 여자들을 내놓고 사라지면 목숨만은 살려주마."

하아, 저번에도 이런 일이 있었던 것 같은데?

"또 나타났잖아."

힘없는 나의 목소리. 그리고 장염 형이 입을 열었다.

"그러니까 내가 이런 데서 점심을 먹으면 안 된다고 했지. 음식 냄새가 퍼져서 저런 파리가 꼬이게 된단 말이야."

"자기가 배고프다고 웅얼거려 놓구선."

"서백! 나 귀 밝다!"

"아니, 형 말이 백 번 옳다고."

장염 형과 서백 형의 대화를 한 귀로 듣고 한 귀로 흘리며 난 눈앞에 놓인 음식에만 집중했다. 나를 쳐다보는 시선을 무시한 채.

분명 따가운 시선이 느껴지는 오른쪽에서는 치우 형이 곤란한 표정으로 미소 지으며 날 바라보고 있겠지? 그러나 그동안 내가 쫓아낸 산적 수만 해도 하나의 산채를 이룰 수 있을 정도다. 그런데 또 나보고 나서라고? 안 될 말이지.

"휴우, 하는 수 없군. 그럼 이번에는 내가 나서지 뭐. 그동안 너무 고생만 시킨 것 같으니까."

그렇게 말하고선 치우 형은 자리에서 일어났다. 오, 드디어 치우 형의 실력을 조금이나마 보는 건가?

문득 한 가지 궁금한 점이 생겨 어느새 자리에 앉아 음식을 학살하고 있는 장염 형에게로 다가갔다.

"염이 형."

"우물우물, 왜?"

입에 있는 음식이나 다 삼키고 말하지. 어쨌든 아쉬운 건 나니까.

"근데 치우 형은 아무런 무기도 안 써? 권법을 쓴다 해도 보통 권갑 같은 것을 착용하고 다니잖아. 그런데 그동안 치우 형은 무기는커녕 그 비슷한 것도 들고 다니는 모습을 보지 못했단 말이야."

"아, 그래? 저기 있잖아, 저기."

내 말에 장염 형은 턱짓으로 치우 형을 가리키며 말했다. 그렇게 하면 내가 아우?

"도대체 뭘 말하자는 거야."

"아이 참, 봐봐. 지금 형이 뭘 들고 있어?"

치우 형이 들고 있는 거? 난 치우 형을 꼼꼼히 살펴보았다. 치우 형은 황포(黃袍)를 입고 있고, 머리를 뒤로 땋아 길게 늘어뜨렸다. 한 손으로는 언제나 들고 있는 검고 이상한 문자가 양각되어 있어 왠지 모르게 멋있는 부채를 펴 선선히 부치고 있었는데, 그 모습은 그야말로 평범한 서생의 그것과 하등 다를 게 없었다.

그런 치우 형이 들고 있는 거라? 부채뿐인데? 부채?

"설마? 저 부채를 말하는 거야?"

"우물우물, 그래. 선(扇)이라고 하는 거지. 형의 무공은 바로 부채를 사용하는 선법(扇法)이야. 그리고 저 부채는 뼈대는 현철로, 살은 질선(質線)이라는 특이한 실을 이어 만들어 이곳에서는 오직 하나밖에 없는 치우 형만의 독문병기 시선(翅扇)이야. 그야말로 돈덩어리지."

장염 형의 말을 듣고 난 호기심을 느낄 수밖에 없었다. 그동안 현마의 숲이라는, 내게는 영원한 빌어먹을 숲을 지나며 많은 마물들을 보았고, 또한 그들이 사용하는 다양한 병기도 볼 수 있었다. 심지어 휴식을 취하러 들어갔던 한 동굴에서는 초음파로 공격하는 박쥐까지 보았을 정도니까. 물론 그 박쥐는 내게 집을 빼앗겼고 말이다.

어쨌든 그렇게 많은 무기를 보았지만 아직까지 부채, 아니, 선법을 쓰는 것은 한 번도 보지 못했다. 그러니 내가 이렇게 궁금해하는 것도 이해가 가겠지?

천천히 걸어 산적들에게로 다가간 치우 형이 입을 열었다.

"그냥 가시면 안 되겠습니까?"

"컥! 컥! 무, 물!"

청화 누나가 주는 물통을 받아 물을 마신 후에야 겨우 목에 걸렸던 음식을 삼킬 수 있었다.

"휘유, 죽을 뻔했다."

"얜, 음식을 왜 그리 급하게 먹니?"

"하… 하하."

음식을 급하게 먹어서 그런 게 아닌데… 어쨌든 뭐? 그냥 가면 안 되겠냐고? 그게 저 커다란 감산도를 들고 있는 살벌하게 생긴 산적 아저씨한테 할 말인가? 산적에게 그냥 가달라니…….

"뭐… 뭐라고?"

산적 아저씨 역시 황당하긴 마찬가지였나 보다. 아니지, 나보다는 저 산적 아저씨가 더 황당할걸? 자신의 입장에서는 무릎 꿇고 덜덜 떨며 손이 발이 되도록 빌어야 할 것이 당당하게 자신보고 허탕을 치라고 하니…….

"그냥 가시면 안 되겠습니까?

토씨 하나, 음정 하나, 발음 하나 틀리고 않고 똑같이 말해 주는 치우 형.

곧 산적 아저씨는 황당하다는 표정에서 분노의 표정으로 바뀌어가며 얼굴이 시뻘게졌다. 아마도 놀림감이 된 기분일 것이다.

"이… 이! 네가 감히 이 어르신을 놀렸단 말이더냐! 죽어라!"

산적 아저씨는 그렇게 말하며 큼지막한 감산도를 치우 형에게로 휘둘렀다. 일도양단의 기세. 그러나 치우 형은 손쉽게 그 공격을 피해내며 곤란한 듯 입을 열었다.

"아… 아니, 대화로 상황을 풀어 나가시는 게… 읏차, 좋을 것 같습니다. 이크, 이러지 마시죠. 그 칼부터 치우시는 게……."

말하면서도 산적 아저씨가 힘차게 휘둘러 대는 감산도를 이리저리 피하는 치우 형. 피하는 데는 통달했구만.

"흐앗! 차앗! 닥치고 죽어라, 이놈아!"

"휴, 어쩔 수 없군요."

계속해서 감산도를 피해내던 치우 형은 한숨을 내쉬며 부채를 들어 올렸다. 아무리 현철이라 할지라도 저렇게 꼬챙이 같은 부채로 막았다가는 단숨에 부러질 것 같았다.

그러나 내 예상은 빗나갔다.

"헉!"

난 순간 신음 소리를 낼 수밖에 없었다. 그리고 신음 소리가 울려 퍼지는 것은 나뿐만이 아니라 산적 패거리 쪽에서도 마찬가지였다.

그럴 수밖에 없는 게 놀라운 광경이 벌어지고 있었기 때문이다. 얇디얇은 저 부채로 큼지막한 감산도를 막아내다니…….

분명 놀랄 만한 상황이었지만 저 부채가 현철로 이루어진 것을 생각한다면 그다지 놀랄 것도 아니다. 내가 놀란 것은 감산도를 정면으로 막았다는 것이 아니라 살짝 빗겨내어 마치 쇠가 자석에 달라붙듯 그렇게 감산도의 옆면에 부채가 붙어 있는 것같이 막고 있었기 때문이다.

"이… 이잇! 웬 사술(邪術)이냐!"

산적 아저씨는 괴성을 지르며 계속해서 감산도를 휘둘렀으나 부채는 감산도에서 떨어질 생각을 하지 않고, 계속해서 감산도의 진행을 옆으로 비껴내었다. 실로 감탄이 흘러나올 만한 수법이었다.

"나왔군, 치우 형의 주특기."

"주특기?"

난 순간 옆에서 들려온 장염 형의 말에 의문을 담아 물었다.

"지금 치우 형이 쓰고 있는 기술은 이화접목(移花接木)의 묘리를 담고 있는 수법이야. 저렇게 상대의 힘에 맞대응 하지 않고 받아넘김으로써 최소한의 힘으로 공격을 차단할 수 있는 거지. 사량발천근(四兩發千斤)과도 비슷한 수법이야."

장염 형의 말에 난 감탄할 수밖에 없었다. 상대의 공격을 보고 피하는 것만으로도 보통 힘든 일이 아니다. 그런데 저렇게 상대의 힘을 받아넘기다니……. 그러나 장염 형의 설명은 끝난 게 아니었다.

"그것뿐만이 아니야. 치우 형은 스스로 공격하는 것보다 상대방이 물러나 주기를 바라는 그런 공격 스타일, 아니, 방어 스타일을 가지고 있지. 아마 비상에서 방어의 수법으로 치우 형과 맞먹을 사람은 한 손에 꼽을 수 있을걸?"

"아……."

감탄, 또 감탄. 정말 대단했다. 단순히 치고 박고 싸우는 것밖에 몰랐던 내 눈에 치우 형이 선보이는 기술은 그야말로 별세계의 기술이라 할 만한 것이었다. 이화접목이라…….

"헉! 헉! 이, 이놈! 쥐새끼처럼 계속 도망만 다니기냐!"

산적 아저씨는 끝까지 치우 형이 자신의 상대가 아니라는 것을 인정하기 싫은지 한 손으로 들고 있던 감산도를 양손으로 거머쥐고 땅에 내려놓은 채 가쁜 숨을 내쉬고 있었다. 거참, 미련한 아저씨로세.

"죽어라!"

다시 한 번 감산도를 번쩍 들어 내려치는 산적 아저씨. 아, 그러니까 그렇게 허점밖에 보이지 않는 공격에 누가 당하겠냐고.

"휴우, 할 수 없군요. 그럼 실례하겠습니다."

챙!

"헉!"

한순간의 일이었다. 산적 아저씨의 감산도가 처음보다는 힘이 많이 떨어졌지만 그래도 힘차게 치우 형의 머리를 갈라가던 참이었고, 치우 형의 부채 역시 그 감산도를 막을 준비를 하고 있었다.

그러나 여태까지와는 달리 감산도가 부채에 닿자마자 치우 형은 부채를 비틀어 쳐 올렸고, 어느새 감산도는 하늘을 날고 있었다. 치우 형의 부채 아닌 부채, 시선이라 했던가? 그 시선으로 산적 아저씨의 몸의 한곳을 쿡 누르니 산적 아저씨는 그만 주저앉고 말았다.

믿을 게 능력치밖에 없는 내가 가진 동체 시력으로도 한순간 놓칠 뻔할 만큼 신속하고 정확했으며 또한 희귀한 수법이었다.

감산도를 놓치고 주저앉은 산적 아저씨는 멍한 표정을 짓고 있었고, 치우 형은 언제나처럼 곤란한 표정을 지으며 산적 아저씨를 바라보고 있었다.

"아, 저기 죄송합니다. 원래는 그냥 그 칼을 땅에다가 꽂을 생각이었는데 제가 실수를 했군요. 소중한 병기를 함부로 다뤄서 죄송합니다. 그리고 마혈을 제압해 당분간 움직이시지 못할 겁니다. 이렇게라도 하지 않으면 계속해서 덤비실 것 같아 극단의 조치를 취한 것이나, 저희가 길을 떠나고 얼마 지나지 않아 자연히 풀어질 테니 그동안 푹 쉬십시오."

지금 이 상황에서 저런 말을 아무렇지도 않게 하다니……. 착한 건지 아니면 잔인한 건지… 정말 구제불능이야.

"부… 부채주님이 쓰러지셨다."

"어, 어떡하지?"

"나… 나한테 물으면 어떻게 해."

산적 졸개 아저씨들이 웅성거리기 시작했다. 칫, 마음에 안 들어. 도망을 가던가 아니면 죽음을 무릅쓰고라도 동료를 구하던가. 이도 저도 아니고 도대체 뭐 하는 거야?

그때 치우 형이 입을 열었다.

"저기, 산적 분들?"

"네, 넵!"

기합이 빠릿빠릿하게 들어 있군. 겨우 몇 안 되는 수법으로 깡밖에 없는 산적들의 기합을 잡다니…….

"이분 데리고 그만 가주시겠습니까?"

"예, 예! 예?"

"이분은 얼마 동안 움직이시지 못할 테니 부축을 해서 좀 데려가시죠. 저도 웬만하면 혈을 풀어드리고 싶은데 사정이 이렇다 보니……."

"예, 옙!"

치우 형의 말에 산적 졸개 아저씨들은 잠시 멍한 표정을 짓더니 곧 산적 아저씨를 수거(?)해서 재빨리 도망가기 시작했다. 음, 오늘 멋진 것을 봤군. 그나저나 이 육포, 너무 딱딱하잖아.

"하하, 다 처리했어. 이제 점심을 먹어볼까? 응?"

"아, 배부르다."

서백 형의 능청.

"꺼억! 좋다, 좋아."

장염 형의 능청.

"쩝, 다 좋았는데 육포가 너무 딱딱했어."

진심 어린 나의 의견.

"나도 그렇게 생각했는데. 다음 번에는 좀 비싼 거로 사자."

내 의견에 찬성하는 청화 누나의 제안.

"…잘 먹었습니다."

감사의 인사 한마디와 함께 조용히 젓가락을 내려놓는 은유 누나.

이 모든 것이 한데 모여 치우 형을 당혹하게 만들었다.

"어? 어? 내 밥은?"

있을 리가 있나. 난 치우 형의 물음에 간단 명료하게 대답해 주었다.

"다 먹었지."

"에엑! 그런 게 어디 있어!"

허참, 누가 그렇게 시간을 끌라나?

"쯧쯧, 누구는 밥 먹다가 누구들의 압박에 견디지 못해 산적들을 처리하다 굶은 적이 수차례인데 누굴 원망하겠어. 스스로 뿌린 씨앗인데 말이야."

그렇다. 난 지금의 치우 형과 같은 상황을 세 번 정도 겪었다. 그러다보니 저절로 생존 본능이 느껴지며 최대한 빨리 산적들을 처리하기 시작했고, 그래도 여전히 배부르게 음식을 먹지 못했었다.

"너… 너무해."

"칵! 너무하기는. 형이 더 너무해."

가차없는 내 말에 치우 형은 너무나도 충격을 받은 것 같았다. 어느새 일행은 짐을 챙겼고, 무상무념의 단계에 들어선 치우 형을 끌고 다시 길을 떠났다.

"호호, 치우 오빠. 그래도 내가 치우 오빠 몫으로 이 주먹밥 챙겨뒀어. 자, 먹어."

청화 누나는 나뭇잎으로 싸둔 주먹밥을 치우 형에게 주며 말했다. 쩝, 저걸 못 봤네. 얼른 달려들어 뺏어 먹어 버릴까도 했지만 그건 너무 잔인한 짓이기에 그냥 참기로 했다.

"처… 청화야, 역시 날 생각해 주는 사람은 너밖에 없구나."

아예 눈물까지 글썽거리는 치우 형과 그 앞에서 의기당당하게 서 있는 청화 누나를 뒤로하고 서백 형과 은유 누나, 그리고 나는 길을 재촉했다. 이제 시간은 얼마 남지 않았다.

◆ 비상(飛翔) 열한 번째 날개

천하제일 비무대회

비상(飛翔) 열한 번째 날개 천하제일 비무대회

"예? 그게 무슨 소립니까?"

"허참, 접수가 끝났다네."

이게 무슨 소린인가? 접수가 끝나다니.

"아니, 제 말은 왜 벌써 접수가 끝났냐는 말이죠. 원래 오늘까지 등록하는 거 아닙니까?"

"그렇긴 하네만, 이번 대회는 너무 인기가 높아서 예상보다 훨씬 일찍 모집 인원을 다 채우게 됐다네."

도대체 무슨 소리를 하는 거야? 모집 인원은 또 뭐야?

"모집 인원이라뇨. 그런 말 하나도 없었잖아요."

우리 일행은 천신만고 끝에 대회 시작 이틀 전인 어제에서야 천악산에 도착하게 되었다. 도착은 했지만 너무 늦은 시각이라 대회 하루 전까지 접수를 받는다기에 난 오늘 접수하려 했다.

그런데 이게 웬일? 접수원 할아버지 NPC께서 접수가 끝났다고 하시지 않는가. 내가 날짜를 잘못 세었나 했지만 그것도 아니었다. 그런데 대체 이게 무슨 말이야?

"신청자가 쇄도해 그들을 다 받아들일 수 없어 선착순으로 얼마의 사람만을 신청받겠다고 공지가 떴는데 몰랐단 말인가? 이미 거의 모든 대회가 접수가 끝났네. 그리고 예선전도 치러지고 있지. 자네도 그만 포기하고 구경이나 하다가 돌아가게나."

이런 말도 안 되는 일이! 이건 사기야. 난 그런 거 보지도 못했다고. 여기까지 갖가지 고생을 다 겪으면서 왔는데 이제 와서 구경이나 하라고? 절대 그렇게 못해.

"안 됩니다. 전 무슨 일이 있어도 출전해야 해요."

"끝났다니까 그러네."

"안 돼요. 전 무슨 일이 있어도 반드시 출전해야 해요!"

그래. 무슨 일이 있어도 출전해야 한다. 그렇지 않다면 상호와의 약속은 물거품이 되어버리고, 난 또 다른 요구를 들어줘야 한단 말이다. 정말 절벽에 떨어지기까지 하여 왔는데 어떻게 여기서 포기하란 말이야!

"포기해!"

"못해요!"

"해!"

"안 해!"

"허어……."

할아버지는 탄식을 내뱉었지만 지금 나한텐 그게 중요한 게 아니었다.

"예? 전 참가해야 해요. 어떻게 좀 해줘요!"

"글쎄 이미 끝난 것을 나보고 어쩌란 말인가."

"안 돼요! 난 못 돌아가요. 난 못 가!"

"가! 가란 말이야! 너 때문에 되는 게 하나도 없어! 가! 가아아아아!"

"헉!"

저… 저 할배가 노망이 드셨나? 왜 저러는 거야? 그래도 난 못 가!

"난 못 가요! 무슨 대회라도 참가시켜 줘요!"

이미 무차별전은 예선까지 치르고 있다니 물 건너 간 것이나 마찬가지다. 그렇다면 이제 남은 대회 아무거나에라도 출전하면 그나마 어느 정도 정상 참작이 되지 않을까 하는 마음에 이렇게 떼를 쓰는 것이다.

"허어, 정말 그렇게 참가해야 하나?"

어? 진짜 참가시켜 줄 모양인데? 역시 땡깡에는 장사가 없단 말이야.

"좋네. 그렇다면 이 신청서에 지장을 찍게. 그럼 신청이 되네."

"무차별전에요?"

"아니, 다른 대회라네. 자네가 다른 대회라도 출전해야 한다 하지 않았나. 싫으면 말게."

"아… 아닙니다."

재빨리 신청서를 빼앗아 든 나는 지장을 꾸욱! 찍었다. 휴, 그래도 이 정도면 절반의 성공은 한 거지? 그나마 출전은 하잖아.

"그럼 예선은 언제 치르나요?"

"예선은 없네. 그냥 비무대회 마지막 날 이 자리로 다시 찾아오게나. 아침 일찍 찾아와야 하네."

"아, 네."

난 그렇게 말하고선 그 자리를 떠났다. 도대체 무슨 대회이기에 레벨도 안 묻는 거야? 당일에 물으려고 그러나? 에라이, 여차하면 속이면 되는 거지.

비무대회는 대성황을 거두었다. 수많은 유저들이 모여 자신들의 기예를 뽐내었으며 서로 실력을 비교해 더 뛰어난 곳으로 올라가기까지 했다. 그중에서도 운영자들과 유저들을 가장 당혹하게 한 것이 바로 랭킹이다. 비무대회에는 수많은 랭커들이 참여했다. 그리고 결국에는 얼마 차이가 나지 않는 랭커들이 맞붙게 되었고, 사람들은 랭킹이 높은 랭커가 이길 것이라는 것에 전혀 의심하지 않았다.

그러나 상황은 이상하게 돌아갔다. 처음 일이 벌어진 것은 레벨 30부터 69까지의 비무대회 주작 비무대회에서였다. 역시 어디나 얍삽한 사람은 있기 마련. 레벨 69까지 키운 뒤 한번 우승해 볼 거라고 레벨은 키우지 않고 무공만 죽도록 수련한 사람들이 대거 등장했다. 그리고 군중은 그 69레벨 사람들 중에서 우승자가 나올 것이라 감히 결론을 내렸다. 그러나 여섯 명의 신진 고수들의 등장으로 69렙의 많은 유저들은 우승의 영광을 맛보지 못했다.

차가운 얼굴의 미남이지만 검을 쓸 때는 광포한 이리와 같이 변한다고 해서 붙여진 별호 검랑(劍狼).

한폭의 그림과 같은 아름다운 외모와 따뜻한 미소를 지었지만 그녀의 은사를 결코 무시할 수 없어서 붙여진 별호 소사미(笑絲美:아름다운 실과 웃음).

검랑의 애인인 듯 보이며 잔인한 편을 휘둘러 수많은 남성 유저들을 무릎 꿇린 편요미(鞭妖迷).

한 자루 장창으로 수많은 적을 때려 눕혔으며 여섯 명의 신진 고수들 중 가장 호전적이라는 용호창(龍虎槍).

신랄한 신법을 이용해 손쉽게 적응 제압해 버려 붙은 이름 비조(飛鳥).

검랑의 섬세한 검술과는 달리 파괴력 중심의 검술을 익혀 가장 붙고 싶지 않은 상대 1위에 등극한 폭광검(爆狂劍).

이들은 모두 레벨 50대 초반의 플레이어들이었다. 그러나 69레벨의 수많은 고수들을 제치고 8강 안에 들었으며 결국에는 검랑과 폭광검이 결승에 오름으로써 모든 69레벨들은 떨어졌다. 우승은 검랑에게로 돌아가고 아쉽게 진 폭광검은 자신에게 도전해 온 용호창과의 대결을 받아들여 평수를 이룸으로써 다시 한 번 그 이름을 날렸다. 이변은 거기서 끝이 아니었다. 단지 시작이었을 뿐.

그 윗단계의 레벨 70부터 119까지 유저들의 비무대회인 현무 대회에서 수많은 고수를 꺾고 8강까지 오른 한 여고수가 있었으니 차디찬 표정을 지었지만 미색을 감추지 못하였고, 검로 역시 깨끗한 그녀에게 빙설화(氷雪花)라는 별호를 붙여줬다.

8강에서 비추도(沸追刀)에게 아깝게 져 많은 안타까움을 남겼으나 비추도를 비롯한 8강에 든 고수들이 전부 110을 넘어선 사람들이라는 것을 볼 때 80이라는 훨씬 낮은 레벨로 8강 안에 들었으니 사람들은 빙성화에게 경의를 표했다.

레벨 120부터 179까지의 고수들의 비무대회 백호 비무대회에서도 이변이 나왔다. 랭킹 842위 별호 '마살(魔殺)' 과 랭킹 798위 별호 '구검웅(九劍熊)' 의 대결에서 구검웅의 승리를 의심치 않은 모든 사람들의 예상을 깨고 마살이 당당하게 승리해 사람들은 경악했다. 청룡 비무대회에서도 수많은 랭킹이 뒤집혀 운영자들은 골치를 썩어야 했다.

또 하나의 이상한 점이 있었으니 랭킹 20위 안의 고수들이 단 한 명도 비무대회에 참가하지 않았다는 것이다. 랭킹 17위 고검(孤劍)이 참석하기는 했으나 결코 비무대회에는 참가하지 않았다. 덕분에 그보다 낮은 랭커들은 쾌재를 불렀으며 혹시나 하는 마음으로 많은 사람들이 청룡 비무대회를 비롯한 무차별 비무대회—천하제일 비무대회를 손꼽아 기다렸다.

청룡 비무대회에서는 랭킹 421위 진천신협이 3위로 입상했으며, 192위 여고수 시후(翅后)가 2위로 등극했고, 1위는 개방의 걸개봉(乞棒)이 차지했다.

이제 남겨둔 것은 천하제일 비무대회. 수많은 예선과 본선을 마치고 마지막 결승만을 남겨두고 있었다. 다른 비무대회들이 고수들만의 행진이었다면, 이 대회는 비무대회에서 입은 상처 때문에 제대로 힘을 발휘하지 못하는 고수들을 제친 다른 유저들의 행진이었다.

하지만 그런 그들을 뒤로하고 심히 심기가 편치 않은 한 사람이 있었으니 바로 여원 백상호였다.

'효민이 네가 출전을 안 했다 이거지? 어디 두고 보자고.'

여원은 가슴속에서 치밀어 오르는 울화를 삼켰다. 그놈이 자신에게 시킨 일은 얼마나 혹독하고 잔인했으며 모욕적인 일이었던가. 그에 반해 자신이 시킨 일이란 평범하게 대회에나 참가하라는, 여원, 본인이 겪었던 일의 발톱의 때만큼도 못 미치는 그런 일이었다. 그런데 이놈의 자식은 그것마저도 씹어버렸다.

자고로 예부터 배신자에게는 죽음이란 단어를 많이 쓴다. 어려운 것도 아니고 대회에 참가하라는 쉬운 조건을 내걸었는데도 지키지 않았으니 이건 자신에 대한 도전이라 봐도 무방하다고 여원은 생각했다.

'절대 가만히 안 놔둔다.'

여원이 객석에 앉아 비무장을 노려보며 이를 갈고 있을 때 사회를 맡은 하오문(下午門) 문주 야객(夜客)이 내공을 담아 외쳤다.

"자, 여러분. 이제 남겨둔 것은 단 하나, 결승전뿐입니다. 무당파의 명예를 건 무당삼검(武當三劍) 청운(靑雲) 대협과 하북(河北) 팽가(彭家)의 대제자 무설(武設) 대협의 한판 승부. 따로 해석하면 오랫동안 지속되어 오던 검과 도의 승부라 할 수 있습니다. 이 뜨거운 열기 속에 결승전이 진행되려는 가운데! 두 분의 상태가 최상일 때 겨루는 것이 두 분께도 좋고 보는 저희도 좋을 것이라는 판단에 의해 결승전은 내일 치러지게 되었습니다. 그렇다고 자리를 뜨지 마십시오. 아직 한 대회가 남아 있습니다."

'말 하나는 기막히게 빨리도 하는군.'

이 넓은 비무장 끝까지 사람들이 들을 수 있게 하는 야객의 내공은 대단한 것이었다. 역시 이리저리 모은 돈으로 영약을 사들여 키운 내공은 뭔가 달라도 달랐다.

이 자리에 참석한 많은 군웅도 야객이 수많은 영약으로 내공을 키운 사실을 알고 있었으나 감히 비웃지는 못했다. 아니, 오히려 야객과 친분을 가지게 되어 영약이라도 하나 얻어먹을 수 있을까 하는 생각을 가진 사람들이 많았다.

그런 사람들의 생각에는 관심이 있는지 없는지 야객은 계속해서 말을 이어갔다.

"지금까지의 흥분된 긴장감을 좀 풀고 마음껏 웃을 수 있는 그런 대회. 하지만 결코 만만히 볼 수 없는 대회. 지켜보시죠. 그럼 첫 순서,

양화(陽和) 소협 대 사예 소협!

'에?! 사예?'

야객의 소개에 여원을 비롯한 옆에 앉아 있던 친구들도 이상하단 표정을 지었다.

"상호야, 설마 이 사예가 효민이의 사예가 아니겠지?"

병건이가 상호에게 물었다. 그러나 병건이만 궁금해 물은 것이 아니라 나머지 친구들 역시 다 그것이 궁금하다는 표정이었다.

'아니, 그걸 내가 어떻게 알겠냐고.'

"그, 글쎄. 나도 잘 모르겠는걸? 하지만 이게 무슨 대횐지 몰라도 참가했으면 응원해 줘야 하지 않겠냐? 설사 우리가 아는 효민이의 사예가 아니더라도 응원을 해주자."

얼렁뚱땅 넘기려는 상호의 말에 넘어가지 않을 녀석들도 꽤 있었으나 그중에서 병건이는 제외 대상이었다.

상호의 말을 들은 병건이는 다시 제자리에 앉아 비무장을 보시 시작했고 비무장 양측에서 사내 두 명이 모습을 드러내기 시작했다.

"효민이다!"

상호를 비롯한 나머지 친구들이 모두 동시에 일어나며 서로 미리 짜둔 것처럼 외쳤다. 오른쪽에서 등장한 남자가 바로 최효민, 사예였던 것이다.

도대체 사예는 왜 이런 곳에 있을까? 또 이 대회는 무슨 대회일까?

"이봐, 자네. 안으로 들어가면 다른 말은 하지 말고 무조건 그렇다고만 하게."

"네? 아, 네."

접수원 할아버지가 나를 보며 그렇게 말하자 난 그냥 알았다고밖에 할 수 없었다. 도대체 무슨 대회이기에 이러는 거지? 잠깐 의문이 스쳐 지나갔지만 어느새 접수원 할아버지와 나는 비무장으로 들어가는 하나의 입구에 도착했다. 이곳이 바로 선수 대기실인가?

접수원 할아버지는 입구에 도착하자 내게 작은 서찰을 내밀며 말했다.

"자, 들어가서 이걸 보여주게나. 그럼 될 걸세."

"아, 네."

난 접수원 할아버지가 준 서찰을 들고 어색한 표정을 지으며 입구로 들어갔다. 입구를 통해 조금 들어가자 방이 하나 나왔고, 그 방으로 들어가는 입구에는 험상궂게 생긴 떡대가 팔짱을 끼고 서 있었는데 팔에 붙은 근육이 많아 쉽지 않아 보였다.

그러고 보니 이마에 땀이 송골송골 맺혀 있는데? 폼을 잡으려고 저러나 본데 하나도 안 멋있다. 쩝.

"어떻게 왔나?"

떡대가 내게 물었다. 그 말투가 상대를 깔보는 듯하고 겁을 주려는 듯해서 기분이 상당히 나빠졌지만 아무 말 없이 접수원 할아버지가 준 서찰을 떡대에게 건네주었다.

서찰을 받은 떡대는 잠시 서찰을 뚫어지게 쳐다보더니 입을 열었다.

"너도 거기에 속하는가?"

저게 끝까지 반말이네. 난 떡대의 면상을 날려 버리고 싶었지만 아쉬운 것은 나. 접수원 할아버지의 당부가 생각났다.

"그렇습니다."

"……."

떡대는 비웃는 듯, 약간의 조소와 무시하는 눈초리를 담아 나를 바라보았다. 이거 점점 갈수록 기분 나빠지는데?

"저기 가서 앉아 네 순서를 기다려라."

떡대가 가리킨 곳에는 왠지 어수룩해 보이는 여덟 명의 남녀가 앉아 있었고, 그 옆에 압살하게 생긴 녀석이 검집으로 보이는 것을 쓰다듬으며 이상한 미소를 짓고 있었다. 난 떡대에게 저곳? 이라는 의미를 담은 시선을 보냈지만 떡대는 아무 일도 없었다는 듯 다시 정면만을 바라보았다.

아홉 명이 있는 곳으로 갔는데 앉을 자리는 없었다. 분명 만들기는 10인용에서 11인용으로 만든 것 같은데 한 녀석이 거의 삼 인분이나 되는 몸집을 하고 있었고, 서로서로 조금 떨어져 앉아 있었기에 그랬던 것이다.

무슨 선수 대기실이 이래? 방 안은 지저분하고, 선수들은 묘한 분위기를 풍기고, 저런 떡대가 지키고 있다니… 중요한 선수들을 이렇게 방치해도 되는 건가?

"하, 하, 안녕하세요?"

난 그들에게 인사를 했지만 오른쪽 가장자리에 앉아 있던 16세 정도의 여자 아이만이 수줍다는 듯 고개를 숙여 인사를 대신했고, 다른 녀석들은 가만히 앉아 땅바닥만을 바라보고 있었다. 젠장, 내 말이 말 같지 않남?

순간 분한 생각이 들었지만 '이게 바로 경기 전의 기 싸움이라는 것이로구나' 라고 애써 생각하며 그대로 자리에 주저앉았다.

내가 입고 있는 옷은 은 두 냥짜리 싸구려다. 현마의 숲에서 주운 찢어지지도 않고 내구력도 무한인 옷은 그때 초매에게 덮어주었고 푸우가 가져갔겠거니 생각하고 있었다(만약 푸우가 가져가지 않았다면 비 오는 날 먼지 나게 곰탱이를 잡아볼 생각이다). 그게 대충 나뭇잎을 엉겨 붙여 만든 옷으로 그나마 체온을 유지하고 있다 오는 도중에 하나 산 것이다.

난 대기자들을 바라보았다. 그런데 이상하게도 무공을 익힌 흔적이 보이지 않았다. 그렇다면 정말 무공을 익히지 않았거나 내가 알아차릴 수 없을 만큼 뛰어난 고수라는 것인데, 그동안 수많은 고수들을 만나다 보니 나보다 하수라는 생각보다 고수라는 생각이 먼저 들었다. 그리고 무공은 웬만하면 다 익히고 있는 것인데 대회까지 출전하는 선수가 그럴 리는 없잖은가. 결국 난 그들을 전부 고수로 봐버렸다.

그런 고수가 한 명도 아니고 아홉 명이라니… 쩝, 아무리 그동안 수련을 했다지만 처참하게 깨지겠는걸?

그렇게 미묘한 기류가 흐르는 대기실에서 얼마간 기다리자 비무장 쪽에서 큰 함성이 들리며 사회를 맡은 야객의 목소리가 울려 퍼졌다. 그가 말하는 내용이 조금 이상한 듯했지만 그것을 신경 쓰기 무섭게 바로 내 이름이 불려 난 자리에서 일어나 비무장 쪽 입구로 향했다. 그리고 나머지 아홉 명의 대기자 중 왼쪽에서 두 번째에 앉아 있던 곱상하게 생긴 녀석이 일어났다. 저 녀석이 야객이 말하는 양화라는 녀석인가?

양화는 머리에 영웅건을 매고 허리에는 검을 차고 무복을 입은 전형적인 정파무림인의 모습을 보여주었다. 음, 저 녀석도 무공을 익힌 흔적이 보이지 않잖아. 쳇! 도대체 주최측에서는 어떻게 이런 녀석들을 아홉 명씩이나 데려올 수 있었던 거야?

작게 투덜거리며 비무장으로 나갔는데, 순간 엄청난 환호성이 들려와 귀를 멍멍하게 했다.

"와이아아아아!"

"휙! 휙! 잘해라!"

"이겨라!"

응원하는 사람들을 바라보며 난 어색함을 감추지 못했는데, 양화라는 녀석도 얼굴이 빨개진 채 고개를 푹 숙이고 있는 게 어지간히도 창피한가 보다. 사람들 앞에 나서는 게 창피하다면 왜 대회에 나온 거야?

"자자, 두 분 다 이리 올라오시죠."

야객은 역시 하오문주라 이런 일을 많이 맡아보았는지 아주 자연스럽게 나와 양화를 비무대 위로 올라오게 만들었고, 나와 양화는 아무 말 없이 비무대 위로 올랐다.

"삼 장(약 9미터) 정도 떨어지시고 마주 보십시오. 그럼 대회를 시작하겠습니다. 저 징이 울리면 시작됩니다."

야객은 그렇게 말하고 비무대 아래로 내려갔다. 양화는 조금 전과는 달리 빨갛게는 익어 있었지만 굳은 얼굴로 나를 바라보며 검을 뽑았다. 쩝, 아직 징도 치지 않았는데 저렇게 서둘 필요가 있을까?

상대가 검을 뽑았어도 내가 무기를 뽑지 않는 것은 상대를 얕보는 것 같기에 나도 허리에 매둔 박도를 뽑았다. 이 박도는 다시 현마의 숲으로 들어가 인마귀들에게서 네 개 뺏어온 것이었는데, 그중에서 나머지는 다 내구력이 닳아 부서지고 이게 마지막으로 남은 것이었다.

츠츠츠츠.

역시 질이 좋지 않은 박도답게 신경 거슬리는 소리를 내며 뽑아져 나왔다. 내가 박도를 뽑자 양화는 상당히 긴장하는 것 같았다.

"그럼 시작합니다!"

징!

야객의 목소리와 함께 징이 울려 퍼졌고, 나와 양화는 엉거주춤한 상태로 서로를 바라보고 있었다. 쩝, 공격할 타이밍을 놓쳤잖아.

"흠."

난 양화를 보고 신음을 내뱉을 수밖에 없었다. 빈틈이나 찾아보자는 심산이었는데, 양화는 거의 온몸을 빈틈으로 내놓고 있었기 때문이다. 고수가 저런 실수를 할 리 없고, 아마 함정일 것 같았다. 하지만 언제까지 이렇게 멍하게 있을 수는 없는 법. 이러다가 공격도 한 번 못해보고 지는 것은 싫다. 난 네 가지 진기를 모두 깨우고, 박도에 소량의 예자결의 진기를 집어넣고는 양화에게로 뛰어갔다.

"쾌, 예, 유, 연. 선수필승(先手必勝:선방 때리는 놈이 승리한다는 법칙)!"

박도가 많은 진기를 견딜 수 없어 소량이지만 이미 예 자결의 진기를 머금은 박도는 예전의 박도가 아니었다. 의형진기 정도는 아니지만 최소한 뛰어난 병기 정도는 될 것이었다.

상대는 아직 내가 가진 특성을 모른다. 그렇다면 탐색 공격이라 할 수 있는 첫 공격을 가장한 이번 도격(刀擊)에 상대의 검을 잘라 버릴 수도 있을 것이고, 약간이나마 선수를 취하게 됨을 노린 노림수였다.

"차앗!"

쾌 자결의 진기를 담지 않아 느렸지만 참의 식으로 내리그어지는 박도는 섬뜩한 예기를 담고 있었다.

"헉!"

그러나 상대가 검을 들어 박도를 막고 반격해 올 것이라는 내 예상과는 달리 양화는 말 그대로 몸을 날려 박도를 피했다.
"치잇! 눈치 챈 건가?"
상대는 내 박도에 담긴 예기를 알아챘고 옆으로 굴렀을 것이다. 저런 고수라면 보법을 이용해서 간단히 피해도 될 것이지만 몸을 굴려서 피한 것은 잠시나마 내 방심을 유도하기 위해서였을 것이다.
사자는 토끼를 잡을 때도 최선을 다한다더니 저런 고수가 그런 것까지 노려?
난 원주미보를 밟으며 자연스럽게 다시 일어서는 양화에게로 다가갔고 이번에는 그의 어깨를 노리고 박도를 휘둘렀다. 아직 예기를 거두지 않은 상태라 박도는 날카롭기 그지없었고, 그것에 어깨를 베인다면 상당한 충격일 것이다.
"핫!"
그때 양화의 검이 박도를 향해 날아들었다. 쳐내려는 것이다. 젠장, 실수했다. 상대는 예기를 알아챈 고수. 그렇다면 검에 진기를 가득 담아 내가 휘두른 박도 정도는 멀리 날려 버릴 것이었다.
난 급히 예기를 빼내고 쾌 자결의 진기를 넣었다. 다행히 아까 모든 진기를 깨워두었기 때문에 약간의 내상은 입겠지만 재빨리 예 자결의 진기와 쾌 자결의 진기를 바꿀 수 있었다.
"흐아아압!"
쾌 자결의 진기를 넣음으로써 가속력을 타게 된 박도였지만 이미 검과 박도는 거리가 너무 가까웠다. 결국 박도가 양화의 어깨에 도달하기 전에 검과 박도는 부딪치고 말았고, 난 다가올 반탄력에 대비하며 손에 힘을 주었다.
챙!

차디찬 금속 소리와 함께 한 물체가 날아올랐다. 다름 아닌 양화의 검. 난 갑작스럽게 일어난 일에 어벙벙한 표정을 지을 수밖에 없었다.

어떻게 된 거지? 분명 내가 밀릴 줄 알았는데? 날 봐준 건가? 그러나 저 분하다는 표정을 짓고 있는 양화의 표정으로 봐선 그런 것 같지도 않았다.

난 자연스럽게 양화의 목에 박도를 가져다 대었고, 곧 야객의 목소리가 울려 퍼졌다.

"사예 소협 승!"

"와아아아아!"

"잘 싸웠다!"

"좋아! 널 응원하마!"

주변에서 구경꾼들의 응원 소리가 들렸으나 난 내 의문을 풀기 위해 머리를 굴리고 있었다. 다시 선수 대기실로 돌아가면서도 그것은 그치지 않았다. 도대체 어떻게 된 거야?

내가 출전한 비무대회는 여타 비무대회와는 달리 나까지 포함하여 달랑 열 명이 출전하였다. 나랑 붙은 양화가 1번이고, 내가 10번이라 첫 번째로 비무를 벌이게 된 것이다. 첫 번째 비무를 어벙하게 마치고 돌아온 나는 머리가 너무 혼란스러웠다. 도대체 양화는 어떻게 된 것일까? 내가 생각하기에는 고수였는데 그게 아니었단 말인가?

"휴, 모르겠다, 모르겠어."

내가 비무를 마치고 들어온 지 약 5분이 지났다. 내가 들어오자 다른 여덟 명의 대기자 중 아까 그 이 인분의 남자와 어수룩해 보이는 한 남자가 비무대회장으로 나갔고, 아직 내 순서가 되려면 멀었다.

난 그 덩치가 빠지자 텅텅 비어버리게 된 대기 의자에서 일어나 썩 좋지 않은 인상의 떡대에게로 다가갔다.

"밖에 좀 나갔다 와도 되나요?"

떡대는 내 말에 조금 생각하다가 말했다.

"좋다. 어차피 2회전은 1회전이 끝난 10분 뒤 시작하니 그때까지 들어와라. 그렇지 않으면 실격이다."

정말 싸가지 없는 떡대다. 콕! 쏘아주고 싶은 생각이 잠시 들었으나 애써 자제하며 내가 들어왔던 통로로 발걸음을 옮겼다. 시간은 충분하니 바깥 바람이라도 쐬며 머리 속을 좀 정리해 보자.

긴 통로를 지나 밖으로 나오자 시원한 바람에 머리카락이 휘날렸다. 음, 시원하군.

"하아, 시원하다."

비무장 밖은 한산했다. 사람들은 지금 비무장에 온통 신경이 가 있는 상태이니 별 볼일 없는 비무장 밖으로 굳이 나올 이유가 없었고, 이쪽 바깥은 보통 관객들이 출입하는 곳이 아니기에 비무장과는 달리 매우 조용했다.

"음, 어떻게 된 거지?"

난 다시 한 번 방금 전의 비무를 떠올렸다. 너무나 어이없게 이겨 버렸다. 예상과는 딴판이었다. 애초에 내가 노린 것은 적이 방심할 때 예기를 이용해 검을 잘라 버리려는 것이었다. 하지만 양화는 박도를 막지 않고 피해냈고, 더 이상의 기습은 통하지 않았을 것이다.

그 다음에 날린 내 공격은 그야말로 그냥 무의식적으로 휘두른 너무나 어이없는 공격. 하지만 내가 노린 것이 통하지도 않았는데, 양화는 정말 예상치 못하게 검을 놓쳐 버렸다.

이번 비무를 펼쳐 본 결과로는 이들이 내가 모르는 무언가를 꾸미고 있거나, 아니면 그가 정말 고수가 아니었을 것이라는 두 가지 결론이 나왔다. 으음, 도대체 어떻게 된 거야?

"으아아악! 모르겠다!"

난 아무런 대답도 나오지 않자 자른 적이 한 번도 없어 허리까지 내려오는 장발을 마구 헝클어뜨렸다. 그러던 중 하나의 생각이 떠올랐다.

"그래, 나를 이 대회에 넣은 접수원 할아버지한테 물어보자!"

난 접수원의 방향을 가늠하고는 그쪽으로 뛰기 시작했다. 접수원 할아버지가 거기에 있을 것이라 확신하지는 못했다. 이미 대회도 최종 결승전만을 남겨둔 상태이니 접수원에 있어봤자 아무런 일도 없을 것이고, 그러니 남아 있을 이유가 없었다.

다만 난 접수원 할아버지가 NPC라는 점을 생각했다. 주민으로서 생겨난 NPC가 아니라 일정한 목적을 가진 NPC는 제자리를 벗어나기 힘들다고 들었다. 그 접수원 할아버지도 그런 NPC가 아닐까?

꽤나 빠른 속도로 달려서 그런지 네모 모양의 건물, 접수원이 보이기 시작했고, 그 앞에 접수원 할아버지가 책상과 의자를 펴놓고 앉아 있었다.

역시 예상이 맞았군. 난 접수원 할아버지에게 뛰어갔다. 접수원 할아버지는 내가 다가오자 의외라는 표정을 지었다.

"아니? 자네가 여긴 어쩐 일인가. 벌써 비무가 끝났는가? 졌단 말인가?"

이봐요, 할아버지. 하나만 물어보자고요.

"할아버지. 저 궁금한 게 하나 있습니다."

시간이 없는 나이니 처음부터 바로 본론을 꺼내기로 했다. 접수원 할아버지는 내 말에 약간 의아한 표정을 지었다.

"그러게. 궁금한 게 뭔가?"

"도대체 제가 출전한 대회가 어떤 대회입니까?"

내가 제일 알고 싶은 것은 바로 이것이었다. 도대체 내가 무슨 대회에 출전했기에 저런 의문에 휩싸인 것 같은 사람들만 출전하는 거야?

접수원 할아버지는 너무 직설적인 말에 흠칫 했지만 곧 입을 열었다.

"흠… 그렇군. 자네에게 얘기를 안 했군. 자네가 출전한 대회는 바로 레벨 1들의 대회라네."

접수원 할아버지의 말은 너무나 충격적인 말이었다. 레벨 1들이 어쩌고 어째?

"예? 그게 무슨 말씀이십니까?"

"통칭 심심풀이 대회라고 하는 것이네."

"……?"

내가 계속해서 의아하고 황당하단 표정을 짓고 있자 할아버지는 설명을 계속했다.

"자네, 싸움 중에서 가장 재미있는 싸움이 뭐라고 생각하나?"

그야 당연히 막싸움이다. 진흙탕 싸움이라고도 불리는 이 막싸움은 일정한 형식도 없고 화려한 맛도 없지만, 서로 치고 박고 싸우는 게 살벌해 구경하는 사람들에게 굉장한 흥미와 재미를 안겨준다.

고수들의 비무가 재미있을 것이란 말은 마라. 보는 사람들도 고수가 아니라면 그냥 번쩍번쩍 하는 것으로밖에 보이지 않는다. 그야말로 그

림의 떡인 셈이다. 눈앞에서 일생에 한 번 보기도 힘든 장면이 펼쳐지는데 능력이 안 따라주니 눈 뜨고 세상에 더 없을 구경을 놓치는 것이다. 그리고 볼 수 있다 하더라도 재미는 없다. 서로 간에 불필요한 공격은 최소한으로 줄이니 서로를 견제하며 돌아다니다가 가끔씩 칼질이나 한 번씩 해주는 게 다다. 그런 게 재미있을 턱이 있나.

"당연히 막싸움이죠."

"그렇지. 우리 같은 범인들이 고수들의 재미없는 싸움을 봐서 뭐하겠는가. 아니, 볼 수나 있겠는가? 그런 것보다 삼류 잡배들이나 하는 막싸움이 구경거리도 많고 훨씬 재미있다네. 자네가 출전한 대회가 바로 그런 셈이지."

그러니까 레벨 1들만 모아놓고 막싸움을 하게 해 윗대가리들이 즐기자는 거 아냐? 이런 뭣 같은!

"자네 생각은 알겠네만 어쩔 수 없지 않나. 다들 즐거우면 되는 거지."

접수원 할아버지의 말을 듣고 나니 모든 상황이 이해가 되기 시작했다. 떡대의 무시의 눈초리도, 너무나 어이없이 이겨 버린 양화와의 비무도. 젠장, 그렇다면 내가 레벨 1과 싸웠던 거야?

"그나저나 자네는 벌써 떨어져서 왔나? 그럴 리 없을 텐데? 레벨 1들에게 자네가 질 리가 없잖은가. 무차별전에 출전하려면 어느 정도 실력은 갖추었을 테니 말이네."

"아, 탈락하지 않았습니다. 쉬는 시간에 잠시 나왔죠. 지금 가봐야겠습니다. 그럼 안녕히 계세요."

나는 그렇게 말하고 뒤돌아 다시 뛰기 시작했다. 너무 갑작스러운 반응에 접수원 할아버지는 놀란 듯했지만 난 다시금 새로운 고민에 휩

싸여 거기에 신경 쓸 상황이 아니었다. 그리고 뛰어가다 뒤돌아 한마디 더 했다.

"아차! 말씀 안 드린 게 있는데요. 저 레벨 1입니다!"

"뭐?"

나 레벨 1 맞잖아. 쩝, 제대로 출전한 건가? 이거 고민되네.

◆ 비상(飛翔) 열두 번째 날개

이걸 어쩐다냐?

선수 대기실로 돌아오자 막 1차전 마지막 비무가 끝났다. 여기서 잠깐 살펴보자.

내가 출전한 이 대회는 총 열 명이 싸운다. 1번과 10번, 2번과 9번이 같이 해서 1차전이 끝나면 총 다섯 명이 남게 된다. 그중에서 5번과 6번의 대결 중 이긴 사람은 2차전에 부전승으로 올라가게 된다. 그리고 남은 1, 10번 팀 중 한 명, 2, 9번 팀 중 한 명, 3, 8번 팀 중 한 명, 4, 7번 팀 중 한 명, 이렇게 네 명은 또 박터지게 싸워야 하는 거고, 이것도 양측에서 싸우게 된다.

1, 10번 팀과 4, 7번 팀, 2, 9번 팀과 3, 8번 팀이 말이다. 그리고 1, 10, 4, 7번 팀이 먼저 올라간 5, 6번 팀의 한 명과 싸우게 된다. 그리고 이겨야 2, 9, 3, 8팀의 한 명과 결승을 치르게 되고 말이다.

어떻게 보면 참으로 불공평하다. 번호만 잘 잡으면 쉽게쉽게 올라갈 수 있는데 단지 운이 나빠 네 번이나 싸워야 한다니……. 그리고 그 불행한 10번이 바로 나다.

레벨 1들의 대회라… 애초에 상대가 되지 않는다. 나야 레벨만 1이지 능력치는 지존이요, 무공도 일급의 무공이다. 저번 투귀와의 싸움으로 이상하게 내공이 조금 줄어들었지만 내공도 여타 고수들과는 비교가 안 될 만큼 높다.

애초에 무공이 필요없는 비무였다. 레벨 1들이 죽어라 무공만 쌓아봤자 레벨 1에서 배울 수 있는 무공과 쌓을 수 있는 내공에는 한계가 있으니 최대한 내공을 끌어올려도 난 쉽게 받을 수 있다. 이 괴물 같은 능력치 때문에. 아니, 그렇지 않더라도 말이다.

하지만 내겐 또 다른 고민이 생겼다. 이들을 이기는 건 너무나도 쉽다. 너무 잘난 척하는 것 아니냐고 하겠지만 사실이 그렇다. 나 같은 버그가 생기지 않고서는 레벨 1은 절대 내 상대가 될 수 없었고, 내가 그 버그에 걸림으로 해서 그것은 완전히 없어져 버렸으니 그런 사람이 나올 확률은 제로였다. 그러나 문제는 어떻게 이들을 이기냐는 것이다.

그냥 양화와의 대결처럼 무기를 날려 버리면 되지 않느냐고 묻는다면 난 이렇게 대답해 줄 것이다.

'니가 해봐!'

사실 양화와의 비무는 정말 운이었다. 양화가 박도를 막지 않고 피한 것도 운이고(사실 무식하게 생긴 박도를 검으로 막으면 부러질까 봐 피한 것이다), 내가 그것을 오해한 것도 운이고, 내가 갑자기 쾌 자결의 진기로 바꾸는 바람에 제대로 진기가 유입되지 않은 것도 운이다. 이 많은 운이 겹쳐 양화의 검이 날아가 버렸고, 비무는 끝난 것이다.

"다행이지. 다행이야."

난 무심코 중얼거렸다. 다행히 아무도 듣지 못한 것 같았다.

내가 조금만 잘못했으면 양화의 목이 잘리든 아니면 크게 다치든 그런 참혹한 광경이 연출됐을 수도 있었던 상황이다. 다시 해보라면 그렇게 하지 못하겠다.

난 지금까지 누구를 봐주며 싸워본 적이 없다. 언제나 나보다 고수들만을 상대로 싸웠고, 마물들을 상대로 봐주면서 하기에는 시간이 너무 급했다. 내가 이렇게까지 빠르게 실력이 상승될 수 있었던 것은 버그 때문이기도 하지만, 내가 항상 최선을 다해왔다는 것에서 비롯된 것이라 할 수 있다.

그런 나한테 이제 봐주면서 싸우라고? 도대체 어떻게 봐주라는 거야? 병기를 날려 버려? 조금만 힘을 잘못 주면 병기를 쥐고 있는 손목이 부러져 버릴 텐데? 그리고 만약 맨몸으로 싸우는 놈이 있다면 어쩌라고.

정말 골치 아프다. 차라리 이런 대회가 아니라 최고수들과의 비무대회였다면 그나마 골치가 덜 아팠을 텐데…….

"휴우, 왜 하필이면……."

"……?"

내가 혼자 중얼거리자 이번에는 들었는지 내 옆의 소녀가 의아하단 눈빛으로 날 쳐다봤다. 이곳에 처음 들어와 인사했을 때 유일하게 그 인사를 받아준 소녀였다. 그리고 2차전의 내 상대인 2번. 캐릭터 이름이 뭐라고 했더라?

아직 젖살이 다 빠지지 않은 듯 둥글둥글한 얼굴이 귀여움을 뿜어내는 소녀… 자미(姿媚)라고 했었나? 난 그녀에게 싱긋 웃어 보이며 입을 열었다.

"안녕하세요. 사예라고 합니다. 자미 소저시죠?"

"아, 예, 예. 사 공자."

나도 그동안 꽤나 이 세계에 익숙해졌나 보다. 처음에는 그토록 닭살이 돋던 공자라는 칭호를 들어도 그다지 어색하지 않았고 이젠 소저라는 단어까지 쓴다. 음, 내가 비상에 물들고 만 것인가!

자미 소저는 내가 갑자기 말을 걸자 얼굴이 빨개지는 게 상당히 당황한 듯했다.

"다음 제 상대가 되실 텐데… 괜찮으세요? 얼굴이 빨갛게 변하셨는데……."

난 순전히 정말 걱정 돼서 물은 거다. 사람의 얼굴이 저렇게나 빨개지다니… 그런데 그녀의 대답은 정말로 엉뚱한 것이었다.

"아, 네, 네. 괘, 괜찮아요. 저희 잘해봐요!"

도대체 뭘 잘해보자는 건가. 비무 상대가 됐으니 한번 멋지게 싸워보자는 건가? 그렇다면 저 순진한 얼굴이 다 거짓이라는? 말도 안 되는 소리 작작 지껄이자.

그녀도 자신의 말에서 이상한 부분을 발견했는지 얼굴이 더욱 빨개지며 어쩔 줄 몰라 했다.

"아, 저, 그러니까, 제… 제가 할 말은."

"괜찮아요. 너무 긴장하지 마세요. 이왕 비무 상대가 된 것 서로 상처 입히지 않는 선에서 끝내요."

"아, 네."

그녀는 내 따뜻한 말에 얼굴에 미소를 지어 보이며 말했다. 말은 그렇게 했는데 과연 잘할 수 있을까? 걱정된다, 걱정돼. 그나저나 저 소저는 도대체 어떻게 1차전을 치른 거지?

내가 지금 직면한 문제 중 더욱 큰 문제가 생겼다. 남자 유저라면 적당히 주먹으로라도 패주고 쫓아내면 될 테지만 여자 유저, 특히 다음 내 상대인 자미 소저와 같은 어린 여인을 어떻게 상대해야 할지 몰랐다. 그래도 질 순 없다. 상호 녀석이 레벨 1짜리 대회도 인정해 줄지는 몰라도 최소한 우승은 해야 어느 정도 할 말이 생기는 것이다. 그런데 레벨 1대회 우승했다고 그게 대단한 걸까? 어휴… 도대체 이걸 어쩐다냐?

“자, 1차전이 지금 끝났습니다. 어떠셨습니까? 이 대회가 무슨 대회인지 아시겠습니까? 눈치 채신 분도 있겠지만 아직 눈치 채지 못하신 분들도 있겠죠? 바로 이 대회는 레벨 1의, 먼 훗날 고수가 되실 분들의 대회입니다. 하하, 부디 즐기시기를 바라고, 2차전은 10분 뒤 진행하겠습니다.”

야객의 말에 사람들은 술렁거리기 시작했다. 미리 예상했다는 편도 많았고, 또 경기를 보며 알았다는 사람도 많았으며, 지금까지 듣지 못했는데 야객의 말을 듣고는 신기해하거나 혼란해하는 사람도 있었다. 그리고 상호, 병건, 민우, 하얀, 지수, 미영, 지현은 마지막 사람들에 속했다.

‘도대체 저기에 저 녀석이 왜 출전하냐고!’

상호는 울부짖을 수밖에 없었다. 나오라는 무차별전에는 코빼기도 안 비치다가 느닷없이 이런 대회에나 출전하다니…….

‘양심없는 자식. 지가 레벨만 1이지 다른 능력치가 1이냐? 그렇게도 우승하고 싶었냐?’

그렇게 속으로 곱씹으며 효민에게 복수를 다짐하고 있는 상호에게 다른 친구들이 다가왔다.

"어떻게 된 거니? 효민이가 저기에 왜 출전해? 레벨 1 대회라잖아."

"아니, 그게……."

미영의의 말에 상호가 땀을 삘삘 흘리며 어떻게든 변명을 해보려 하자 옆에 있던 지수가 입을 열었다.

"…우릴 속이려 하지 마."

"그래. 도대체 우리를 속이려 하는 문제가 뭐냐?"

"아, 거참, 자식, 뜸들이네. 빨리 말해 봐."

민우와 병건이가 지수를 거들고 나서니 상호는 빼도 박도 못하는 상황에 처했다. 사실대로 말하면 저 인간들이 자신과 효민이를 가만히 내버려 둘 것 같지도 않고, 그렇다고 거짓말을 하자니 마땅한 변명도 생각나지 않고.

결국 상호는 최후의 방법을 사용하기로 했다.

"나… 나도 잘 몰라. 효민이 저 자식이 무슨 일을 벌이는 거겠지."

"그래, 얘들아 상호에게 너무 뭐라고 하지 마. 상호도 몰랐을 수도 있잖아. 효민이에게도 사정이 있을 수 있고."

상호는 오늘따라 하얀이가 더욱 예뻐 보였다. 평소에 자신은 친구들에게 당할 일이 별로 없었다. 대부분 효민이나 병건이가 그런 부분을 맡았고, 상호 자신은 그저 약간씩 거들어주는 일밖에 하지 않았기 때문이다. 그래서 그다지 하얀이의 두둔을 받은 적이 없었고, 하얀이가 착하다는 것은 알고 있었지만 이런 기분은 처음 느껴보는 것이었다.

'아, 이래서 효민이가 하얀이에게는 간이고 쓸개고 다 빼주는 거구나. 하얀아, 고맙다. 크흑!'

"정말이야?"

미영이가 날카로운 눈빛으로 상호를 쳐다보며 물었고, 상호는 최대한 침착한 모습을 보이며 대답했다.

"그럼. 난 아무 잘못 없어. 오히려 나도 피해자라고. 녀석, 올리라는 레벨은 안 올리고 저게 뭐 하는 짓인지."

나중에 효민이가 알면 분노의 불꽃에 스스로 몸을 던질 일이었지만 상호의 눈에는 흐트러짐 하나 없었다. 이미 효민이의 생은 포기한 것 같았다.

'불쌍한 놈. 그러기에 내가 참가하라는 무차별전이나 참가할 것이지. 그래도 요구는 이걸로 끝내마. 부디 살아남기를 바란다.'

조그마한 티 하나 없이 맑은(?) 상호의 눈빛에 친구들은 믿는 눈치였다. 이제 잘 구슬러서 자신만 쏙 빠지면 된다고 상호는 생각했다. 진짜 이들이 친구이기나 한 건지.

어느새 10분이 지나 자미 소저와 내가 시합할 시간이 왔다. 현재 대기실에는 육중한 몸무게의 사내와 음산한 미소를 지으며 검을 쓰다듬는 사내와 또 굉장히 심술궂게 생긴 소저 한 명, 그리고 자미 소저와 나만이 남아 있었다. 이중에서 음산한 미소를 지으며 검을 쓰다듬는 저 기분 나쁜 남자는 2차전은 그냥 통과하니, 세 명만이 남게 되는 셈이다.

비무장으로 나가는 입구에 서 있는 나는 옆에 있는 자미 소저를 보며 어색한 미소를 지었다.

"하, 하."

자미 소저는 내 웃음이 또다시 잘해보자는 의미인 줄 알았는지 손을 꽉 쥐며 고개를 끄덕였다. 아, 부담된다, 부담돼.

"그럼 2차전의 시작을 알리며 첫 번째 비무자, 사예 소협 대 자미 소저!"

저 야객이란 사람은 하오문주라더니 그렇게 할 짓이 없나? 이런 대회 사회나 맡고 있게.

잠시 괜한 것에 불만이 들었지만 어쩔 수 없는 일. 그냥 출전할 수밖에. 자미 소저는 아까 얼굴을 붉히던 소녀의 모습과는 달리 다짐한 얼굴로 비무장을 향해 결연하게 발걸음을 내딛었다. 이크, 나만 늦겠잖아.

비무장으로 올라가 우린 자리를 잡았다. 1차전에서 비무를 해봤기에 우리는 자신이 어디에 서야 하는지 감을 잡고 있었다. 야객은 우리가 아무 말 없이 자리를 잡자 우리 중간에 서더니 입을 열었다.

"그럼 2차전의 첫 비무 시작됩니다."

그러고는 비무장 아래로 내려갔고 곧 걸쭉한 징소리가 울려 퍼졌다.

징!

"잘 부탁드려요, 사 공자."

"아, 예."

자미 소저가 고개를 숙여 인사를 해 나도 포권을 취해 보이며 답례를 했고, 자미 소저는 허리에서 협봉검(狹鋒劍)을 꺼내 들었다. 나도 가만히 있을 수 없기에 등에 도갑이고 뭐고 없이 대충 매달아 두었던 박도를 집어 들었다.

막상 박도를 들기는 했으나 도저히 어디를 공격해야 할지 감을 잡을 수가 없군. 자미 소저는 양화보다는 그래도 좀 나은지 어느 정도 방어하고 있었지만 내게는 그래도 빈틈투성이였다. 아니, 그보다 더욱 짜증났다.

차라리 아예 빈틈투성이라면 재빨리 달려들어 목에 박도를 들이대고 말지(이것도 상당히 곤란하다. 여자 목에 박도를 들이대? 죽일 놈) 저렇게 방어를 하면 오히려 더 제압하기가 힘들다. 하려면 단 1초 만에 제압할 수 있겠으나 그러면 자미 소저에게 상처를 입혀야 할 것 같고. 크윽, 실전 경험을 쌓으면 뭐 해. 약한 사람과 싸운 적이 없으니 이건 이거대로 곤란하잖아.

"하앗!"

내가 머뭇거리는 사이 참다 못한 자미 소저가 먼저 공격해 왔다. 물론 그 공격은 느려 터졌지만 마땅히 제압할 방법이 떠오르지 않은 나는 살짝 검을 피할 수밖에 없었다.

무협지에서나 보던 것과 같이 혈도를 제압해? 하지만 혈도를 제압하는 무공은 익히지도 않았고 그런 스킬도 모르며 혈도 자체를 모르잖아!

"핫!"

양화와 싸울 때는 이런 상황을 몰랐으므로 그나마 걱정없이 싸울 수 있었지만 상황을 알고 나니 도저히 그럴 수 없었다. 결국 나는 계속해서 피하고 양화 소저는 계속해서 공격하는 그런 모습이 연출되었다.

"하아, 하아, 사 공자. 저를 무시하시는 건가요? 제가 여자라고 봐주시는 건가요? 이게 잘해보자는 제 말의 대답인가요?"

내가 공격은 하지 않고 계속 피하기만 하자 한 번도 공격을 성공시키지 못한 자미 소저는 자존심도 상하고 화가 나는지 굳은 얼굴로 내게 물었다. 하지만 도대체 나보고 어쩌라고. 지금 여자를 무지막지하게 패라는 거야? 그건 이 젠틀맨 최효민이 하기에는 너무 비인간적인 일이라고.

"이번에도 저를 조롱하신다면 제가 스스로 패배를 인정하고 여기서 죽어버릴 거예요."

"예?"

이… 이런 황당한 일이. 자신의 목숨을 담보로 전혀 상관 없는 나를 협박한다 이거지? 허, 거참, 생긴 것 답지 않게 당돌한 아가씨구만. 하지만 세 번밖에 없는 목숨을 이런 곳에서, 그것도 자살로 잃는다면 그건 그것대로 얼마나 어이없는 일인가. 으어! 도대체 나보고 어쩌라는 소리야.

"차앗!"

자미 소저는 다시 한 번 협봉검을 찔러 들어왔다. 이걸 어쩌지? 이걸 피한다면 다시 뭐라 그럴 텐데.

그때 내 뇌리를 스쳐 가는 한줄기 빛. 그래, 그거라면 되겠다.

"유, 연."

난 유자결과 연자결의 진기를 깨웠다. 그리고 박도를 내밀어 찔러 들어오는 협봉검에 가져다 대었고, 흐르는 성질과 계속되는 성질을 가질 연, 유 자결들의 진기를 이용해 찔러오는 협봉검의 방향을 틀었다.

"아앗?!"

자미 소저는 상당히 놀란 듯했지만 아직 끝난 게 아니었다. 내가 하고자 하는 것은 치우 형의 이화접목의 수법.

나의 동체 시력으로 자미 소저의 협봉검의 검로(劍路)를 재빨리 파악하고 유 자결로 물 흐르듯, 그리고 연 자결로 계속해서 자미 소저의 협봉검을 따라다니면 약간 어설프나마 이화접목이란 수법을 사용할 수 있을 것 같았다. 그리고 내 예상은 정확했다.

"오오오오."

"저게 뭐야?"

"저거 이화접목 아냐?"

"설마, 레벨 1이 그런 게 가능하겠냐?"

주변의 관객들이 웅성거리는 소리가 들렸지만 가장 놀란 것은 자미 소저일 것이다.

"이잇!"

자미 소저는 내 박도를 협봉검에서 떼어내려고 이리저리 움직였지만 난 계속해서 협봉검을 따라붙었고, 나에게 공격해 올 때는 살짝 검로를 바꾸어 버리며 기회를 노렸다. 그리고 때가 왔다.

"칫! 하앗!"

자미 소저는 분을 이기지 못해 협봉검을 크게 휘둘렀고, 난 살짝 검로를 바꾸며 저번에 치우 형이 하려다 실패한 땅에다 칼 꽂기에 도전했다.

캉!

"아앗!"

"엥?"

그러나 자미 소저의 칼은 그다지 좋은 검이 아니라 그런지 검은 돌바닥인 비무장에 꽂히지 않았고, 대신 돌과의 마찰로 인한 충격에 자미 소저는 검을 놓쳐 버렸다. 하지만 난 협봉검에서 박도를 떼지 않았고, 자미 소저가 놓치자마자 협봉검을 박도로 끌어 올려 손에 들었다.

"이제 승부가 난 것 같습니다."

"하아… 하아, 역시 사 공자는 대단하세요. 이번 경기, 제가 졌어요."

레벨 1을 상대로 이긴 게 뭐 대수라고… 그나저나 이 이화접목이라는 거 꽤나 쓸 만한데?

"사예 소협 승!"

"와아아아아!"

"멋졌다, 멋졌어. 설마 여기서 이화접목이라는 수법이 나올 줄이야!"

"네가 우승 먹어라!"

"너 레벨 1이 맞냐?"

주변에서 환호성이 들려오자 난 살짝 손을 흔들어주며 자미 소저를 부축했다.

"아, 고마워요."

"별말씀을. 괜찮으세요?"

"네. 괜찮아요. 저에게 이기셨으니 꼭 우승하세요."

그렇게 난 자미 소저를 부축하고 다시 선수 대기실로 돌아왔다. 좋았어. 이 이화접목의 수법만 있다면 이 정도 대회쯤이야 식후 간식거리지.

자미 소저는 나와의 시합에서 졌기 때문에 선수 대기실에 머물 수 없었다. 사실 나도 선수만 아니었음 이런 암울한 분위기를 팍팍 풍기는 곳에 있고 싶은 생각이 없다. 선수라 어쩔 수 없을 뿐이지.

나와 자미 소저의 시합이 끝나자 육중한 덩치의 사내와 신경질적으로 생긴 여인의 비무가 시작되었다. 여인은 미영이처럼 길쭉한 편을 썼는데 데미지를 좀 더 입히기 위해서인지 편에 가시가 군데군데 박혀 있었다. 그리고 육중한 덩치의 사내는 덩치에 맞게 거대한 양날의 부를 썼는데, 아무리 나라고 해도 저런 부를 정면으로 받았다가는 박도가 부서져 버릴 것 같았다.

그런데 시합의 결과는 어처구니없었다. 여인은 어디서 보법을 배웠는지 어설프지만 그나마 보법을 발휘하여 계속해서 덩치의 공격을 피해 편으로 조금씩 상처를 입혔고, 덩치는 그런 편을 무시하면서 오직 한 방만을 추구했다. 꼭 복싱에서처럼 여인은 아웃복서, 덩치는 인파이터의 스타일을 띠고 있었다.

여인은 계속해서 덩치를 피해 다니며 데미지를 축적시킬 생각이겠고 덩치는 몸으로 공격을 버티며 한 방으로 승부를 지을 생각이었을 것이다.

여인의 보법이 꽤나 괜찮은 것이었는지 아니면 덩치가 너무 느렸기 때문인지 몰라도 그 둘의 공방은 무려 20분 동안이나 계속되었다. 결국 덩치가 여인의 편을 무식하게 손으로 잡아 끌어당겨 여인에게 몸통박치기를 선사함으로써 비무는 끝났다.

그러나 둘 중에 승자는 없었다.

덩치는 계속해서 몸으로 여인의 공격을 받아왔기 때문에 데미지가 축적된 데다가 나중에 알고 보니 여인은 편의 가시에 독까지 발라놨었다.

주최측의 의원들이 나서서 고치기는 했으나 도저히 비무할 수 있는 몸 상태가 아니었고, 결국 기권패를 내게 되었다. 정말 다행이지. 덩치가 기권을 하지 않았다면 난 또 싸워야 했을 테니까.

결국 덩치의 기권으로 비무대회는 급속도로 진행되었고, 어처구니없게도 바로 나와 변태(?) 남자와의 결승전이 다가왔다. 으, 불공평해. 한 사람은 푹 쉬고 대회에 임하는데 난 방금까지 싸웠잖아. 그래서 내가 불리하다는 건 아니지만 그래도 불공평해.

"그러면 무차별전 천하제일 비무대회의 결승전에 앞서 후기지수 대회의 결승전을 시작합니다!"

야객은 내공을 넣어 그렇게 말했다. 분명 제대로 소개한 건 맞는데 왜 놀리는 것처럼 들릴까?

"이화접목이라는 고도의 기술로, 파죽지세(破竹之勢)의 기세로 승리를 해오며 결국 결승전에 그 모습을 보인 사예 소협! 그리고 검을 애용하는 것 같지만 아직까지 한 번도 검을 뽑지 않았으며 그러고도 결승전에 출전한 또 다른 막강 후기지수 진마 소협!"

음, 나갈 차렌가? 난 비무장으로 나가며 옆에 있는 변태 남자를 바라보았다. 이 남자는 그나마 무공만 연습해서 레벨 1때 올릴 수 있는 무공 수위의 끝에 도달했는지 제법 자세가 잡혀 있었다. 검집에서 검도 뽑지 않은 채 상대를 이겼으니까 웬만한 레벨 10대보다는 강한 것 같았다. 만약 내가 없었다면 십중팔구 이 남자가 우승했으리라. 그런데 도대체 저 검이 얼마나 귀한 것이길래 아직 한 번도 뽑지 않고 검집만으로 싸우는 거지?

"자, 빨리 올라오시죠."

야객의 재촉에 난 지금까지 내가 싸워왔던 장소로 올라가 섰다. 그러자 남자도 아무런 말 없이 내 반대편에 가서 섰다.

"그럼 후기지수 비무대회 결승전을 시작합니다!"

징!

비무의 시작을 울리는 징이 울려 퍼졌지만 남자는 아무런 자세도 취하지 않고 서 있었다. 차라리 검이라도 뽑았으면 나도 박도나 손에 거머쥐는데, 다른 사람은 몰라도 내가 결코 레벨 1들이랑 놀 만한 수준이 아니라는 것을 알고 있는 나는 선뜻 먼저 도에 손이 가지 않았다.

"흐흐흐."

응? 왜 갑자기 저렇게 이상하게 웃는 거지?

"흐흐흐, 너만 이기면 내가 이 비무대회에서 우승이라 이 말이지? 비록 광대와 비슷하다고는 해도 어쨌든 내가 승리자가 된단 말이야. 흐흐흐, 그러니 넌 죽어줘야겠다."

이게 방금까지 그 약간 변태스러웠지만 그나마 그다지 나쁘게 보이지 않던 사람의 말이 맞단 말인가. 말을 꺼내지 않았을 때는 몰랐는데 약간 쉬어버린 듯한 탁한 목소리로 이런 말을 내뱉으니 그야말로 악당의 표본과 같은 느낌을 주었다. 흠, 목소리 하나에 이렇게 인상이 달라지다니…… 새로운 사실을 알아냈구나.

"흐흐흐, 좋아, 좋아. 이화접목이라고? 어디 그런 같잖은 수법을 내놓는단 말이냐. 크흐흐."

"네, 네, 알겠습니다. 그럼 먼저 공격을 취하시죠."

"흐흐흐, 그 자신만만함이 언제까지 가나 두고 보자."

그리고 남자는 지금까지 단 한 번도 뽑지 않았던 칼을 검집에서 뽑아내기 시작했다.

"헉!"

"말도 안 돼!"

"저런 게 어떻게 있을 수가 있어."

그런데 이상했다. 검집에서 검을 뽑는데 아무런 마찰음도 들리지 않았다. 아무리 보검이라 하더라도 그건 불가능한 일인데……. 검이 완전한 모습을 드러내자 나를 비롯한 수많은 사람들이 경악성을 내뱉었다.

"흐흐흐, 어떠냐. 네가 자랑하는 이화접목이라는 거 써보지? 녹여줄 테니. 크흐흐."

"으음."

난 가늘게 신음을 내뱉을 수밖에 없었다. 확실히 저런 검이라면 이 화접목을 쓰지 못한다. 그러다가는 박도가 녹아버릴 테니까.

남자가 빼 든 검은 보통 장검 정도의 길이를 가졌고 다른 것은 평범하기 이를 데 없었다. 그러나 하나, 검신 자체가 하나의 형상을 이루고 있지 않았다. 아니, 이루고 있기는 했다. 그러나 그것은 대략 몽둥이 정도의 형상을 갖춘 것뿐이지 검이라 부르기에는 너무나 막연한 그런 것이었다. 그리고 그 형상을 갖춘 것으로부터 주위의 흐물거리는 모든 것이 전부 산(酸)으로 이루어져 있었다.

닿는 모든 물체를 다 녹여 버리는 산성을 띠고 있는 검. 도저히 상식으로는 생각할 수 없는 그런 검이었다. 금속도 아닌 비금속, 그것도 액체가 검을 이뤄? 초절정 고수도 저건 어렵다. 심검(心劍)이라는 게 말이 심검이지 그게 어디 제대로 된 무공이겠는가?

내가 알기로는 비상에서는 절대로 그런 능력은 없다. 허공섭물(虛空攝物)도 아직까지 해낼 수 있는 고수가 없다고 하는데, 내공으로 주변 공기를 압축해 저런 형상을 갖추는 건 도저히 생각할 수도 없었던 일이다.

그렇게 잠시 생각에 빠져 있던 나에게 녀석은 땅으로 산을 뚝뚝 떨어뜨리며 달려왔다. 산이 떨어진 땅이 급속도로 녹아 들어가는 걸로 봐서 저건 막을 수도 없고, 설사 막는다 하더라도 관성의 법칙에 의해 산은 계속해서 덮쳐 올 것이다.

결국 피할 수밖에 없다는 결론이 나오는데 의외로 너무나 쉽게 그런 고민을 벗어버렸다.

"죽어라!"

저거 바보 아냐? 저렇게 빈틈을 전신에 내놓고 공격을 하면 내가 공격을 하지 않으려고 해도 그럴 수 없잖아.

녀석은 산검의 능력을 너무 믿은 탓인지 원래 자신이 추구하던 공격 동작은 전부 잊어버리고 너무나 단순하고 너무나 어이없으며 너무나 빈틈이 많은 동작으로 내게 공격을 해왔다.

"쾌."

난 쾌 자결의 진기를 끌어올렸다. 그리고 원주미보를 사용하여 녀석의 오른쪽으로 살짝 비껴선 다음 섬을 사용했다.

"섬!"

애초에 박도는 찌르는 것에 쓰이는 것이 아니다. 아니, 검으로 치면 검봉(劍鋒) 부분이 완전히 가로로 잘려져 있는 형상이 바로 박도였기에 찌름으로써 적에게 치명상을 입히는 건 어지간한 고수가 아니고서는 힘들었다. 그러나 난 그런 고수 축에 속한다.

파앗!

박도가 공기를 찢어놓는 파공성을 뒤로하고 녀석의 옆구리에 박혀 버렸다.

"크악!"

녀석은 나의 갑작스러운 공격과 고통에 신음을 내뱉었지만 난 아직 끝낼 생각이 없었다. 이런 위험한 놈은 확실히 손을 봐줘야 다음부터는 기어오르지 못한다.

난 박아 넣은 박도를 그냥 빼지 않고 가로로 베어 살을 찢어버리고 나왔다. 그리고 바로 박도의 방향을 바꾸어 산검(酸劍)을 쥐고 있는 손목을 베어버렸다.

곧 녀석의 손이 붙어 있던 자리에서 피분수가 솟아나왔고, 산검은 비무장 바닥에 떨어져 검파(劍把 : 검 손잡이)가 비무장 바닥에 걸릴 때까지 비무장을 녹이며 들어갔다. 그리고 나는 녀석의 복부를 발로 차 비무장에서 쫓아냈다.

"……."

"……."

일순간 조용해지는 비무장. 순간적으로 녀석을 빨리 제압해야 하겠다는 생각에 조금 실력을 발휘한 것이 후회가 되었다. 이렇게 하지 않더라도 녀석의 공격을 계속해서 피해 녀석이 지치면 그 틈을 타 제압했어도 될 상황이었다. 하지만 처음 접해 보는 산검을 보자 나도 모르게 조바심이 난 듯했다.

"스… 승자는 사예 소협!"

"와아아아아!"

"저 녀석, 레벨 1의 수준이 아니잖아!"

"죽인다, 죽여줘!"

"최고다!"

야객은 자신의 직분에 충실했다. 야객이 나의 승리를 알리는 순간 사람들은 침묵을 깨고 환호했고, 한 통로에서 의원들이 나와 이미 기절해 있는 진마라는 녀석을 데리고 사라졌다. 그리고 난 녀석의 산검을 비무장 바닥에서 빼내 떨어져 있는 검집에 넣었다. 아무리 내가 비무에 이겼다지만 다른 사람의 무기를 내 마음대로 할 수는 없는 노릇이지. 난 산검을 검집채로 야객에게 넘겼다. 산검을 받은 야객은 신기해하면서 다른 운영자에게 전해주었다.

난 사람들의 환호를 받으며 다시 선수 대기실로 향했다. 아마도 승자에게 주는 상품 같은 건 다른 대회와 마찬가지로 천하제일 비무대회의 결승전이 치러지고 나서 대대적으로 줄 것 같았다.

하아, 조금 힘을 썼더니 피곤하군. 대기실에 가서 잠이나 자야겠다.

◆ 비상(飛翔) 열세 번째 날개

막을 내린 비무대회

비상(飛翔) 열세 번째 날개 막을 내린 비무대회

비상 최초의 초대형 프로젝트 천하제일 비무대회는 많은 반향을 일으키며 막을 내렸다. 몇몇 사람들은 절대 고수들이 나오지 않아 실망했다고도 하였으나 그 사람들 역시 비무대회에 열광하기는 마찬가지였다.

무차별전, 천하제일 비무대회는 무당삼검 청운이 하북 팽가의 대제자 폭풍도(暴風刀) 무설을 맞아 약 200여 합을 겨룬 끝에 승리를 거뒀다. 그렇다고 청운은 스스로를 천하제일인이라 생각하지 않았다. 그건 다른 사람들도 마찬가지였다. 아무리 청운이 절정 고수라고는 하나, 랭킹 20위 안의 랭커는 비무대회에 참석하지 않은 것이다.

지금까지의 대회 양상으로 봐서 반드시 그들이 그보다 낮은 등급의 랭커들에게 이긴다고 장담할 수는 없었지만 사람들이 생각하기에는 그들은 뭔가 달라도 다를 것 같았다.

그리고 불멸의 천하제일인 성자 단엽, 사람들은 그를 원하고 있었다. 또한 단엽과 라이벌 관계였으나 누구 때문에 10위로 밀려난 비운의 인물이자 싸움광이라는 투귀조차 등장하지 않자 사람들은 많이 실망했다.

하지만 투귀는 있었다. 참석하지는 않았지만 분명히 있긴 있었다. 비무장의 한쪽 지붕, 투귀는 그곳에서 비무를 관전하고 있었다.

사실 투귀는 비무대회에 출전하려 했으나 사예와의 혈투 때문에 몸이 많이 안 좋아진 상태라 참가하지 않았다. 그리고 사예 때와 마찬가지로 운영자로 인해 자신이 걸린 버그에 대해 알았으니 앞으로 언제든지 싸움을 즐길 수 있다는 계산에서였다.

그래도 투귀는 천성이 싸움꾼. 싸움을 하는 것도 좋아하지만 구경하는 것도 그 못지 않게 좋아했고, 그래 다른 사람의 방해를 받지 않고 감상할 수 있는 이런 곳에 올라와 있었던 것이다.

"크, 크하하하하. 나, 투귀를 죽음으로 몰고 갔던 녀석이, 그런 녀석이 겨우 레벨 1이란 말이냐! 크하하하. 재미있어. 재미있어."

투귀는 아래서 벌어지는 어처구니없는 사태에 광소를 터뜨렸다. 왜 저 녀석이 저런 곳에 출전했단 말인가. 투귀, 자신이 끝에 가서 방심했다고는 하지만 그전에도 고수급을 뛰어넘는 능력으로 자신에게 덤벼들었고, 마지막에 가서는 도저히 이해하지 못할 움직임으로 자신을 죽음으로 내몰지 않았던가. 그런 녀석이 레벨 1이라고? 지나가던 개가 웃을 일이다.

지금 비무장에서는 사예를 비롯한 각 대회의 우승자들이 비무대에 안치된 단상 위로 올라가 상을 받고 있는 중이었다. 그중에서도 인기인은 단연 사예였다. 주인공이라 할 수 있는 천하제일 비무대회의 우승자 무당삼검 청운은 정작 주목받지 못하고 있었고, 레벨 1이지만 뛰어난 능력으로 사람들에게 경악을 안겨줬던 사예가 그 자리를 차지하고 있었던 것이다.

그러나 힘이 있는 자라면 늘 그렇듯 자신을 뽐내는 것이 당연한 것처럼 인식되었는데도 청운은 그에 반해 오히려 사예와 친분을 가지려 하는 중이었다. 청운도 레벨 1로 이화접목이라든지 순간적인 폭발적 공격력을 보였던 사예에게 많은 호기심을 느끼고 있는 듯했다.

"크크크, 사예라… 재미있어. 정말 재미있어. 재미있는 놈이 나타났다고. 크하하."

비무장의 단상에 서 있는 사예를 보고 광소를 짓던 투귀의 웃음이 뚝 하니 멈추었다.

"어떤 쥐새끼냐."

쥐새끼? 그럼 누군가 숨어 있단 말인가? 하지만 아무리 둘러봐도 투귀가 앉아 있던 곳은 절대 쥐새끼라는 육지 동물이 살 만한 곳이 못 되었고, 그나마 하늘을 날아다니는 참새 한 마리조차 있지 않았다.

그러던 중 아무것도 없는 허공에서 가는 목소리가 들려왔다.

"역시 투귀 대협이시군요. 은신술 하나만큼은 어디 내놓아도 빠지지 않는다 자부했었는데 이렇게 쉽게 발각되다니……."

목소리가 들린 허공이 갑자기 주변 배경과 어긋나기 시작하더니 옷을 걸치지 않은 것과 별반 차이 없는, 검은 복장을 한, 몸매 죽이는(?) 여인이 모습을 드러냈다.

여인은 어깨까지 내려오는 짧은 머리였고, 입가에 짓고 있는 요사스러운 미소와 빠질 것 같은 깊은 눈동자는 옷차림과 어울려 요녀란 무엇인지를 단적으로 보여주고 있었다.

"넌 뭐냐?"

여인은 남자라면 누구나 눈길을 돌릴 만큼 아름다웠으나 투귀의 눈빛은 한점의 흐트러짐도 없었다. 투귀의 변함 없는 반응에 여인은 조금 실망스럽다는 듯 표정을 살짝 찌푸렸는데, 그 모습이 더욱 요사스럽고 아름다웠다. 그러나 여인은 곧 다시 황홀한 미소를 걸친 채 입을 열었다.

"호호호, 급하시기는. 소녀는 요녀(妖女) 미초(迷招)라고 해요."

살짝 고개를 숙이며 인사를 하자 그녀의 옷깃이 움직이며 몸매가 훤히 드러났지만 몸매를 드러내는 그녀도, 또한 그것을 지켜보는 투귀도 그것에는 전혀 신경 쓰지 않았다.

투귀는 스스로를 요녀 미초라고 소개한 여인을 바라보며 인상을 찌푸렸다.

"요녀?"

비상에서는 정 · 중 · 사 세 명의 수호녀가 존재한다. 정파의 수호녀는 성녀(聖女)라고 불리는데 현재 무림맹 총타에 머무르고 있다고 한다. 그리고 중에서는 얼마 전에 만났던 그녀, 사예와의 만남을 가지게 되었던 그녀, 신녀라고 불리는 그녀가 중을 대표하는 수호녀이며, 마지막으로 사(邪)와 마(魔)를 대표하는 수호녀가 바로 이 요녀란 존재다.

요녀가 투귀를 찾아왔다?

"사마보(邪魔堡) 나부랭이 녀석들이 보냈군."

"호호호, 그래요. 사마보에서 왔죠."

미초는 다시 한 번 요사스럽기 이를 데 없는 미소를 투귀에게 보냈으나 투귀는 요지부동이었다. 미초에게서 등을 돌리며 투귀는 입을 열었다. 투귀가 바라보고 있는 비무장의 단상에는 마침 사예가 올라서 있었다.

"분명 그에 대한 답은 내렸을 텐데?"

"하지만 저희는 당신을 끌어들여야 하죠."

미초의 뻔뻔스러운 말에 투귀는 인상을 찌푸렸지만 살기를 일으키진 않았다. 그냥 앉아서 미래 자신의 새로운 라이벌이 될지도 모를 존재를 지켜보고 싶었다.

"돌아가라. 난 문파 따위에는 들어갈 생각 없다."

"하지만 당신은 들어와야 할걸요? 저희가 그것을 원하고 있으니. 당신이 아무리 대단해도 한 손이 열 손을 이기지 못하는 법이죠."

미초는 온몸으로 요사스러운 분위기를 풍겨냈지만 투귀가 자신에게 아무런 관심도 가지지 않고, 또 자신의 제안을 계속 거절하자 짜증이 났다. 그리고 그녀는 건드려서는 안 될 것을 건드려 버렸다.

"큭큭큭, 크하하하하."

"……."

투귀는 다시 한 번 광소를 터뜨렸다. 그러나 조금 전, 사예를 바라보며 지은 그런 광소가 아닌 진한 살기가 담긴 그런 광소. 예기를 극도로 끌어올린 사예조차 움찔하게 만들었던 그 살기가 미초를 향해 뿜어지고 있었다.

"협박하는 건가? 나를? 이 투귀를?"

"……!"

미초는 건드려서는 안 될 것을 건드려 버렸다. 무인에게서, 아니, 남자에게서 그 무엇보다 중요한 자존심. 때로는 자존심을 위해 목숨까지 바쳐야 할 일까지 있을 정도로 남자에게는 자존심이란 중요했고, 그건 투귀 역시 마찬가지였다. 그러나 미초는 절대 건드려서는 안 될 투귀의 자존심을 건드리고야 말았던 것이다.

"크하하하하! 크하하하하!"

투귀의 전신에서 폭사되는 살기. 그 살기는 예전 사예와 싸울 때, 그 때보다도 훨씬 강해진 것 같았다. 그리고 그 투귀를 아무런 방비 없이 맨몸으로 받아낸 미초의 안색은 창백해지다 못해 하얗게 질려 버려 변함없던 요사스러움이 뿜어나오지 않을 정도였다.

하얗게 질린 미초는 조금이나마 살기를 덜어보려 했지만 그때 투귀가 움직였다. 섬전 같은 속도로 그녀에게 다가온 투귀는 손을 뻗어 그녀의 목을 움켜쥐었다. 애초에 무공이라고는 전혀 익히지 않고 술법만을 익혀온 그녀가 무사, 그것도 무사 중에서도 절대자급의 무사인 투귀의 몸놀림을 당해내지 못하는 것은 너무나 당연한 것이었다.

"끅! 끄윽!"

투귀는 겁에 질린 미초의 아름다운 얼굴을 바라보며 말했다.

"크흐흐흐, 잘 듣고 전해라. 난 투귀다. 천만대군이 몰려온다 할지라도 눈 하나 꿈쩍하지 않는 게 바로 나란 말이다. 한 손이 열 손을 당해내지 못한다고? 난 너희가 생각하는 한낱 손이 아니라 그 무엇으로도 가릴 수 없는 거대한 태양이다!"

투귀의 말에도 살기가 담겨 있었고, 한 자 한 자 뱉어낼 때마다 그 살기는 점점 증폭되어 갔다. 그리고 마침내 모든 말을 끝낸 투귀는 쓸모 없는 짐을 던지는 것처럼 요녀를 내팽개쳤다.

퍽!

"악! 콜록콜록! 캑!"

"가라. 그리고 전해라. 계속해서 까불면 내가 직접 사마보를 부숴 버린다고. 완전히 없애 버린다고."

분명 어처구니없는 말이었다. 현 비상에서 마교를 비롯하여 사마외도의 문파 중 다섯 손가락 안에 들어간다는 초거대 문파가 사마보였다. 그런 곳을 단신으로 부숴 버려?

"쿨럭! 쿨럭!"

'미, 미쳤어. 이자는 정말 미쳤어!'

하지만 미초는 두려웠다. 이성으로 생각했을 때는 도저히 불가능한 일이지만 지금 눈앞에 서 있는 이 남자라면 무엇이든지 다 할 수 있을 것만 같았다.

미초는 쓰러진 자세 그대로 사라졌고 다시 그곳에는 투귀 혼자만이 남아 하늘을 찢어발길 것 같은 굉소(轟笑)만을 터뜨리고 있었다.

"크크큭! 크하하하하하! 크하하하하하!"

난 지금 뜻하지 않게도 단상 위에 올라와 있었다. 그냥 상을 준다고 하기에 돈을 줄 줄 알았다. 그래서 각 대회의 우승자는 모이라는 통지를 받았을 때 아무런 생각 없이 내게 그 통지를 알리러 온 사람을 따라왔고 결국 이곳에 서게 되었다.

"다음은 백호 비무대회 우승 마살 서주(嶼主) 대협!"

야객의 목소리가 퍼지고 곧 얼굴에 긴 검상이 있는 한 남자가 야객의 옆에 서 있는 긴 수염을 기르고 있는 중년 사내 앞에 가서 섰다. 어디서든 볼 수 있는 듯한 모습이었는데, 무림맹 맹주라는데 좀 독특해야 하지 않겠나? 쩝, 뭐… 내가 상관할 바는 아니지.

마살이라 불리운 백호 비무대회 우승자는 무림맹주에게서 무공서로 보이는 한 권의 책을 받는 중이었다. 그런데 우리가 애도 아니고 이렇게 공개적으로 받을 필요는 없잖아.

"하하, 자네 아직도 그렇게 꿍한가? 어쩔 수 없잖은가. 상을 공개적으로 준다는데 받는 입장인 우리가 별수 있겠나? 제발 인상 좀 펴게나."

내 찌푸려진 인상을 보고 옆에 서 있던 준수하게 생긴 남자가 말을 걸어왔다. 큰 키에 멋들어진 외모, 머리에는 영웅건을 매었으며 미소를 짓고 있는 이 남자. 무차별전 천하제일 비무대회의 우승자 무당삼검 청운이라는 남자였다. 근데 짜증나는 건 이 남자가 잘생겼다는 거다.

나도 어디 가서 못생겼다는 소리는 안 들을 정도는 되지만 이 사람의 옆에만 서면 나도 모르게 왠지 위축된다고나 할까? 거기다가 내가 어떨 결에 단상으로 올라와 두리번대는 것을 보고는 다가와 친한 척(?)까지 하는 걸로 봐서 성격까지 좋아 보였다.

천하제일 비무대회에서 우승했으니 무공이야 말할 것도 없이 강하겠고, 얼굴 잘생기고, 성격까지 좋다니… 정말 남자들이 생각하기에 재수없는 사람 1위에 등극할 만한 사람이었다.

거기다가 둔하기는 얼마나 둔한지 내가 자기를 피한다는 것을 아는지 모르는지 계속해서 내게 말을 걸고 있었다.

몇 가지 단점을 빼놓고는 상당히 괜찮은 사람이 틀림없지만 난 한쪽에서 날 바라보고 있는 민우의 시선 때문에 마음 놓고 얘기할 수 없었고, 그걸 눈치 채지 못하는 이 청운이란 사람은 끝까지 내게 말을 걸고 있었다.

나도 봐서 알지만 민우는 주작 비무대회에서 우승을 먹어 검랑이란 칭호와 함께 한 자루 검을 받았다. 그 검은 척 봐도 상당한 보검이었는데 민우는 그 검을 보고 아주 만족해하는 것 같았다.

문제는 녀석이 나를 발견했다는 거다. 내가 한 가지 잊고 있었는데 상호를 뺀 나머지 친구들은 내 버그에 대한 사실을 모른다. 아니, 버그는커녕 게임에서는 첫 대면을 빼놓고 만나지도 못했다. 어찌 보면 너무나 무심하다 할 수 있는 것이었지만 상호의 방해 공작에 의한 것이라 힘없는 나는 별수없었다.

그런 내가 레벨 1이라고? 거기다가 내가 한순간 보여준 움직임은 정말 고수가 아니었다면 눈치 채지 못한 만큼 교묘한 수법이었으나 옛날부터 이상하게 눈치가 빠르던 민우라면 그것을 눈치 챌 수도 있을 것 같은 느낌이 들었다.

어쨌든 가장 심각한 건 내가 친구들에게 내 버그에 대해 말을 하지 않았다는 것이다. 상호의 탓으로 돌리려면 그럴 수도 있겠으나 그렇다고 봐줄 녀석들이 아니었다. 무슨 트집을 잡아서라도 상호와 나를 절망의 구렁텅이 속으로 빠뜨릴 녀석들이다. 그리고 민우는 단상에 올라서부터 검을 한 번 본 것을 빼고는 계속해서 차가운 눈초리로 날 바라보고 있었다.

난 안다. 저 별 감정 없는 눈빛 속에 날 어떻게 구워삶을까 하는 생각이 있다는 것을… 크윽, 상호, 너 때문이야.

"사예 아우, 어떤가? 언제 시간 봐서 무당산에 놀러오지 않겠는가?"

어라? 이젠 날 아우라고까지 부르네? 확실히 청운의 나이는 20대 중반일 것으로 보이니 내가 어릴 테지만, 생전 처음 만난 사람한테 저렇게까지 할 수 있는 사람도 드물 것이다. 정말 넉살 하나만큼은 좋다니까.

"천하제일 비무대회 우승! 무당삼검 청운 대협!"

"와아아아아!"

"무당의 자랑이다!"

"오빠! 멋져요!"

"꺄! 너무 멋지다!"

야객의 입에서 청운을 부르는 소리가 들리자 비무장은 환호성으로 덮였다. 지금까지 많은 사람들이 상을 받았었고, 그때마다 환호성이 울려 퍼지기는 했지만 이 정도까진 아니었다. 과연 천하제일 비무대회의 우승은 뭔가 달라도 다른 건가?

"사예 아우, 그럼 나갔다가 오겠네."

제발 가서 다시 오지 마시구라라고 톡 쏘아주고 싶었으나 차마 입밖으로 그 말을 내뱉을 수는 없었다. 그랬다가는 이 비무장에 있는 청운의 팬들에게 두들겨 맞게?

청운은 검 한 자루와 무공 비급 하나를 받았다. 검은 과연 지금까지 내가 본 것들 중 내 예도를 제외하고는 가장 뛰어난 듯했는데, 검첩 끝에 달린 오색 수실이 넘실거리는 게 실용성만이 아닌 미적 아름다움까지 추구한 것 같은 검이었다. 그리고 무공은 외 3등급의 검법이었다.

사실 청운에게 무공서는 필요없다. 이미 대회의 우승으로 입증된바 청운은 무당의 소중한 인재였고, 그런 인재에게 무공 비급 같은 게 지급되지 않을 리 없다.

하지만 다다익선(多多益善)이라 했던가? 무당의 무공은 정심함을 바탕으로 하는 것이라 웬만한 여타 무공과 극상생을 이루지 않았고, 외 3등급, 즉 초일류 무공이면 아직 랭킹 20위 안의 고수밖에 익힌 사람이 없는 무공이니 정말 대단한 것이 아닐 수 없었다.

"하하하, 이거 쑥스럽군."

쳇, 뻔뻔하게도 나한테 계속 아는 척하던 사람이 누군데 이제 와서

쑥스러워? 웃기고 있네. 상을 받고 무림맹주와 인사를 나누고 온 청운이 내 옆에 서자 야객이 다시 입을 열었다.

"후기지수 비무대회 우승! 사예 소협!"

젠장! 내가 지금 제일 짜증나는 게 이거다. 왜 별 볼일 없는 레벨 1짜리들의 대회 우승자를 맨 마지막에 상을 주냐고. 오늘은 내가 아니고 저 청운이란 작자가 주인공이란 말이야!

그런데 반응이 이상했다.

"와아아아아!"

"사예! 최고다!"

"사예! 사예! 사예!"

"우오오오오오!"

사람들은 청운이 나왔을 때 못지 않게 큰 환호성을 질렀다. 한 가지 불만이라면 청운의 환호성은 여성들이 대다수였지만, 내게는 땀내 나는 남자들의 환호성이 많았다는 것이다. 쳇, 나도 어디 가서 빠지는 얼굴은 아닌데…….

그런데 그때 내 귀로 어디서 많이 들어본, 사실 다시는 듣기 싫은 광소가 들린 것 같았다. 설마… 아니야. 그럴 리 없어. 설사 투귀가 있다고 하더라도 이렇게 가까운 곳에서 하는 말도 잘 안 들리는 이때에 그 녀석의 웃음소리가 들릴 리가 없잖아?

난 애써 부정하며 무림맹주 앞에 섰다. 그랬더니 무림맹주는 주라는 상은 안 주고 말부터 꺼냈다.

"호오, 자네가 그 괴검(怪劍)을 사용하던 자를 쓰러뜨린 그가 맞나?"

도대체 딴 사람들과는 다르게 왜 나한테만 이런 얘기를 하냐고. 지금까지는 그냥 상만 주고 악수만을 나눈 채 내려갔잖아.

"예."

"호오, 나도 그 장면은 보았다네. 정말 인상 깊었지. 앞의 비무는 보지 못했으나 이화접목까지 사용했다 하더군. 사실인가?"

"예."

도대체 날 언제까지 잡아둘 속셈인지…….

무림맹주는 눈에 이채를 띠며 내게 물었다.

"후기지수 비무대회의 상은 보무공을 하나 주는 것이라네. 특별히 가지고 싶은 보무공이 있는가?"

보무공? 도대체 보무공은 나랑 무슨 원한이 있는지 계속해서 나를 건드리고 있었다. 또 보무공이야? 어휴…….

"어휴……."

"왜 그러나?"

내가 갑자기 한숨을 내뱉자 무림맹주는 나에게 물었고 난 급히 말했다.

"아… 아닙니다. 그나저나 어떤 보무공인지?"

나중에 안 사실이지만 이 보무공이란 것의 개수는 각 종류마다 오십 개씩으로 제한되어 있었다. 그래서 보무공의 가격은 매우 비쌌고, 이런 레벨 1대회에서 보무공을 지급하기란 아까운 게 사실이었다. 그래도 준다니 받아야지.

"자랑일지 모르겠네만 무림맹에는 수많은 무공서가 있다네. 원하는 것을 말해 보게나. 줄 테니."

음, 뭘 달라고 할까나? 사실 달라고 하려면 달라고 할 것은 많았다. 어떤 보무공이든지 내 도제도결에 주입시키면 될 테고 말이다.

"유(柔)의 보무공 중에 도법을 주십시오."

내가 가진 보무공은 유(流:흐르다), 연(連:계속되다), 쾌(快:쾌함, 그냥 빠름이라고 함), 예(銳:날카로울), 융(融:화하다), 합(合:합하다)의 속성들을 가졌다. 그중 쾌, 예, 연, 유는 공격을 할 때 담는 속성이고, 융합결은 나머지 속성들을 하나로 이어주는 데 그 의의가 있는 속성이다.

그런데 유와 연, 쾌, 예를 계속해서 쓰자니 다른 것은 제쳐 두고라도 제일 필요한 두 가지가 부족했다. 속성들의 상호를 이어주는 부드러움이 부족했고, 또 빠르고 예리하지만 파괴력이 부족했다. 그래서 내가 필요한 것은 강의 무공과 유의 무공. 그러나 강은 쾌를 극으로 내면 조금이나마 흉내는 낼 수 있기에 그보다 시급한 유의 무공을 요구한 것이었다.

"호오? 유의 속성을 가진 도법 말인가? 좋네. 자, 여기 있네."

지금 무림맹주는 운영자다. 나중에 새로운 무림맹주를 선출하게 되면 운영자는 물러날 테지만 아직 그때가 아니니 운영자가 무림맹주를 맡아 어느 정도 관리를 하는 것이었다. 운영자이다 보니 아이템을 찾을 필요 없이 그냥 인벤토리에 손을 넣었다가 빼니 책 두 권이 나왔다. 응? 두 권?

"저, 잘못 주신 것 같군요. 제게 주실 것은 한 권인데 이건 두 권입니다만?"

내가 오랜만에 정직하게 말하자 무림맹주는 미소를 지으며 입을 열었다.

"이 도법은 두 권이 한 세트라네. 한 권만 익혀도 그 능력을 발휘할 수 있겠으나 미래의 절정 고수께서 반쪽짜리 무공을 익혀서야 되겠는가? 이건 내 선물이라 생각하고 받게나."

무림맹주는 그렇게 말하며 내게 책 두 권을 내밀었다. 음, 이런 때는 운이 좋은 것 같은데 왜 평소에는 그런지… 운영자가 사심을 가질 리도 없고… 받을까?

"감사합니다. 잘 쓰겠습니다."

음, 넙죽 받는 것은 내키지 않지만 운영자니까…….

난 그렇게 말하고 무림맹주와 악수를 나눈 후 다시 내 자리로 돌아왔다. 흐, 좋다.

천악산에도 깊은 밤의 묘수가 찾아들었다. 부엉이가 '부엉부엉' 하며 울어대는 것이 가상 세계와 현실의 괴리감을 심어주었다. 요즘 세상에 부엉이가 돌아다녀? 웃기는 소리지.

어둠은 모든 것을 조용하게 만든다. 그리고 밤은 어둠의 확장자. 밤이 찾아오자 한낮의 시끄럽던 천악산도 조용한 분위기를 나타내었다. 간간이 비춰진 불빛이 천악산의 어두운 명경과 어울려 더욱더 깊은 심연의 나락으로 떨어뜨릴 듯했다.

모든 것을 조용하게 만드는 어둠이었지만 한 곳, 바로 나에게 배정된 숙소에는 그렇지 못했다.

"그렇게 된 거야."

"정말이야?"

"그래."

친구들은 나를 무서운 눈초리로 째려봤다. 아, 그중에서 하얀이는 제외다. 하얀이는 그런 눈초리를 할 줄도 모른다. 볼 수 있으면 봐라. 지금도 걱정하는 눈빛으로 날 바라보고 있잖아.

비무대회의 시상식이 끝나고 우승자들을 비롯한 고순위자, 또는 주요 손님들은 천악산에서 숙소를 제공받을 수 있었다. 나머지 사람들은 천악산 밑에 위치한 마을에서 지내거나 아니면 노숙을 해야겠지만 나야 우승자(레벨 1짜리 대회이긴 해도)로서 대접을 받는 게 당연했다. 숙소를 제공받은 후 편히 쉬어볼까 하다가 갑자기 들이닥친 한 무리의 인파들로 인해 그 생각을 접어야 했다. 친구들이 온 것이었다.

"그럼 그걸 왜 숨겼는데?"

미영이가 나를 보며 말했다.

친구들은 내게 따지듯 물었다. 어떻게 된 것이냐느니, 왜 레벨 1대회에 출전했냐느니… 한동안 쏟아지는 질문 공세를 침묵으로 답한 나는 질문이 차차 줄어들자 그제야 내가 겪었던 모든 일을 말해 주었다. 물론 초매에 관한 일은 말해 줄 필요가 없는 일이었기에 대충 넘겼고, 상호에게 말해 주었던 부분까지 모든 설명을 끝냈다.

"그게……."

'저놈이 시켰어!' 라고 상호를 가리키며 말할 수도 없는 노릇이고 이거 미치겠네.

내가 설명하는 동안 상호에게서 전음이 왔었다. 조건은 성공한 것으로 할 테니 자신에 대한 이야기를 꺼내지 말라고. 대회에 출전하기는 했어도 엄연히 약속을 지키지 못한 것은 나니 뭐라 말할 수도 없고, 그래 이리저리 답답하고 속 타는 건 나였다. 이걸 어쩌지?

"그… 그냥 재미있을 것 같아서……."

헉!

난 내가 말해 놓고 내 대답에 경악을 내지를 수밖에 없었다. 이 바보! 어쩌자고 저런 대답을 했단 말이더냐! 네가 아주 죽으려고 발버둥을 치는구나. 크윽, 이 입이 원수지…….

"뭐. 라. 고?"

"호호호, 얘들아, 방금 쟤가 뭐라고 했니?"

"글쎄? 나 방금 뭔가 굉장히 어처구니없는 소리를 들은 것 같아서 말이야."

"어머? 니들도 그러니? 나도 그런데."

얘… 얘네들이 왜 살기를 뿜어내지? 난 눈앞에서 살기를 뿜어내는 친구들을 보곤 몸이 움츠러드는 것을 느꼈다. 투귀의 살기에도 당당했던 나다. 그런데 친구들이 뿜어내는 살기에 위축되다니……. 이건 공포를 뛰어넘는 그 무언가가 있었다. 그때 병건이가 절충안을 내었다.

"우선 맞고 보자."

평소에는 머리가 돌아가래도 안 돌아가는 자식이 왜 이런 때만 잘 돌아가는지…….

"그래, 그게 좋겠어."

"우오오오!"

"이… 이봐. 괴성까지 지르며 즐거워할 건 없잖아."

"시끄러! 우선 맞아!"

"으악!"

난 맞았다, 나의 그 많던 체력이 바닥을 보일 때까지. 투귀와 싸우고 난 후에도 많이 남아 있던 그 체력이 바닥을 보일 때까지 난 맞고 또 맞았다. 그리고 그 도중 지현이의 천재적 두뇌가 사건의 이상점을 찾아내 상호를 또 다른 범인으로 지목했고, 그때부터 우린 같이 맞았다. 신나게.

◆ 비상(飛翔) 열네 번째 날개

재장비

비상(飛翔) 열네 번째 날개 재장비

"유의지도(柔意之道)라……."

유능제강(柔能制剛). 부드러움으로 강을 제압한다. 이것이 무림맹주가 내게 준 두 권의 무공서 중 하나인 유의지도란 전혀 도법 같지 않은 이름을 가진 도법의 전체적인 내용이다.

또 나머지 한 권. 강능파천도(剛能破天刀). 강함으로 하늘을 부순다. 아무리 봐도 두 권의 무공서는 서로 정반대의 극의를 추구하고 있었다. 그런데 이게 한 세트라고?

"거참… 믿어야 할런지, 말아야 할런지."

어쨌든 익히기는 해야 했고 상생이 맞든 안 맞든 내게는 하등 상관없는 일이기에 우선 읽어 들였다. 그리고 바로 배움 모드로 유의지도와 강능파천도를 펼쳐 보았다.

유의지도는 그냥 몸이 가는 대로 자연스럽게, 어찌 보면 연연유도무의 그것과 비슷한 움직임을 창출해 내었는데, 연연유도무가 끝없이 계속되려는 성질을 가졌다면 유의지도는 부드럽게 시작해서 부드럽게 끝을 맺는 그런 무공이었다. 역시 성질 자체가 연연유도무와 비슷한지 공격에 대한 능력은 아무것도 없었고 다만 진기를 부드럽게 만들어주고 있었다.

강능파천도는 내가 익힌 예신도법과 섬전쾌도처럼 일격필살의 무공이었다. 역시 보무공은 비슷한 건가? 예신도법은 한순간의 예기로 상대를 베어버림과 동시에 모든 공격이 끝나는 도법이었다. 섬전쾌도는 순간 가속력을 최대한으로 올려 섬전 같은 움직임으로 상대를 참하는 것으로 공격이 끝나는 도법인데, 강능파천도 역시 단 한 번의 강력한 공격으로 상대를 참하는, 두 번의 공격을 생각하지 않는 그런 도법이었다.

붕! 붕!

도식을 펼칠 때 아무런 소리도 나지 않는 유의지도와는 달리 강능파천도는 마치 태산을 내리찍을 것 같은 압력으로 공기를 짓누르며 파공음을 만들어냈다.

"휴우, 이거 아무리 생각해도 극성질의 무공인데?"

펼쳐 보면 펼쳐 볼수록 그런 생각이 들었다. 한쪽 무공은 부드러움을 추구한 나머지 공격에 대한 것을 잊어버린 느낌이었고, 다른 한쪽 무공은 공격력에 치우친 나머지 준비 동작을 비롯한 식을 마친 후의 동작까지 이어지지 않고 끊어지는 우를 범했다. 도제도결로 귀속시키면 그런 단점들은 사라질 테지만 그러기 위해선 우선 두 무공이 어느 정도 숙달되어야 했다.

"그래도 예상치 못하게 이런 것을 얻었으니 기뻐해야 하나?"

내가 유의지도와 강능파천도를 바라보며 미소를 짓고 있을 때 웬 메시지 하나가 떴다.

〈승급 퀘스트. 열두 개의 속성을 가진 도법을 익혀 도제도결을 완성하시오.
강(剛), 쾌(快), 예(銳), 연(連), 유(柔), 유(流), 탄(彈), 착(着), 방(防), 환(幻), 파(破), 심(心)
현재 익힌 속성: 강, 쾌, 예, 연, 유, 유
남은 속성: 탄, 착, 방, 환, 파, 심〉

"승급 퀘스트?"
예전에 상호에게 들은 적이 있다. 각 직업은 퀘스트를 통해 승급할 수 있다고. 이게 그 승급을 위한 퀘스트인가?
"그런데 왜 하필 이런 퀘스트인 건지……."
정말 나랑 보무공이랑은 선대에 악연이 있나 보다. 애초에 내 모든 악연의 시작이 이 보무공으로 인해 시작되었다. 지금에 와서는 보무공이 도제도결을 이루게 해준 큰 복이 아닐 수 없지만, 그래도 보무공과의 악연이 너무 질긴 것 같은 느낌이 들었다.
"그럼 이제 보무공이나 찾으러 다녀야 하나?"
앞으로 할 것도 없고 그래야 하겠지?
난 한숨을 쉬며 창가로 나갔다. 창밖에는 보름달이 제 모습을 뽐내고 있었다.
욱씬.
"윽! 젠장."
때려도 너무 심하게 때렸다. 때린대 또 때리고 또 때리고. 한곳만 집중타를 날리다니……. 특히 병건이. 제일 열심히 때리는 것을 이 두 눈으로 똑똑히 봤다. 두고 봐.

지금 내 꼴은 말이 아니었다. 하도 많이 맞아서 온몸이 쑤시지 않는 곳이 없는데다 제일 중요한 것은 눈탱이가 밤탱이가 되어버린 사실. 어떻게 게임에서 이렇게 멍이 들 수 있냐고. 실제에서도 이런 적은 없는데…….

아마도 녀석들이 내 체력을 믿고 마음껏 때린 것 같았다. 그게 아니라면 게임이라 죽여도 별 상관 없다고 생각했겠지. 잔인한 녀석들.

지금 상호는 제 숙소에서 요양을 하고 있을 것이다. 맞기는 내가 더 많이 맞았지만 나야 맞는데 이골이 난 인간이고, 상호는 그렇지 않으니까.

"젠장, 아프긴 더럽게 아픈데 달은 왜 저렇게 밝은 거야?"

괜히 달에다가 화풀이 해보는 나였다.

다음날 우리는 천악산의 설악봉을 떠났다. 치우 형 일행과는 천악산 밑에 있는 마을에서 헤어졌는데 일이 끝나면 다시 내려오라고 했다. 어차피 형, 누나들도 다시 시부촌으로 돌아간다고 하니 같이 가자는 뜻에서였다. 그런데 형, 누나들은 도대체 천악산엔 왜 온 거지? 비무대회에 참가하러 온 것도 아니고 그렇다고 구경하러 온 것이면 천악산 아래 있는 마을에서 쉴 이유가 없잖아.

오늘은 비상 신력 3년 9월 29일이다. 실시간으로는 10월 23일. 비상 신력으로 총 7일간 비무대회를 즐겼고, 나머지 하루는 쉬었다가 내려오는 것이다. 일주일이나 걸린 만큼 아직 기다리고 있을지는 의문이지만 혹시나 하고 가보는 거다.

원래 우리 일행은 나, 상호, 민우, 병건, 지현, 미영, 하얀, 지수, 이렇게 여덟 명이었고, 치우 형, 장염 형, 서백 형, 은유 누나, 청화 누나, 이렇게 다섯 명을 더하면 열세 명이 된다. 이 정도 많은 인원이면 산적에 대한 걱정은 조금이나마 덜 수 있으니 내 마음이 한결 편해지는 느낌이다.

그런데…….

"하하하, 아우, 무슨 생각을 그렇게 하나?"

도대체 이 인간은 왜 따라오냐고.

지금 내 어깨에 손을 얹으며 내게 말을 붙이고 있는 사람은 무당삼검이자 천하제일 비무대회 우승자 청운이다. 아무래도 불안한 예감이 들어 재빨리 내려오려고 했는데 이 인간은 어떻게 알았는지 어느새 우리 일행에 달라붙었다. 자신도 시부촌에 볼일이 있다는데… 호기심 가득한 얼굴을 보니 그게 아니었다.

아마 비무대회의 돌풍을 일으킨 사람들 대부분이 우리 일행에 있기 때문인 것 같았다. 그럴 만도 한 게 검랑의 별호를 얻은 민우와 소사미의 별호를 얻은 지현이, 편요미 미영이, 용호창 병건이, 제일 두각을 드러냈던 후기지수들이 다 모여 있으니 내가 만약 몰랐으면 나라도 호기심이 일었겠다.

거기다가 어떻게 된 건지 레벨 50대 초반의 녀석들에 비해 레벨 80이라는 제법 고렙의 빙설화라는 별호를 얻은 지수도 있었고, 청룡 비무대회에서 3위라는 대단한 성적을 거둔 진천신협인 상호까지 같은 일행이니…….

다시 생각해 보니 우리 일행 거의 초호화판이잖아? 그에 비해 난 뭐야? 고작 레벨 1 대회의, 그것도 거저 얻은 우승자라니…….

"어휴……."

"왜 그러나, 아우?"

당신 때문이야, 당신. 당신 때문에 이런 생각을 하게 된 거라고. 그런 아무것도 모른다는 표정 짓지 말라고.

청운은 그 사람 좋은 넉살로 친구들과도 많이 친해졌다. 덕분에 청운과 떨어지려는 난 완전히 왕따 비슷하게 됐지만 말이야. 췟, 난 처음부터 저 사람이 싫었어.

시부촌으로 돌아오는 길은 너무나 허무했다. 말이라는 시스템이 생겨서 그 고생했던 길을 단 하루 만에 독파해 버렸다. 젠장.

천악산 설악봉을 내려가면 나타나는 마을에서 기다리기로 한 형, 누나들은 보이지 않았다. 하긴 시간이 시간인 만큼 가만히 기다리기는 조금 무리지. 아무 말 없이 헤어졌다는 것에 약간 아쉬운 마음이 들었지만 언젠가는 만나겠지 하는 마음으로 그냥 그곳을 떠났다.

만 하루 동안 말을 달려 시부촌에 도착한 나는 용문객잔으로 친구들을 안내했다. 인원이 인원인 만큼 많은 방이 필요했고, 손님은 별로 없지만 깨끗하고 음식 솜씨 좋은 그런 곳이 우리가 묵기에는 딱이었다.

친구들에게 쉬라는 말을 하고 우선 난 대장간에 갔다. 맡겨놓은 내 갑과 중도를 찾고자 함과 예도를 고치기 위함이었다. 예도는 원래 내구력 재생의 능력이 있었지만 이렇게 부러진 경우에는 통용되지 않았다. 솔직히 이렇게 가져간다고 해서 고쳐질지도 의문이었다.

"음, 어느새 도착했군."

이런 저런 생각을 하다 보니 어느새 강우 형이 운영하는 대장간에 도착했다. 역시나 많은 사람들이 줄을 서 있었다. 이래서 대장간에 한 번 들어가기가 짜증난다니까. 하지만! 내가 누군가. 강우 형과 계약으로 묶인 관계. 그런 만큼 몰래 들어가는 경로도 알고 있지.

난 북적대는 사람들을 뒤로하고 몰래 조금 돌아서 대장간 뒤쪽으로 갔다. 그리고 그곳에 있는 작은 목재 문을 열고 들어가 목재 문 옆에 있는 단단한 철문이 겹쳐진 곳에서 열쇠를 주워 들고는 철문의 열쇠 구멍에 넣고 돌렸다.

끼이잉.

그러자 철문은 열렸고, 난 그곳으로 들어갔다.

"누구지?"

갑자기 들려온 누군가의 음성. 분명 예전에 들어본 적 있는 음성이었다.

"접니다, 사예."

"아, 자네로군."

강우 형이었다. 그런데 강우 형은 손님 상대하기 바쁠 텐데 이러고 있어도 되나?

"오랜만입니다."

"그렇군. 오랜만일세. 갔던 일은 잘되었나?"

"잘… 되었다고 보기에는 조금 문제가 있군요."

"하하하, 그 눈을 보니 말 안 해도 알겠군. 어찌 된 상처인지는 모르겠지만 대충 연상이 간다는 말일세."

음, 저 애늙은이가 왜 저렇게 무게를 잡는 거지?

"그 얘기는 그만 하시고 이것 좀 봐주시죠."

난 예도가 담긴 도갑을 내밀었다.

"이건 예도 아닌가?"

"맞아요."

내 말에 강우 형은 의아해하는 표정을 지었지만 도갑에서 예도를 빼내 들고는 그 의아해하는 표정이 경악의 표정으로 바뀌었다. 쩝.

"이… 이게 어떻게 된 건가. 어… 어떻게 예도가 이렇게?"

"그렇게 됐습니다. 가던 중에 좀 거물을 만났었거든요."

"아무리 그렇다고는 해도 이렇게 동강나다니……."

절벽에 박고 주르륵 내려가면 거의 대부분의 무기들이 그렇게 될 겁니다라고 말할 수도 없는 노릇이고… 그야말로 식은땀만이 흘렀다. 비록 내게 주었다고는 하나 예도는 강우 형 최대의 역작. 그런 것을 저렇게 동강을 내놨으니 할 말 없지 뭐.

내가 고개를 숙이면서 슬쩍 강우 형을 바라보자 강우 형은 망연자실한 표정으로 예도를 바라보고 있었다.

"고칠 수는 있습니까?"

"고칠 수 있냐고? 이걸? 이… 이, 휴우, 고치지 못하네. 아니, 고쳐봤자 다시 부러질 테니 고치는 의미가 없는 거지. 다시 녹여 새로 만든다면 모를까."

힘없이 얘기하는 강우 형의 모습을 보자 더욱 미안해졌다.

"그런데 제 중도랑 내갑은?"

흠칫!

내가 중도와 내갑 얘기를 꺼내자 강우 형은 갑자기 흠칫했다.

"아, 저 그… 그게."

이젠 말까지 더듬어? 이게 무슨 일이야?

"왜 그래요? 무슨 일 있었어요?"

"아… 아니, 저 그게."

뭔가 이상한데? 저 덩치가 말을 더듬어? 난 강우 형에게 재촉했다.

"어서 보여줘요. 다 완성됐을 거 아닙니까."

"휴, 어쩔 수 없군. 따라오게."

그렇게 말하고는 강우 형은 천막을 걷더니 대장간 본채로 나갔다. 그곳에는 한 여자가 손님에게 주문을 받고 있었다. 아르바이트생이로군. 그래서 강우 형이 이러고 있었던 거야.

날 의아하게 바라보는 아르바이트생에게 살짝 고개를 끄덕여 주며 난 강우형을 따랐고, 다시 작은 문을 지나 저번에 보았던 무기 창고로 갔다.

강우 형은 무기 창고를 뒤지더니 웬 작은 나무 상자 하나를 들고 내게로 왔다.

"응? 내갑과 중도를 달라니까 이게 웬 상자예요?"

"그… 그게……. 우선 이걸 열어보게나."

난 강우 형의 말에 이상한 느낌이 들었지만 우선 나무 상자부터 열어보기로 했다. 강우 형에게서 나무상자를 건네받던 나는 자칫 나무 상자를 떨어뜨릴 뻔했다. 나무 상자가 상상외로 무거웠기 때문이다. 이런 작은 상자가 이렇게나 무겁다니… 뭐가 들어 있기에 이런 거지?

나무 상자 속에는 주먹만한 검은 구슬이 놓여 있었다. 이게 뭐지? 이게 뭔데 이렇게 무거운 거야?

"이게 뭔데요?"

"중도야."

"아, 중도구나. 네? 중도?!"

무슨 말이야. 이게 중도라니……. 중도는 쌍수도(雙手刀)라고 해도 될 만큼 제법 크기가 크고 또한 무거웠는데 이런 조그마한 구슬이 중도라니… 확실히 무게는 중도만큼 되는 것 같고 색깔도 비슷하지만 중도는 결코 이렇게 생기지 않았단 말이야.

"무슨 소리예요? 이게 중도라니?"

"나도 잘 모르겠어. 분명 화탄을 넣고 불을 낸 다음에 중도를 녹였는데… 중도가 녹더니 갑자기 뜨겁던 열기가 사라지고 식어가면서 줄어들어 이렇게 됐다네."

"……."

이런 어이가 없는. 그럼 중도가 스스로 저렇게 됐단 말이야? 허, 거참.

"동영상으로도 찍어놨으니 보여달라면 보여주겠네. 정말 사실이네."

저렇게까지 말하니 거짓말일 리도 없고…….

"그럼 내갑은요?"

"그… 그건. 미, 미안하네. 내가 얼마 전에 아르바이트생을 들여놨는데 그 아르바이트생이 그만 팔아버렸다 하더군. 정말 미안하네."

이거 갈수록 태산이군. 그걸 팔아버려? 내 건데?

"으어……."

"……."

현재 내 심정을 말해 보자면 그 아르바이트생을 끝장내 버리고 싶은 기분이다. 정말 여자만 아니었다면 벌써 그랬을 텐데…….

"휴우……."

"그… 그래도 내가 자네를 위해 뭐 하나를 준비했네."

강우 형은 다시 창고를 뒤지더니 도 한 자루를 들고 나왔다. 그 도는 중도와 비슷한 크기였는데 도첩은 약 한 척(尺:약 30센티미터) 정도였고, 도첩의 안쪽 끝부터 도봉까지 약 세 척(약 90센티미터)은 되어 보이는,

도첩의 바깥 끝부터 도봉까지 120센티미터 정도 되는 것 같았으며 도갑은 은색과 푸른색이 조화되어 한껏 멋스러움을 풍겼다.

"자, 이거네. 한월보도(寒月寶刀)라고 한다네."

한월보도? 차가운 달이라……. 멋지군. 강우 형은 내게 한월보도를 건네주었다.

묵직.

"큭!"

"아참, 그거 무게가 장난 아니네. 조심하게."

그걸 이제 말해 주면 어쩌자는 건지…….

한월보도는 엄청 무거웠다. 중도의 무게는 기억이 잘 나지 않지만 중도보다 무거웠으면 무거웠지 덜하지는 않을 것 같은 그런 무게였다. 그래도 능력치 하면 바로 나.

난 한월보도를 빼내었다.

스르릉.

스스스스스.

한월보도를 도갑에서 빼내자 섬뜩한 소리와 함께 푸른색 날을 가진 도가 빠져나왔고, 또 그 도는 엄청난 예기를 동반했다. 예도의 예기에도 절대 지지 않는, 아니, 오히려 더욱 강력한 예기였다. 도첩을 잡고 있는 내 손이 시릴 정도의 무서운 예기. 크윽! 이거 장난이 아니네.

"큭! 내가 만들었지만 그 예기는 너무 과한 것 같군."

강우 형도 시린 예기에 괴로운지 인상을 찌푸리고 있었다. 나와 강우 형이 이 정도니 만약 보통 사람들이 이 예기를 정통으로 맞닥뜨린다면 숨 쉬기조차 힘들 것 같았다.

급히 도를 도갑에다 넣자 예기는 사라졌고 침묵만이 남았다.

그리고 도의 정보를 확인해 보았다.

종류: 무기—도(刀)
내구력: 200000
공격력: 1200
필요 힘: 600
필요 민첩: 450
필요 정신력: 400
재질: 만년한청철(萬年寒靑鐵)
가격: ?
능력: 예기(銳氣) 증폭
내구력 자동 회복
사용자 내공 안정화
사용자 기감(氣感) 증가
특이성: 보패 아이템

정말 어이없다. 어떻게 하면 이런 물건을 만들어낼 수 있을까? 그 예기도 예기지만 이런 엄청난 내구력과 공격력이라니……. 거기다가 필요 힘과 민첩, 정신력이라니…….

"이 도는 오직 자네만을 위해서 만들었네. 나야 이 도를 만든 대장장이로서 이 도를 들 수는 있지만 사용하지는 못한다네. 이런 능력치를 가진 사람은 앞으로도 자네뿐일 테니 오직 자네만의 무기라는 걸세. 아마 비상 내에 현존하는 그 어떠한 무기와 비교해도 공격력, 내구력, 옵션 등 무엇 하나 떨어지는 게 없는, 아니, 그보다 훨씬 높은 사상 최고의 도라고 자부할 수 있네."

강우 형의 말에는 진한 자부심이 담겨 있었다. 최고의 병기를 만들어냈다는 점에서 말이다. 과연 강우 형은 최고의 장인이었다. 말이 1200이지, 예도조차 공격력이 700밖에 되지 않는데 1200이라니……. 그에 비해 필요 능력치가 상상 이상이긴 하나 지금의 나에게는 충분했다.

현재 내 능력치는 힘이 650이요, 민첩은 500, 정신력은 450이고, 생명력은 25000, 체력은 10000이다. 사실 이미 능력치만으로는 그 누구도 내게 이길 수 없다. 투귀도 예전 나와 싸울 때에서 많은 발전을 이루지 않았다면 내 상대가 되지 못한다. 난 아직 강기를 쓰지 못하지만 충분히 강기를 피할 수 있다.

솔직히 말해 지금은 누구한테도 지지 않을 것 같은 느낌이다. 물론 느낌과 실제는 다르겠지만 훗날 내가 이 도제도결을 완성한다면 천하제일인도 될 수 있을 것 같았다.

그런 나에게 이런 엄청난 도가 쥐어졌으니 사자에 날개를 달아준 격. 난 한월보도의 한기가 느껴지는 도갑을 쓰다듬었다. 좋아, 앞으로 너와 난 파트너다. 잘해보자!

"중도의 금속으로 만들었으면 그보다 더 뛰어날 수도 있었을 텐데 그러지 못한 게 아쉬워. 하지만 그 만년한청철은 내가 여태껏 자네의 중도에 쓰인 금속을 빼고는 가장 대단하게 생각하는 금속이야. 아까워서 쓰지 못하고 있었지."

과연 강우 형의 말대로 이 정도의 강도와 파괴력이 나오려면 보통의 철 가지고는 되지 않았다. 만년한철같이 스스로 한기를 내뿜지만 만년한철과는 다르게 짙푸른 색을 띠고 있는 철. 이런 철이 평범한 철일 리가 없지.

"감사합니다."

"아니네. 내가 미안한걸. 중도의 금속만 있었다면 정말 전무후무한 최대의 역작을 만들어낼 수도 있었을 텐데."

강우 형은 말은 그렇게 했지만 이미 얼굴에는 한월보도에 대한 자부심으로 가득했고, 그 이상의 작품을 만들기는 불가능해 보였다. 아니, 만들어낸다고 해도 능력치가 맞는 사람이 없겠지.

"그리고 이것도 받아가게나."

강우 형은 별로 찾지도 않고 바로 옆에서 묵빛의 갑옷을 내밀었다.

"묵룡갑(墨龍鉀)이라 한다네. 비록 자네의 내갑만은 못하겠지만 진묵철(珍墨鐵)로 만든 것이라 꽤나 쓸 만할 거네."

묵빛의 갑옷은 옛날 우리나라 조선의 장군들이 입었던 것과 비슷한 형상이었는데 본 갑옷부터 붙어 있는 장식까지 모두 묵빛이었다. 아니, 붙어 있는 것이 아니라 애초에 갑옷과 하나였다. 이렇게 만들려면 애초에 이 모양을 정해놓고 해야 하는데… 그게 또 쉽지 않다. 여하튼 대단하구만. 이렇게 좋은 물건을 줬는데 그 값은 해야지.

"감사합니다. 잘 쓰겠습니다. 아, 그리고 흑살성 영귀에 대한 정보를 입수해 주세요."

난 강우 형에게 말했다. 강우 형은 내 말을 듣자 의아하다는 듯이 물었다.

"그건 왜 그러나?"

"갚아야죠."

"……?"

"복수 말입니다. 지금의 저라면 영귀는 어렵지 않게 처치할 수 있을 것 같습니다."

투귀와 싸워도 자신있는데 랭킹 60위 흑살성 영귀가 내 눈에 차겠는가? 사실 지금 강우 형과 싸워도 얼마 지나지 않아 제압할 자신이 있다. 음, 내가 그동안 많이 건방져졌구나. 그래도 사실인걸 뭐.

내가 복수를 언급하자 그때야 강우 형도 그것을 이해했는지 약간 어색한 표정을 지으며 말했다.

"그럼 자네가 영귀와 싸워 이길 수 있단 말인가?"

훗! 나를 뭘로 보고. 난 오른쪽 손바닥을 내밀어 엄지와 새끼손가락을 꼽고 나머지 세 손가락을 피고는 말했다.

"서른 초(招) 안에 제압할 수 있습니다."

물론 그 뒤에 '죽이는 것이라면' 이란 전제가 따라붙어야 하겠지만 어차피 원수인데 살려둘 필요가 없지.

"정말인가? 그 짧은 시간에 어떻게 그런 성장을……. 그러고 보니 한월보도를 사용하는 것도 훗날에 맞춰놓고 잡은 건데 벌써 뽑을 수 있다니……."

강우형은 믿지 못하는 것 같았다. 그렇다면 좀 무례하기는 하지만 이 수밖에 없지?

스르릉!

한월보도가 처음으로 주인인 나의 마음으로 그 모습을 드러냈고, 그 모습을 드러낸 자리는 강우 형의 목젖이었다.

"……!"

거 덩치에 맞지 않게 놀라기는……. 강우 형은 놀라긴 했지만 내가 형에게 칼을 들이대서 놀란 것 같지는 않고 내 발도의 속도를 미처 잡지 못했기 때문인 것 같았다.

"어때요? 이젠 믿겠어요?"

난 다시 한월을 도갑으로 거두며 말했다. 이 정도면 믿을 만하겠지? 음, 내가 생각해도 난 강해졌다. 믿을 수 없을 정도로. 하지만 이 힘을 내가 필요한 곳에 사용하되 나쁜 곳에 사용하지는 않겠다.

그래도 내가 정 필요하다면 써야지.

"알았네. 내 영귀의 정보를 모아보도록 하지."

"많은 건 필요없고요. 그냥 지금 위치만 알려주시면 될 것 같아요. 아! 앞으로 움직일 예정 위치도요."

"알았네."

그렇게 말하고 난 묵룡갑을 입고 강우 형과 다시 대장간 본채를 지나 뒷문으로 이어지는 곳으로 향했다. 그 와중에 아르바이트생을 째려봐 주는 것도 잊지 않았다. 아무리 몰랐다고는 하지만 내 물건을 함부로 팔다니……. 여자만 아니었음. 쳇!

"그럼 다음에 또 찾아뵙겠습니다."

"그러게. 아, 이거 들고 가야지."

강우 형이 내게 전해준 것은 바로 중도가 줄어든 구슬이 들어 있는 나무 상자였다. 음, 이걸 잊고 갈 뻔했군.

"그렇군요. 아무리 줄어들었다곤 해도 2년 동안(게임 시간으로는 2년이다)이나 같이 동고동락한 사인데……. 감사합니다."

강우 형에게서 묵직한 나무 상자를 받고 허리에는 묵직한 한월보도를 차고 있자 내 몸무게가 원래의 배는 늘어난 것 같았지만 이 정도는 참을 수 있었다.

크윽, 무협이라 넣어도 무게가 줄어드는 그런 마법 주머니 인벤토리를 기대하는 것도 문제고, 앞으로 이것들을 어떻게 들고 다니지?

대장간을 나오며 보았던 강우 형의 표정이 전혀 밝지 않았다는 사실이 떠올랐다. 사부 생각이 나서 그런가? 쩝, 강우 형, 제가 복수를 해드리죠. 난 다시 한 번 의지를 불태웠다. 우오옷! 가자!

"아우, 여기 있었군."

"……!"

이… 이 목소리는?

"아우, 왜 그러나? 안색이 창백한데? 그러고 보니 그 갑옷은 어디서 났나? 멋진데?"

역시나 목소리의 주인공은 무당넉살 청운이로군. 여긴 왜 온 거야?

"여긴 어쩐 일로?"

"응? 자네는 못 봤는가? 지금 시부촌 중앙 광장에 공지가 떴던데……. 공지를 계속해서 확인하지 않으면 비상의 진정한 유저라 할 수 없다네."

공지? 무슨 공지?

"무슨 공지인데요?"

"우선 용문객잔으로 돌아가세."

그렇게 말한 청운은 나에게 어깨동무를 하더니 용문객잔으로 발걸음을 향했다. 그런데 그건 그렇고 이 사람은 시부촌에 할 일이 있다더니 왜 우리랑 같이 다니는 거지?

"저기 그런데 시부촌에 볼일이 있다면서요?"

"아, 그 볼일? 누구를 만나기로 했는데 아직 기일이 조금 남아서 지금은 시간이 남는다네."

말은 잘해.

난 청운을 따라 용문객잔으로 향했다. 사실 이 시부촌은 말이 마을이지 조금만 더 컸더라면 능히 도시라 불릴 수 있을 정도로 큰 마을이었고, 용문객잔은 대장간이 있는 마을의 중심부가 아니라 마을 외곽에 위치한 작은 객점이었기에 그곳까지 가는 데 꽤나 시간이 걸릴 터였다.

난 걸음을 옮기며 청운에게 물었다.

"도대체 무슨 공지이기에 이러는 겁니까?"

"새로운 패치가 깔린다고 하네. 원래 비상은 필요할 때마다 각자 조금씩 패치가 깔리는데 이번에는 어찌 된 건지 전체 패치를 깐다고 하더군. 아마 대대적인 패치를 할 모양이야."

흠, 패치라……. 예상하기로는 랭킹에 관한 면을 전면적으로 수정하려는 모양이었다. 천하제일 비무대회를 통해 많이 충격을 받았나 보지?

"그런데 왜 이렇게 모이는 겁니까?"

"이번 패치는 아마도 기간이 꽤나 길다고 하네. 일주일 동안 걸쳐서 하니까 말일세. 그동안은 아예 비상의 시간을 멈춰 버린다고 하는데 그래도 혹시 모르니 객잔에서 로그아웃해야 하지 않겠는가? 로그아웃은 약 한 시간 뒤에 될 것이고 그래서 자네의 친구들과 함께 이렇게 자네를 찾고 있었다네. 방금 비조를 보내 다시 모이라고 했으니 모일 거네."

"애초에 절 찾을 때 비조를 보내도 되지 않았습니까?"

"……!"

설마 깜빡한 건 아니겠지? 아무리 청운이 깜빡했다곤 해도 내 친구들이 그걸 깜빡… 아뿔사! 상호를 빼곤 비조에 대한 사실을 모르겠구나. 레벨 업 하기 바빴을 테니. 그리고 상호라면 충분히 깜빡할 만 해.

"서, 설마 잊어먹었던 건 아니죠?"

"……."

"……."

"그… 그럴 리가. 그… 그래. 그냥 바깥바람이나 쐬어보자는 차원에서 이렇게 자네를 찾아나선 거라네."

그랬던 것치고는 그전의 침묵이 상당히 길었는데…….

"언제 찾을지도 모르는 저를 한 시간 뒤에 로그아웃하는 상태에서요?"

"……."

말이 되는 소리를 해야지. 그래도 저 무당넉살에게 한 방 먹였으니 그걸로 만족해야지.

내가 날린 한 방이 커서 그런지 청운은 그때부터 침묵을 고수했고, 덕분에 나는 조용히 길을 갈 수 있었다.

용문객잔에 도착한 나는 친구들과 잠시 대화를 나누고는 로그아웃 시간이 다 되어가자 각자 방으로 들어가 로그아웃을 준비했다.

과연 얼마 후 로그아웃이 됐고, 캡슐에서 빠져나온 나는 냉장고로 가서 캔 콜라 하나를 꺼냈다.

따악!

꿀꺽! 꿀꺽!

"캬! 역시 게임 후의 콜라 한 잔은 최고라니까."

내가 한 잔의 콜라에 취해 인생의 아름다움을 말로써 표현하려고 할 때 전화가 왔음을 알리는 소리가 들렸다.

〈전화가 왔습니다.〉

"전화 연결. 여보세요?"

〈효민이니?〉

지현이 목소리다. 음, 지현이가 우리 집에 전화를 다 하다니……. 어쩐 일이지? 무슨 일 있을 때는 대부분 병건이나 상호, 미영이가 전화하는데.

"그래, 나야. 무슨 일 있어?"

〈응. 지금 애들이 모이자는데? 넌 어때?〉

이것들이 또 한 묶음으로 실려가려고 그러나? 하긴 요즘 이런 자리가 좀 뜸했으니…….

"좋아. '라스(Last Station의 줄임말)겠지?"

〈응. 40분 뒤까지 나올 수 있어?〉

40분 뒤? 여기서 '라스'까지 얼마나 걸린다고 40분씩이나? 아, 여자애들은 준비를 해야겠구나. 여러모로 불편하겠어.

"그래. 40분 뒤에 라스에서 보자."

〈응.〉

〈전화 연결이 끊어졌습니다.〉

음, 그러면 나도 준비나 해볼까? 따로 준비할 건 없지만 그래도 시간은 많이 남았으니까.

◆ 비상(飛翔) 열다섯 번째 날개

계약

비상(飛翔) 열다섯 번째 날개 계약

난 오랜만에 XI—3를 타고 라스로 향했다. 라스는 여기서 별로 멀지 않아 바이크를 타고 갈 필요는 없었지만 라스에서 술 마실 것도 아니고 어차피 다른 곳으로 옮길 테니 바이크를 타고 이동하는 것이 더 좋을 것 같았다.

그런데 웬일인지 평소에는 한산하지 않아도 막히지는 않았던 도로가 엄청 막히는 것이 아닌가. 다행히 바이크를 타고 있었기에 차들은 다닐 수 없는 지름길로 운전을 하기는 했지만 이미 약속 시간에 늦어 있었다.

급히 온 덕분인지 다행히 얼마 지나지 않아 라스가 있는 거리에 도착했고 원래대로라면 라스가 보였어야 할 상황이었다.

웨에에에엥!

삐뽀! 삐뽀! 삐뽀!

많은 수의 소방차와 구급차. 그들이 도로를 가르며 지나가고 있었고, 그들이 향하는 곳에는 이미 꽤 많은 수의 소방차와 구급차가 즐비해 있었다. 그리고 그들이 물줄기를 뿜어내는 곳은 바로 라스가 있던 그 건물이었다.

"도대체 무슨 일이 일어난 거야?"

소방차와 구급차들 때문에 도로가 꽉 막혀 바이크를 멈춘 나는 헬멧을 벗고 중얼거렸다. 저거 라스에 불난 거 맞지?

"저기 있다!"

"효민아!"

"응?"

누군가 나를 불렀고, 난 그쪽으로 돌아봤다. 그리고 그곳에는 친구들이 달려오고 있었다. 쟤들은 또 왜 저러는 거야?

"무사했구나!"

"다행이다!"

애들은 내게 다가와 뭐라뭐라 주절거리는데 이대로 내버려 두면 한도 끝도 없을 것 같아서 우선 말을 끊었다. 도대체 왜 이러는 거지?

"조용! 조용! 안 그래도 시끄러운데 너희까지 왜 그러냐? 왜 그래? 도대체 무슨 일이야? 무사한 건 뭐고 다행인 건 또 뭔데?"

난 이런 저런 얘기 다 빼고 본론부터 물었고, 그 말에 지현이가 답했다.

"어떤 방화범이 라스에 불을 질렀대. 화장실을 포함한 안쪽의 여러 곳과 바깥에 동시다발적으로 불을 질러서 초기에 불을 제압하지 못했고 그래서 불이 번졌대. 네가 라스에서 가장 가깝잖니. 우린 네가 먼저 와서 기다리고 있을 수도 있어서 걱정하고 있던 참인데 네가 이렇게 무사하다니……. 정말 다행이야."

그러니까 방화범이 불을 질러서 라스가 다 타버렸다는 것 아냐. 다행이군. 만약 XI—3를 타고 오면서 길이 막히지만 않았다면 나도 저 불구덩이 속에 있었을 텐데.

그러고 보니 다른 애들은 다 있는데 미영이만 보이지 않았다.

"그런데 미영이는 어디 갔냐?"

"미영이 직업이 뭐냐? 기자잖냐. 당연히 취재하러 갔지. 아, 저기 온다."

병건이의 말대로 '라스' 쪽에서 미영이가 뛰어오고 있었다.

"앗! 효민아, 무사했구나! 다행이야."

"하하, 좀 늦은 게 오히려 득을 본 셈이지. 그런데 뭐래? 범인은 잡혔대?"

"응, 잡혔대. 그런데 그게……."

"뭔데? 빨리 말해 봐."

미영이가 약간 이상한 표정으로 말끝을 흐리자 궁금증 같은 것은 참지 못하는 병건이가 미영이를 재촉했다.

"그게 범인은 이 거리 주변에서 배회하는 부랑자라는데, 그 부랑자가 방화를 저지른 이유가 너무 어이가 없어서 말이야. 평소 라스의 주인은 그 부랑자에게 먹을 것도 주고 뒤를 많이 보살펴 줬거든."

"그런 좋은 사람 가게에 불은 왜 질렀대?"

"가만있어 봐. 지금 말하려고 하잖아."

병건아, 가만히 있으면 반이라도 간단다.

미영이는 말을 계속 이었다.

"그 부랑자가 불을 지른 이유가 글쎄, 참나, 어이가 없어서. 주인이 자신을 거지 취급했다는 거야. 먹을 거 주고 재워주고 한 것을 모두 거지 취급으로 해석하고 불을 질렀대."

"뭐?"

"뭐 그 딴 이유가 다 있어!"

정말 그렇다. 애초에 그럴 거면 주는 걸 받아먹지 말던가 먹을 건 다 받아먹고 그렇게 배신을 때리나? 정말 세상에는 가지가지 사람들이 다 있구만.

"이런, 얘들아. 어쩌지? 나 먼저 가야 할 것 같아. 이 사건을 기사화해야 하거든. 미안. 다음에 같이 놀자."

"어, 그래라."

"잘 가."

"역시 기자는 제 직업 못 속인다더니……."

미영이는 우리에게 인사를 하고는 연기 저 너머로(?) 사라졌고, 흥이 깨진 우리는 그냥 집으로 돌아가기로 했다. 쩝, 괜히 왔다가 안 좋은 것만 보고 가네.

나흘이 지났다. 그동안 비상에 찌들어 살다 보니 다른 할 게 너무도 없었다. 도장을 나가며 운동을 하는 것 빼고는 남는 시간을 방 안에서 뒹굴거리며 보내야 했다. 크윽, 내 신세가 왜 이렇게 됐지?

그러나 오늘은 도장도 쉬는 날이었고 할 짓이 더 더욱 없어진 나는 밖으로 나가볼 생각이다. 특별히 뭐 할 건 없지만 이렇게 집에서 뒹구는 것도 지겹단 말이야!

부르르릉! 부르르릉!

"음……."

XI—3의 엔진 소리는 내 마음을 들뜨게 한다. XI—3의 엔진 소리를 듣자 괜히 기분이 업되면서 오늘 하루 기분이 좋아질 것 같았다.

"그럼 우선 밟아볼까?"

바이크를 타고 내가 향한 곳은 바로 바닷가였다. 바닷가는 인공적으로 깨끗하게 유지되도록 해놓아서 그 경치가 무척 아름다웠고 해안선을 따라 도로 역시 잘 닦여 있어서 바이크를 달리기엔 딱 좋은 곳이었다.

"야호!"

역시 오랜만의 드라이브는 정말 기분 좋군! 뒤에 예쁜 여자 친구만 있었으면 딱인데…….

그렇게 한참을 달리고 있자니 허기가 느껴졌다. 음, 음식점에나 들러서 점심이나 먹어야겠군.

해안선 도로를 타고 안쪽으로 조금 내려가자 작은 음식점이 있었다. 주차장에 XI—3를 세워놓고 음식점에 들어가려던 내 눈에 바닷가에서 청승맞게 혼자 서 있는 제법 덩치 큰 사람이 들어왔다. 그런데 저 사람 어디서 본 적이 있는데? 아, 저 사람은?

난 그 사람에게로 다가갔다.

"저기……."

"……?"

역시 맞았군.

"라스트 스테이션의 주인이시죠?"

그랬다. 바닷가에 서 있던 사람은 라스트 스테이션의 주인이었는데 20대 중반의 나이로 큰 카페의 주인이라 인상 깊게 봤던 기억이 있었다.

"네. 그런데… 당신은?"

"아, 전 최효민이라고 합니다. 라스트 스테이션에 자주 갔었죠."

"그러셨습니까? 고맙습니다."

라스 주인의 인사는 정중했으나 비굴하지도, 그렇다고 대충 인사하는 것도 아니었다. 그리고 얼굴 표정은 큰 재난을 겪은 사람답지 않게 매우 당당하고 여유로워 보였다.

용의 그것과 같이 짙은 눈썹, 부리부리한 눈동자, 비대하지 않고 근육으로 잘 단련된 체격, 큰 키, 굵은 얼굴 선. 제대로 본 라스 주인의 얼굴은 남자답게 생긴 얼굴이었다.

난 왠지 모르게 이 남자한테 호감이 갔다. 저 당당한 모습이 마음에 들었는지도 모르겠다.

"점심은 하셨습니까? 안 하셨다면 저랑 같이 가시죠. 제가 사겠습니다."

수전노 최효민의 입에서 이런 말이 나오다니……. 아무리 내가 말했다고는 하지만 이런 날도 다 있고, 역시 인생은 살고 볼 일이야.

"예? 하지만 초면에 실례하는 게 아닐지……."

"아닙니다. 제가 사고 싶어서 그러는 건데요. 자, 가시죠."

음식점은 이런 한산한 곳에 위치한 작은 식당답지 않게 매우 깨끗했다. 그리고 손님도 꽤 있었는데 다들 음식을 맛있게 먹고 있는 게 음식도 잘하는 것 같았다.

"뭐 드실래요?"

"아, 전 해물덮밥을 먹죠."

음식점은 해물 전문 음식점이었는데 난 해물을 그다지 좋아하는 건 아니었지만 그렇다고 음식을 가리지도 않았기에 이곳에 들어온 것이었다. 음, 해물덮밥이라… 좋지.

곧 우리에게 귀엽게 생긴 알바생이 왔다.

"뭐 드시겠어요?"

"해물덮밥 두 개와 해물탕 하나 주세요."

옆에 먹는 사람들로 봐서 해물덮밥이 양이 적은 것 같지는 않았지만 나야 원래 음식을 좀 많이 먹는 스타일이고, 앞의 이 사람의 덩치를 보니 모자랄 것 같아서 해물탕도 시켰다.

"라스는 어떻게 되셨습니까? 아, 라스트 스테이션 말입니다."

"라스라 부르셔도 됩니다. 많은 손님들께서 그렇게 부르시니 저도 그렇게 부르거든요. 라스는 아마도 현 상태로는 운영이 불가능할 것 같습니다. 라스로 벌어둔 돈과 제 재산이 좀 남아 있기는 하지만 라스만한 카페를 다시 세우기에는 부족해서 말입니다."

"그러셨군요. 죄송합니다. 괜히 쓸데없는 얘기를 꺼내서……."

괜히 미안해진 나는 사과를 했는데 남자는 고개를 저으며 말했다.

"아닙니다. 라스는 그렇게 됐지만 걱정은 없습니다. 제 운영 능력을 본 분이 계시면 반드시 저를 찾으시리라는 것을 알기 때문입니다."

정말 자신감이 넘치는 말이었다. 잘못 들으면 자기 자랑을 하는 것 같이 들을 수도 있었으나 이 남자가 하는 말에는 일말의 가식도 들어 있지 않았다. 그야말로 자신의 운영 능력을 전폭적으로 신뢰한다는 것. 그 누가 자기 자신을 이리도 신뢰할 수 있을까? 별로 길지 않은 말이었지만 이 한마디로 남자에게 무한한 경외감을 갖도록 하는 말이었다.

"대단하십니다. 그럼 저랑 계약할 생각은 없으십니까?"

좀 전의 말을 듣고 생각난 것이 바로 이것이다. 이 남자와 계약을 맺

자. 부모님이 내게 남기신 돈은 많다. 내가 평생을 써도 될 정도다. 하지만 앞일은 알 수 없는 것. 특히 요즘 따라 돈을 많이 써서 그런지 약간씩 불안해지기 시작했다. '이렇게 허무하게 부모님의 유산을 낭비해도 되는가?' 하는 생각까지 들었다.

언젠가부터 생각해 오던 일이다. 투자. 투자를 해야 한다고. 하지만 투자에 대한 것은 하나도 모르는 내가 섣부르게 투자를 한다고 나서면 사기꾼들이 내 주위를 들끓을 것이고 그렇게 되면 골치 아파진다.

하지만 내가 고른 이 남자는 다르다. 내게 확실한 믿음을 안겨준다. 거기다가 지금의 반응도 그렇다. 보통 갑작스럽게 이런 말을 듣는다면 약간의 의문성 담긴 말이라도 내뱉을 만한데 이 남자는 미리 예상했다는 듯이 잔잔한 미소만을 짓고 있었다.

"저의 어디를 보고 그런 결정을 하신 겁니까?"

"당당함. 어디서도 꿇리지 않을 듯한 그 당당함이 마음에 들었습니다. 거기다가 실제로 라스를 가보면서 그 운영 능력도 봤고 말입니다."

"하지만 예상대로 되지 않을 수도 있지 않습니까. 예를 들어 제게 투자를 하셨지만 제가 망한다거나 사기를 치는 것이라면?"

내가 그 정도 눈도 없을 줄 아나?

"당신은 절대 망할 사람이 아닙니다. 자신에 대한 자부심과 신뢰, 그리고 당당함이 그렇게 강한 사람이라면 무슨 일을 하든지 성공할 수 있으리라는 걸 알고 있거든요. 그리고 당신이 사기를 친다고요? 제 눈과 스스로를 모욕하지 마십시오."

내 말을 들은 남자는 끝내 입가에 진한 미소를 지었다. 그리고 내게 손을 내밀며 말했다.

"실망시켜 드리지 않도록 하겠습니다."

"계약은 성립됐습니다. 이제 당신과 저는 한 배에 탄 것입니다."
"동지란 말이죠?"
이 남자는 말이 잘 통한다. 사내답다. 난 대답 대신 웃음을 주었다.
"정식으로 소개하죠. 반갑습니다. 전 최효민이라고 합니다."
"반갑습니다. 저는 문희구라고 합니다."
우리는 악수를 나눴고 마침 해물덮밥과 해물탕이 나와 우선 식사부터 했다. 그리고 문희구 씨와 전화 번호를 교환하고 내일 다시 만나 계약에 관한 얘기를 제대로 해보자고 했다.
계약이라……. 왠지 예감이 좋아.

다음날 문희구 씨가 찾아왔고, 난 문희구 씨와 사업상 얘기를 나눴다. 새로 지을 건물은 어떻게 경영할 것인가. 또 어떤 건물을 지을 것인가. 이미 라스의 건물은 재기 불능의 상태였기에 새로 지을 수밖에 없었다. 물론 내 피 같은 돈이 썰물 빠지듯 뽑아져 나갈 것이지만 후회는 없다. 투자를 하려면 이 정도는 해야 하지 않겠는가?
"그럼 한 가지가 남았군요. 어떤 건물을 지을 것입니까?"
내 질문에 문희구 씨는 잠시 생각하더니 대답했다.
"솔직히 지금까지의 라스와 똑같아선 그다지 효과를 볼 수 있을 것 같지 않습니다. 새로운, 무언가 새로운 아이디어를 창출해 내야 합니다."
문희구 씨의 의견은 나도 생각해 왔던 것이다. 라스와 같은 카페는 많다. 라스가 대형 카페이긴 했지만 찾아보면 그보다 더 큰 카페도 있을 수 있고, 오히려 작지만 더욱 인기를 끄는 카페도 있을 것이다. 라스의 깔끔함과 심플함이 마음에 들어 많은 사람들이 찾았겠지만 그곳에서 불이 났다는 말에 손님들이 예전 같지 않으리라는 건 충분히 예상되는 바다.

"그건 저도 생각해 왔던 문제이지만 쉽게 결론이 나지 않는군요. 아무리 최신식으로 카페를 도배한다고 해도 시간이 지나면 그 역시 시들해질 것은 분명하고, 한순간 인기를 끌 수 있겠지만 그 후로는 다른 카페와 다를 게 없어지죠."

"그렇습니다."

우리가 너무 카페에 대해 집착하는 게 아닌가 하는 생각도 들었지만 도둑질도 해본 사람이 더 잘한다고 문희구 씨의 운영 능력은 믿지만 그 외의 다른 사업으로 괜한 도박은 하기 싫었다.

"휴, 정말 어렵군요. 이런, 그러고 보니 벌써 시간이 이렇게 됐나요?"

시계는 2시를 가리키고 있었다. 그러고 보니 점심도 먹지 않았군.

"배가 고프면 오히려 생각이 더 잘나지 않는 법이죠. 점심이나 먹고 합시다."

"그러죠. 오늘은 제가 사겠습니다."

사겠다는데 사양하는 것도 예의에 어긋나는 일이지. 암, 그렇고말고.

"자, 나가시죠. 이 주변에 제가 잘 아는 레스토랑이 있어요."

점심 시간이 지났지만 거리엔 많은 사람들이 돌아다녀 '과연 내가 사는 곳이 중심가이구나' 하는 생각을 가지게 해주었다.

하늘 높은 줄 모르고 치솟은 높은 건물들, 오랜 시간이 지났지만 여전히 그 문제를 벗지 못하는 교통 문제, 수많은 사람들. 그중에서도 연인들끼리 지나가는 모습에 나는 인내심의 한계를 느껴야 했다. 아, 옆구리가 시리고 외로워라.

그때 사람들이 즐비해 있는 한 건물이 눈에 띄었다.

"이번에 동시다발적으로 실시하는 CS방의 개점을 시작하겠습니다."

한 건물 앞에서 이벤트 걸이 진행을 하는데 추운 날씨임에도 불구하고 직업 정신을 발휘, 짧은 치마를 입고서 몸을 이리저리 왔다 갔다 하는 게 사는 게 저렇게 힘들구나 하는 생각이 들었다. 그러고 보니 CS방이라……. 비상에서 만든다는 그것이로군.

"CS방이라……. 만든다고 하더니 드디어 만들었나 보네요?"

어라? 문희구 씨도 CS방을 아나?

"문희구 씨도 CS방을 아세요?"

"그럼요. 저도 비상이란 게임의 유저입니다."

호오, 왠지 동질감이 느껴지는데? 비상이 이렇게나 대중적인 인기를 끌었었구나.

"비상이 그렇게나 인기있었나요?"

"인기 있고말고요. 최효민 씨도 비상을 하나요?"

"예? 아, 네. 저도 비상을 하고 있습니다."

"요즘 제일가는 인기를 자랑하고 있죠. 고가의 게임기 때문에 더 많은 사람들이 즐기지 못하는 게 아쉽긴 하지만요."

제일가는 인기라… 고가의 게임기라… 뭔가 생각날 만도 한데…….

그때 내 뇌리 속을 스쳐 지나가는 한줄기 빛. 그래! 이거다!

"좋은 생각이 떠올랐습니다!"

"네? 좋은 생각이라뇨?"

문희구 씨가 궁금하다는 듯이 묻자 나는 잔뜩 흥분한 채로 말을 계속했다.

"CS카페입니다!"

"네?"

내가 조금 목소리를 크게 하자 여러 사람들이 쳐다봤지만 그것으로 꿀릴 내가 아니다.

"캡슐 카페 말입니다! 카페에 비상을 할 수 있도록 캡슐을 여러 개 달고 손님들이 할 수 있도록 하는 겁니다. 아니, 캡슐이 아니더라도 헤드셋으로 대처해도 될 일이죠. 어쨌든 그렇게 해놓고 캡슐 사용료는 무료. 대신 다른 사람들이 보고 즐길 수 있도록 사용하는 사람의 플레이 화면을 카페에서 생방송하는 겁니다."

"그렇군요! 그렇게 하면 고가의 게임기 때문에 게임을 해보지 못했던 사람들이 게임을 즐길 수 있고 카페의 손님들이 심심치 않게 시간을 보낼 수 있겠군요. 그리고 다른 층은 보통 카페와 같이 해놓아서 보통 카페와 같은 곳을 즐기고 싶다면 그 층을, CS카페를 즐기고 싶다면 CS층을……. 정말 좋은 생각입니다!"

우리는 점심이고 뭐고 집으로 뛰어갔다. 이 아이디어를 구체적으로 생각해야 했기 때문이다. 배고픈 것 따위는 이미 안중에 없었다.

집으로 돌아간 우리는 이외의 여러 아이디어를 창출해 냈다. 한 번 터진 아이디어는 댐이 터지듯 한꺼번에 밀려오며 우리를 토론의 장으로 이끌었고 우리의 토의는 달이 떠도 가실 줄 몰랐다.

결국 우리는 다음과 같이 결론을 내렸다.

1. 건물은 총 5층으로 구성한다.

2. 1층은 보통 카페와 같이 활발하면서도 깔끔하고 또 심플한 느낌을 주는 예전의 라스와 같게 한다.

3. 2층은 조용한 곳으로 클래식 류의 음악과 함께 차를 즐길 수 있는 곳이다.

4. 3층은 최신식 기술을 도용한 카페로 명품적인 느낌을 주는 곳이다.

5. 4, 5층은 방음벽 장치를 해놓고 CS카페로 사용하며 보통 카페와 똑같이 음식도 팔고 차도 팔지만 캡슐을 배치하여 게임을 방송할 수 있는 곳이다.

6. CS카페에는 층마다 총 여덟 대의 캡슐을 장치해 놓고 중앙에 여러 화면을 담은 TV를 설치해 라이브로 플레이하는 사람들의 모습을 볼 수 있도록 한다.

7. CS방의 캡슐 사용료는 무료다.

8. 전 라스의 직원들을 전원 고용한다.

9. 새로 지을 건물의 소유권은 투자 측에 있으며 운영에 필요한 여러 잡비(재료비, 직원들 월급 등등)를 제외한 나머지 수입은 투자 측과 운영 측의 순서로 7대 3으로 나눈다.

10. 이 사항은 추후 투자(최효민) 측과 운영(문희구) 측의 상의에 의해 변할 수 있다.

"좋습니다. 이 정도면 딱이겠군요."

좋지, 좋아. 단지 내 돈이… 내 돈이……. 크윽!

"이대로 계약하죠. 제가 아는 건축 설계자가 있으니 이번 일은 그에게 맡겨보시죠."

문희구 씨는 자신있게 말했다. 그럴까? 어차피 내가 아는 건축 설계자도 없으니…….

"그런데 7대 3이라니……. 문희구 씨가 손해 보는 것 아닌가요?"

실제 문희구 씨는 내가 고용한 직원과 같은 역할을 하지만 형식, 공식상으로 나와 동업한 처지이니 7대 3은 문희구 씨 쪽에 절대적으로 불리한 것 같았다.

"아닙니다. 이대로가 충분합니다. 제가 받는 임금은 이 정도가 딱입니다. 제 걱정은 하지 마십시오."

"그래도……."

"하하하, 괜찮다니까요."

뭐, 저렇게 말하는데 별수없지.

"…그럼 그렇게 하죠."

"좋습니다!"

우리는 다시 한 번 악수를 하며 서로의 계약을 상기했다. 그럼 나도 이제 사장이 된 건가? 실감이 안 나는군.

◆ 비상(飛翔) 열여섯 번째 날개

재회

비상(飛翔) 열여섯 번째 날개 재회

검은빛 공간. 이게 얼마 만이냐? 음, 일주일 만이로구나.

지겹던 일주일이 지나고 드디어 비상의 재 오픈 날짜가 되었다.

"아, 정말 지겹던 일주일이었어. 내가 그동안 뭘 했지? 워낙 뒹굴거려서 다른 건 기억도 나지 않는군."

난 내 앞에 우뚝 서 있는 검은 거울을 바라보았다. 거울아, 너도 일주일 만이로구나. 난 검은 거울의 로그인의 글자에 손을 가져다 대었다. 그러자 거울에서 떠오르는 아이디와 패스워드 창.

"ID는 life515, 비밀 번호는 ******."

내가 아이디와 비밀 번호를 외우자 오색 빛의 매가 나타나 검은 공간을 갈랐고, 갈라진 공간 틈으로 점점 검은 공간이 없어지더니 어느새 침상에 누워 있는 내가 느껴졌다. 음, 이 느낌도 오랜만이군.

난 자리에서 일어나 몸을 풀었다.

으드득!

"으어… 몸이 뻐근하구먼."

내가 잠시 몸을 푸는 사이에 메시지가 떴다.

<패치 안내

1. 불안정하던 비상 내의 시스템을 안정화하여 앞으로 버그에 걸릴 가능성을 2퍼센트 이하로 떨어뜨렸습니다.

2. 각종 버그로 인해 각 캐릭터당 꼬이고 꼬인 인터페이스(무공 등등)를 재입력했습니다. 한 운영자당 총 스무 개의 캐릭터를 배정받아 고친 것이므로 각자 개성이 담긴 인터페이스를 느끼실 수 있을 것입니다. 또한 일정 부분에서 빗나가지 않도록 했으니 큰 차별감 같은 것은 느끼실 수 없을 것입니다.

3. 랭킹 시스템을 전면 폐지했습니다.

4. 직업을 늘렸습니다.

5. 애완동물 시스템을 넣어 자신만의 애완동물을 기를 수 있습니다.

6. 각종 인터페이스를 수정했습니다.

7. 밸런스를 안정화했습니다.

일주일 동안의 긴 시간 동안 패치를 한 만큼 만족시켜 드리겠습니다.>

이렇게 메시지는 끝났다. 그중에서도 내 눈길을 끄는 것은 랭킹 시스템의 전면 폐지와 인터페이스의 재입력, 애완동물 시스템이었다.

"음, 말이 많더니 결국 랭킹 시스템은 폐지하는군. 그리고 애완동물 시스템은 어떤 거지? 그게 아니더라도 난 푸우를 데리고 다녔는데……. 에이, 몰라. 인터페이스의 재입력이라……. 한번 볼까?"

난 먼저 상태 창을 열었다.

"개아."

이름: 사예(四藝)

도제(刀帝)—무제(武帝)

경험치: ?

능력치

힘: 650

민첩: 500

정신력: 450

생명력: 25000

체력: 10000

내공: 50년(무속성(無俗性))

소속: 무(無)

성향: 중(中)

"흠, 결국 경험치는 물음표로 대처했군. 뭐, 내겐 필요없는 것이니까 그렇겠지. 그리고 도제? 무제? 직업의 이름까지 바꿨나?"

원래 내 직업은 무장이다. 어? 그러고 보니 투귀의 직업은 투장이라고 했는데……. 녀석을 생각하니 소름이 돋는군.

직업이 도제와 무제로 바뀌어져 있었지만 난 상관치 않았다. 아니, 무장보다는 무제가 훨씬 멋있지. 그리고 내공은 예전 투귀와의 싸움 후 이상하게도 내공이 급격히 줄어들었었는데 계속 내공을 쌓아 이만큼이나마 복구한 것이었다. 그런데 뒤에 붙은 무속성은 뭐지? 음, 모르는 건 나중에 생각하는 게 좋겠지.

"개능."

난 스킬 창을 열었다.

패시브 스킬

무공: 도법(刀法), 심법(心法), 기공(氣功)

수면

휴식

회복

정(淨)

유(流)

연(連)

융(融)

유(柔)

강(强)

액티브 스킬

폭기(爆氣): 1단계 네 배의 효과, 2단계 열여섯 배의 효과, 3단계 백이십팔 배의 효과(사용 불가)

투결(透決)

놀라웠다. 별로 변한 건 없었지만 폭기의 말도 안 되는 효과. 어떻게 이렇게 강해진 거지?

"역시 투귀와의 싸움 후에 이런 건가? 빌어먹게도 강하겠구먼. 3단계를 사용하지 못하는 게 조금 아쉽기는 하지만 2단계까지만 해도 거의 천하무적이네?"

원래 폭기는 1단계에 두 배, 2단계에 네 배, 3단계에 여덟 배, 4단계에 열여섯 배라는 능력을 가지고 있다. 그런데 난데없이 1단계부터 네 배고, 2단계부터 열여섯 배라니……. 거기다가 3단계는 뭐야? 미치겠군.

무공 창이나 열어보자.

"개무(開武)."

무공

도법(刀法): 도제도결(刀帝刀訣), (일류 무공)

심법(心法): 축뢰공(畜雷功), (외 2등급)

보법(步法): 원주미보(圓周彌步), (일류 보법)

기공(氣功): 폭기공(爆氣功), (삼류 무공—보무공)

그 외 신법 등은 익히지 않음.

깔끔히 정리가 잘되어 있었다. 누가 정리했는지 몰라도… 아, 강민 형이 했겠구나. 그나저나 강민 형은 연락이 없네. 초매 때문에 그런가? 쩝.

"그러고 보니 나, 외 2등급, 절정 심법을 익히고 있었잖아?"

지금까지 잊고 있었다. 현재 외 3등급의 무공을 익히고 있는 사람은 적다. 그리고 외 2등급의 무공을 익히고 있는 사람들은 손에 꼽을 정도다.

그 손에 꼽는 사람들도 각자 무기에 관련된 무공이 외 2등급의 무공일 뿐, 나와 같은 심법을 외 2등급짜리로 익혔다는 사람이 있다는 소리는 아직 듣지 못했다.

그렇게 생각하니 내가 가진 엄청난 축기의 속도도 이해가 갔다. 절정의 심법을, 그것도 기를 빨리 쌓기로 유명한 마공을 익혔으니 그럴 수밖에. 그런데 이상한 게 내가 익힌 축뢰공은 분명 마공인데 왜 내가 가진 기는 이렇게나 정순할까? 연연유도무 때문인가?

"어라?"

또다시 뇌리를 스치는 게 있었다.

"연연유도무는? 예신도법은? 섬전쾌도는? 이번에 익힌 유능지도와 강능파천도는? 내 다른 무공들 다 어디 갔어?"

무공 창에는 도제도결을 제외한 다른 모든 도법들이 사라져 있었던 것이다. 심법에도 일원합심공이 빠져 있었다.

"도대체 어떻게 된 거지?"

모든 것이 다 정리되어 있었지만 내 머리 속은 혼란스러웠다. 익숙해지면 괜찮아지려나?

"에휴, 모르겠다."

난 시간을 대충 확인하고선 방 밖으로 나갔다. 원래 패치를 깔면서 비상 전체의 시간을 멈추려고 했었으나 필요한 패치 대부분이 실시간으로 실험을 하며 해야 하는 패치라 멈추지 않았다고 한다. 그래서 이곳의 시간으로 14일이라는 시간이 지났다. 물론 각 캐릭터의 체력과 생명력을 유지되도록 해놓았다.

그동안 한산했을 거리를 생각하니 부러웠지만 시끌벅적한 것도 그다지 나쁘진 않지.

방을 나와 밑으로 내려가자 이미 친구들이 기다리고 있었다.

"어! 최효… 아니, 사예, 오랜만인데?"

병건이가 내 이름을 부르려다가 아이디로 바꿔 불렀다. 이건 병건이가 제안한 건데 게임 속에서만이라도 제대로 기분을 내보고 싶다는 것이 그 이유였다. 내 생각에는 아무래도 자신의 닉네임으로 불리고 싶어서 그런 것 같지만.

"그러냐? 하긴 게임 속에선 이 주일 만이니……. 무… 진."

무진. 바로 병건이의 닉네임이다. 쩝, 그게 멋있다고 그걸로 계속 불러달라고 떼를 쓰는데 우리가 어쩔 수 있나.

"그런데 지현이랑 지수, 하얀이는 왜 없냐?"

난 미영이를 쳐다보며 물었다. 미영이와 지현, 지수는 같이 사는데 미영이만 접속을 했고, 지현이와 지수가 없어 궁금했던 것이다. 그리고 하얀이는 민우에게 물었다.

"응, 지현이와 지수, 하얀이는 지금 약속이 있어서 말이야."

"무슨 약속?"

"소개팅."

"뭐?!"

소개팅이라니……. 그러고 보니 걔들도 애인은 없구나.

"우리 엄마가 그런 데로는 좀 신경을 많이 쓰잖니. 난 우리 민우가 있지만 셋은 없어서 우리 엄마가 억지로 내보낸 거야."

"나도 솔론데……."

옆에서 병건이의 한탄이 들려왔지만 그에게 신경 쓸 우리가 아니었다.

"그렇군. 그럼 오늘은 우리끼리 사냥 가는 거냐?"

내 물음에 미영이는 민우의 팔에 매달리더니 혓바닥을 살짝 내밀어 보이며 말했다.

"미안! 오늘은 민우와 같이 다니기로 했거든."

저, 저게 무슨 말이야. 저것들이 지금 솔로의 가슴에 불을 지르나?

"민우야, 사실이냐?"

상호도 믿지 못하겠는지 민우를 바라보며 물었다. 민우는 원래의 차가운 성격답게 그런 쪽으로도 별로 신경을 쓰지 않아 지금까지 이런 일은 없었는데 갑작스럽게 이런 말을 꺼내다니 못 믿을 만도 하지.

"응."

"이런."

"허……."

"인생무상이라더니."

솔로 트리오, 나와 상호, 병건이는 각자 애인이 없게 한 세상에 대한 한탄을 터뜨리며 얌전히 물러날 수밖에 없었다.

"호호호, 잘 있어!"

"크윽."

"흑흑흑."

"병건아, 울지 마. 우리도 언젠가는… 언젠가는… 크흑!"

팔짱을 낀 채 사라지는 미영, 민우 커플을 바라보며 우리 세 명은 통한의 눈물을 흘릴 수밖에 없었다. 세상의 커플은 모두 사라져야 해!

그때 상호가 말했다.

"병건아, 날 따라와."

"응?"

"마침 내가 오늘 비상에서 소개팅을 주선했다. 원래는 친구들과의 약속 때문에 취소하려고 했었는데 이럴 바엔 그냥 너도 같이 가자."

"정말?!"

자, 잠깐만! 그럼 나는?

"나는?"

내 질문에 상호는 나를 아래위로 훑겨보더니 입을 열었다.

"나를 포함해서 두 명만 필요해."

"그래, 넌 가."

"커억!"

이, 이것들이 친구들이란 말인가. 같은 솔로 동지들끼리 이런 배신을 때리다니…….

"혼자 잘 놀아라."

"어서 가자!"

"이, 이 배신자들!"

신나라 하는 녀석들이 객잔의 문으로 사라지자 혼자 남은 나는 내 자신이 너무나 한탄스러웠다. 상호, 저 녀석. 내가 너무 잘생겨서 내가 가면 여자들 다 빼앗길까 봐 저러는 거야. 치사한 녀석들.

"자네, 왜 그러고 있나?"

뒤에서 누군가의 목소리가 들렸고, 그 목소리의 주인은 이 용문객잔의 주인 어르신이었다. 꼴사납게 이런 모습을 보이다니…….

"아, 아닙니다."

"아닌 게 아닌데?"

"아니라니까요!"

난 그렇게 말하고는 성급히 객잔의 문을 나섰다.

"어휴… 나 혼자 뭘 한다냐?"

그러면서 우선 발걸음 가는 대로 걷는 나였다. 이 외로움을 어디서 달랜다냐.

"꺄아, 이러지 마!"

"일루 와봐."

빠직!

"이봐, 거기 보충하라고!"

"진세가 흐트러지잖아!"

빠직!

"젠장."

어딜 가나 연인 사이 아니면 파티를 맺고 사냥하는 사람들뿐이다. 원래 비상이란 게임은 무협이라서 그런지 파티 사냥 같은 것은 잘하지 않는다. 검진이라든지 협동 공격이라든지 하는 기술을 익히면 혼자일 때보다 더 강해지기는 하겠지만 그 검진이라는 게 익히기 매우 짜증나고 서로 간의 협동심이 없다면 오히려 혼자일 때보다 더욱 약하고 쉽게 와해되는 성질이 있어 많은 사람들이 선뜻 거기에 손을 대지 않는다.

"그런데 왜 오늘은 전부 파티 사냥뿐이냐고!"

난 그들에게 다가가서 날 끼워달라 말하고 싶었으나 차마 그렇게 하지 못했다. 파티를 맺으면 파티 창이란 곳에 파티원들에 대한 레벨을 비롯한 기본 정보가 나오는데 내 레벨은 1.

비록 내가 강하다고는 해도 레벨 1인 나를 끼워줄 리 만무했다. 그리고 만약 끼워준대도 나오는 아이템 역시 날 무시하고 자기들끼리 독식할 가능성이 더 컸다.

"쩝, 그러고 보니 나, 불쌍한 놈이잖아?"

내가 어디 이처럼 무시당하고 살아온 적… 은 많지.

결국 난 혼자서라도 사냥을 가려 했다.

이 주변에서 내가 갈 만한 던전이 어디지? 내가 강해졌다고 해서 제일 강한 던전에 가리란 생각은 마라. 내가 아무리 강해졌다고는 해도, 만약 비상 지존이 탄생한다 해도 혼자서는 꿈도 못 꿀 그런 던전들이 즐비하다. 그런 데 잘못 들어갔다가 죽기 십상이지.

난 속으로 자문했지만 내가 그런 것을 알 리 없었고, 그냥 충동이나 가기로 했다.

충동. 벌레들의 동굴. 예전 상호와 애들과 같이 갔던 곳이다. 그땐 그곳에서 마왕충이란 벌레를 만나서 정말 죽을 고생을 했었다. 마왕충, 그놈은 지금 만나도 자신은 없지만 그래도 이 한월과 함께라면 다르다.

충동으로 가는 길은 어렵지 않았다. 예전에 한번 가본 길이라 쉽게 찾아간 나는 벌 떼같이 모여 있는 사람들을 보고는 의아해하지 않을 수 없었다. 충동은 이 주변에서 꽤나 높은 등급의 던전이라 사람들이 많기는 해도 이 정도까진 아니었다. 도대체 무슨 일이지?

난 내 앞에 서 있는 착해 보이는 남자에게 말을 걸었다.

"저기……."

"……?"

"지금 무슨 일 있습니까? 왜 이렇게 사람들이 모여 있는 건지?"

"못 들으셨소?"

못 들어? 뭘?

"하하, 방금 접속해서 아직 조금 깜깜합니다."

내 말을 들은 남자는 그럴 수도 있겠다는 듯한 표정을 짓더니 곧 입을 열었다.

"지금 난리도 아니오. 여왕충동에 마왕충이 나왔답니다."

마왕충? 그놈이 또 왜 나와? 내심 아까는 자신있다는 듯이 말했지만 마왕충, 그놈은 대단한 놈이 아닐 수 없다.

"마왕충요?"

"그렇소. 쯧쯧, 그런데 여왕충도 잡지 못하는 사람들도 모여서 뭘 하겠다는 건지……. 거기다가 떨어지는 콩고물이 있을까 봐 부나방처럼 모여드는 꼴이라니."

"하하하, 원래 그렇죠. 감사했습니다. 그럼……."

난 남자와 인사를 하고 헤어졌다. 음, 마왕충이라……. 잡으러 갈까? 실제로 충동의 앞에는 사람들이 많았지만 그 누구도 충동으로 들어갈 생각을 하고 있지 못했다. 이런 상황이라면 잡기에도 별 불편이 없을 것 같은데…….

"하지만 내 얼굴이 알려져 있는데 여기서 마왕충을 잡아버리면 레벨 1 대회의 우승의 결과를 의심할 거잖아. 어쩌지?"

고민을 하고 있는 내 눈에 죽립을 쓰고 있는 한 사람이 보였다. 그래, 저거다.

"저기, 대협!"

"으, 응? 누구십니까?"

"하하, 제가 급한 일이 있어서 그런데 그 죽립 저에게 팔 생각이 없으십니까? 값은 본래의 값에 두 배 쳐드리죠."

내 말에 남자는 어정쩡한 표정을 짓더니 말했다.

"그다지 좋은 건 아니지만……."

남자가 망설이는 듯하자 난 값을 올릴 수밖에 없었다. 쳇! 치사하게 그냥 좀 팔지. 두 배를 쳐준대도 말이야. 돈이 아깝긴 하지만 마왕충을 잡으면 그 정도보다는 많이 나오겠지.

"세 배 쳐드리죠."

"좋습니다. 은자 여덟 냥짜리니 원래 스물네 냥이나 한 냥 깎아서 스물세 냥만 주시오."

무, 무슨 죽립 하나에 은자 여덟 냥씩이나……!

난 속으로는 불만이 이만저만이 아니었지만 아쉬운 것은 나였기에 스물세 냥을 지불할 수밖에 없었다.

"수고하시오!"

저런 도둑놈 같으리라고…….

난 투덜대며 죽립을 깊이 썼다. 죽립을 쓴다고 얼굴을 완전히 가릴 순 없지만 마왕충과 싸우려면 매우 빨리 움직여야 할 테고 내 얼굴을 제대로 보는 사람은 없을 것이다. 사실 이 죽립이 없어도 웬만해선 들키지 않겠지만 그래도 이모저모 조심해야 할 때이니…….

"이 정도면 됐나?"

난 근처에 있는 샘물로 가서 내 모습을 비춰봤다. 아래로 내려보는 것이라 얼굴이 훤히 다 보였지만 깊숙이 쓰고 조심만 한다면 제대로 알아보지 못할 것 같았다. 난 죽립을 깊이 쓰고 다시 충동으로 갔다.

웅성웅성.

"방금 누군가 들어갔지?"

"그래, 아마 랭커였나 봐. 대단한데?"

"그러게 겁도 없이 들어가다니……."

자, 잠깐! 누가 들어갔다고?

"안녕하십니까."

난 앞에서 이야기를 나누고 있는 세 명의 유저에게 인사를 했다.

"누구시오?"

"아, 그냥 지나가던 사람인데 마왕충이 나타났다죠?"

"그렇소만?"

세 명 중 중간에 서 있는 염소수염의 사내는 뭐가 그리도 불만인지 인상을 찌푸리며 대답했다. 저 말투 보게나. 확 사고 쳐버려?

"자네, 왜 이러나. 미안하오. 이 친구가 지금 좋지 않은 일이 있어서 말이오."

옆에 있던 덩치 큰 사내가 염소수염의 사내를 밀어내며 사과했다. 음, 이 사람은 꽤나 괜찮은 사람이고.

"하… 하하, 괜찮습니다. 그런데 본의 아니게 하시는 말씀들을 듣게 되었습니다. 방금 누가 들어갔다고 하셨습니까?"

"그렇소. 웬 온몸을 흑의로 도배하고 있는 사내가 들어가더이다."

이런! 누가 선수를 쳤잖아!

"아, 정말 감사드립니다. 그럼 수고하십시오."

"잘 가시오."

난 그렇게 말하고선 살짝 뒤로 빠졌고, 곧 최고 속력을 발휘해 충동으로 들어갔다.

충동 앞에는 사람들이 많이 서 있었지만 원주미보를 사용하니 피하기는 쉬웠다. 몇몇 고수를 제외하고선 내가 충동으로 들어갔는지도 모를걸?

"그것보다… 누가 선수를 친 거야! 안 돼! 마왕충은 내 거야!"

오늘따라 경신법을 익히지 않은 내가 미워지는 날이었다.

충동 안엔 사람이 없었다. 내가 예전에 본 마왕충의 크기로는 절대 여왕충동을 벗어날 수 없었으나 사람들은 혹여나 무슨 일이 생길까 봐

밖으로 대피한 듯했다. 덕분에 경신법이 없는 나로서도 신체적 능력만을 발휘하여 안으로 무사히 뛰어들어 갈 수 있었다.

원주미보는 전에도 말했다시피 속도엔 형편없다. 쾌 자결의 진기를 넣으면 빠르게 움직여지지만 그것도 원을 그리며 이동하는 것이라 직선상 속도는 여전히 형편이 없어 이런 때에는 적합하지 못했다.

설마 내가 잠깐 죽립을 쓴 것을 확인하러 간 그 짧은 사이에 마왕충이 잡히거나 하는 일이 생겼겠냐만 세상일은 모르는 것. 설마 그럴 리 없겠지만 그 흑의의 인간이 투귀 같은 놈이었어 봐라. 시간을 끌 것도 없다. 강기만 사용해도 이미 게임 오버다.

마왕충은 검기에도 견딜 수 있는 강력한 신체를 가졌고, 저번에 마왕충과 조우했을 때 상호가 쓴 편법이 아니었다면 죽은 것은 우리일 정도로 강하다.

하지만 제깟 놈이라고 해서 강기를 버틸 수 있는 건 아니다. 이 몸으로 직접 겪어본 바, 투귀는 그 실력 고하를 떠나 징하게 무서운 놈이다. 거기다가 강기를 쓸 수 있는 실력까지 있으니 마왕충 따위야… 한 방 감이지.

"젠장! 걸음아, 좀 빨라져라."

난 내 다리에 의념을 집어넣고 좀 빨라지기를 바랐지만 다리는 그 딴 것을 전혀 받아들일 생각이 없는지 자기 속도대로 달리고 있었다. 다행히 충동의 입구와 여왕충동은 멀지 않아 얼마 지나지 않아 도착할 수 있었지만 내겐 그 시간이 엄청 길었다.

"차앗!"

기합 소리다. 그 외에도 무언가 금속 부딪치는 소리가 들리긴 하는데 아마 들어간 이의 무기와 마왕충의 껍질이 부딪치는 소리 같았고,

다행히 아직 마왕충이 잡힌 것 같진 않았다. 그리고 느껴지는 기도로 봐선 투귀도 아니었다. 투귀가 싸우는데 살기를 품지 않을 리 없잖아!

난 속력을 높여 멀지 않은 곳에 있는 여왕충동으로 향했다. 여왕충동에 가까워질수록 금속 소리와 기합 소리는 더욱 커졌고, 난 더욱 마음이 조급해졌다.

마침내 여왕충동에 도착했고, 안으로 들어가자 전에 봤던 거대한 벌레와 벌레에 비해 너무나 작은 한 흑의를 입은 남자가 보였다. 저 사람도 흑의인가? 검은색 옷이 유행인가 보군.

"차앗!"

내 화려한 동체 시력으로 분석해 볼 때 남자는 나와 같은 또래 같았으며 조금 짧은 소검을 사용하였는데, 막 예전에 내가 써먹었던 한쪽 다리만 공격하기를 써먹고 있었다.

"쯧쯧, 저 방법은 안 통해. 내가 직접 체험했는데."

난 아직 마왕충이 잡히지 않아서인지, 아니면 그 남자가 마왕충을 잡을 만한 실력이 되지 않아서인지 몰라도 마음이 놓여 말을 내뱉었다.

저렇게 해서는 백날이 지나봤자 마왕충을 잡지 못한다. 그럼, 내가 저러다가 생명력이랑 체력만 다 까먹고 헛수고했지.

"어쩔까나?"

음, 어쩌지? 확실히 저 사람은 강하다. 하지만 마왕충을 이길 정도는 못 된다. 그렇다면 저 사람이 마왕충에 죽고 나서 잡는 게 훨씬 좋지 않을까? 그래야 아이템에 대해 찍소리 못하지. 만약 지금 어설프게 도와줘서 마왕충을 없애봤자 괜히 끼어들었다고 욕 얻어먹기 십상이다.

하지만 이대로 계속 기다리다가 진짜 고수가 나타나서 마왕충을 없애 버린다면? 도와주지 않았다고 욕먹고 닭 쫓던 개 지붕 쳐다보는 격이 될 수도 있다.

"음, 어떡하지? 에라, 모르겠다. 우선 기다려 보자."

난 그냥 자리에 주저앉았다. 만약 누군가 올 기세가 보이면 재빨리 나서서 마왕충을 가로채면 된다. 강기가 없어도 상관없다. 이미 녀석의 약점이 저 형광등 같은 눈인 것은 알고 있는 사실. 순식간에 뛰어올라 눈을 터뜨려 버리고, 그곳을 통해 도기를 뿜어낸다면 다른 고수가 간섭하기 전에 죽일 수 있다.

"룰루랄라!"

역시 불 구경 다음으로 재미있는 것은 싸움 구경이라더니… 틀린 말이 아니었어.

내가 감상하기로는 저 흑의의 남자는 공격 범위는 그다지 깊지 않고 또한 강력하지 않으나 보법이 정말 신랄했다. 원주미보 역시 뛰어난 보법이긴 하나 저 남자의 보법보다는 부족해 보였다.

하지만 역시 공격력이 많이 부족했다. 들고 있는 소검은 꽤나 뛰어나 보였으나 본디 무공이 정면 대결이 아닌 흡사… 그래, 암살자 같은 공격법이 대부분이었다.

급소만을 공격하는 공격. 그의 소검이 노리는 곳은 본디 사람의 급소가 있는 곳이었지만 상대는 마왕충. 그런 공격이 통할 리 없었다. 그나마 소검의 힘을 빌려 한쪽 다리에 계속 충격을 주고 있어 얼마 후면 내가 처했던 상황과 비슷해질 것으로 예상되었다.

"대단한데?"

일체 군더더기없고 흔적조차 남기지 않으며 움직이는 보법. 소검을 가지고 공격하는 것과 가장 들어맞는 것이었다. 보법도 보법이지만 바로 옆으로 마왕충을 발이 지나가는데도 눈 하나 깜빡거리지 않는 그

용기도 대단했다.

마왕충의 다리는 이미 너덜해질 대로 너덜해진 상태였고, 곧 반응이 왔다.

샤크라라라라라!

쿵!

"호오!"

드디어 마왕충의 거대한 몸이 넘어갔고, 남자는 한숨 돌리는 듯, 소검을 쥔 손을 내려 늘어뜨리고 있었다. 마치 모든 것이 다 끝난 것처럼.

"쯧쯧, 저러다가 크게 다치지."

샤크라라라라라!

역시 다시 들어도 심히 기분 좋지 않는, 그런 괴성을 내뱉으며 마왕충의 다리는 다시 부활했고, 남자는 당황한 듯 어쩔 줄 몰라 하고 있었다.

퍽!

"커억!"

돌발적인 상황에서는 그 신랄한 신법도 그다지 효과를 거두지 못하나 보다. 완전히 회복하지 못한 마왕충의 형편없는 공격에도 남자는 맞고 나가떨어졌고, 피까지 토하는 것을 보면 내상을 입은 듯했다.

그리고 마왕충은 그런 남자를 향해 거대한 발을 들어 올렸기에 남자의 목숨은 강풍 앞의 촛불과도 같게 되었다.

"어쩌지?"

이대로 나서서 도와줄 것인가. 그렇지 않으면 그냥 저 남자가 게임 오버가 되는 순간까지 기다릴 것인가.

잠깐 망설였지만 다급한 것 같은 남자의 표정에 그런 생각은 싹 날아가 버렸다. 이 정도쯤에서 도와주면 저 남자도 아무 말 못할 거야.

난 도갑에서 서서히 한월보도를 빼내기 시작했다. 자, 가볼까?

손에서 느껴지는 차가운 한기와 또 온몸을 휘감아 도는 예기. 손에 착 감겨오는 이 느낌이 정말 좋았다. 난 모든 진기를 끌어올리기 위해 시동어를 외웠다.

"연, 유, 쾌, 예."

내 얕은 목소리에 따라 네 가지의 진기가 온몸으로 퍼져 갔고, 곧 전신에 충만한 힘을 느낄 수 있었다.

"응?"

이상했다. 분명 진기를 다 끌어올렸을 텐데 아직 끌어올리지 않은 무언가가 있는 듯 일정한 진기들은 움직이지 않고 있었다. 난 그 진기들마저 끌어올리기 시작했다. 시동어를 외치면 즉시 반응할 테지만 시동어는 모르고 그러자니 직접 끌어올리는 수밖에 없었다.

얼마 전에 알게 된 사실이지만 이렇게 스스로 진기를 다루는 것은 매우 어렵다고 한다. 대부분 시동어에 의존해서 싸우니까 말이다. 하지만 난 동굴에서 할 짓 없이 진기 다루는 거나 연습했었으니 진기를 다루는 일은 숨 쉬듯 자연스러웠다.

내 의지에 따라 남아 있던 진기도 그 모습을 드러내기 시작했고, 그 진기들은 두 개의 진형을 갖추었다.

"강능파천도와 유연지도의 진기인가? 언제 도제도결에 주입됐지?"

진기를 온몸으로 퍼뜨리며 느낀 것이, 한 진기는 강의 성향을, 한 진기는 유의 성향을 띠고 있다는 것이었다. 아마 강민 형이 주입시켜 놨나 보다. 근데 유(流) 자결의 진기의 시동어를 외칠 때 같은 시동어인

유(柔) 자결의 진기도 반응했어야 하지 않나?

"거참, 의문이로구만."

쾅!

"헉!"

내가 그렇게 의문에 사로잡혀 있는 사이 마왕충의 발을 내리찍어졌고, 순간 당황한 나는 몸을 굴러 발을 피한 사람을 보고선 조금이나마 안심할 수 있었다. 애초에 도와주지 않기로 정했으면 몰라도 도와주기로 해놓고 어이없이 죽어버리면 이상하잖아!

난 이런 저런 생각을 다 치워 버리고 잔뜩 끌어올린 진기를 운용하며 마왕충에게로 몸을 날렸다. 우선 가볍게 시작해야겠지?

"섬!"

쾌 자결의 진기를 담은 한월보도는 한줄기 푸른 섬전이 되어 섬의 식으로 마왕충의 다른 다리를 찔렀다. 마왕충의 껍질은 자르지 못하겠지만 한월보도의 예기와 쾌 자결의 진기, 섬의 식이라는 이 세 가지 요소가 모인다면 상대적으로 연약한(?) 마왕충의 다리 정도 뚫어버리는 것은 일도 아니지. 아, 뚫지는 못하겠다. 너무 두껍잖아.

파앗!

한월보도가 새파란 빛을 뿜으며 마왕충의 다리에 틀어박혔고, 난 그에 멈추지 않고 참의 식을 이용하여 위로 베어 올리며 한월보도를 빼내었다. 이 정도쯤은 돼야 고통을 느낄걸?

샤크라라라라라라!

마왕충은 갑작스러운 고통에 놀랐는지 다시 남자를 찍어가던 발을 멈추고 한월보도에 찔리고 베인 발을 다시 공격당할까 봐 들어 올렸다.

역시 마왕충의 지능은 붕어급이다. 그냥 발을 내려놓음과 동시에 발을 들어 올리면 될 것 가지고 공격은 왜 멈춘담? 그만큼 고통스럽기 때문인가?

난 새삼스레 한월보도를 보다가 깜짝 놀라고 말았다. 한월보도에선 지금까지 전혀 느껴보지 못했던 차디찬 한기가 느껴졌고, 또한 마왕충의 진한 녹색 피가 흘러야 할 도신은 너무나도 깨끗했다. 아직도 생생히 느껴지는 손의 느낌과 한기가 아니었다면 아무 일이 없었다고 해도 믿을 만큼 말이다.

그러고 보니 내게 튀었어야 할 마왕충의 녹색 피는커녕 땅바닥에 흘린 핏자국 역시 보이지 않았다. 도신에 피가 묻지 않은 것은 워낙 한월이 보도이다 보니 그럴 수도 있다손 치지만 피를 흘린 흔적조차 없다니…….

"어떻게 된 거지?"

그 해답은 한월에 찔리고 베인 마왕충의 다리에서 찾을 수 있었다. 내가 찌른 부위에는 얼음이 생겼던 것이다. 그것도 마왕충의 피처럼 녹색 얼음. 아마도 녀석의 피겠지? 그나저나 대단한데? 이런 한기까지 가지고 있단 말이야?

설명은 길었지만 얼마 되지 않는 시간에 순간적으로 확인한 것이다. 그리고 마왕충은 형광등 같은 눈에서 더욱 빛을 뿜어내며 나를 향해 다리를 내리찍고 있었다. 그사이 남자는 피하여 한쪽 구석에서 상처를 치료하고 있었지만 도움을 청하기엔 남자의 내상이 꽤 클 것으로 보였다. 물론 도움을 청할 생각도 없지만.

원주미보를 사용하여 마왕충의 다리 공격을 피한 나는 녀석의 정면에 가서 섰다. 인사는 해야지.

"야! 벌레! 오랜만이다? 내가 터뜨린 눈은 괜찮고? 상호가 네 뒷구멍

괜찮은지 안부 전해달라더라!"

샤크라라라라라라!

내 말을 알아들은 건지, 아니면 자신의 앞에서 여유만만한 나란 존재가 마음에 들지 않아서 그런 건지 몰라도 마왕충은 예의 그 괴성을 지르며 다시 다리 찍기를 내게 선사했다. 쯧쯧, 다시 태어나도 멍청한 건 여전하구만. 저놈은 이 공격 패턴밖에 없나?

마왕충의 공격 패턴은 오직 다리로 내리찍기. 오직 그것뿐이다. 어느 정도 머리가 있다면 약간의 변형된 공격을 해볼 만도 한데 이놈은 그런 게 전혀 없다. 껍질이 의형진기도 통하지 않을 정도로 단단한 것과 짜증나게 큰 덩치를 제외하면 정말 별 볼일 없는 놈이다. 그래서 강기(罡氣)를 구사하는 고수를 만나면 힘 한번 써보지 못하고 꽥! 하고 만다.

내리찍는 단순한 공격을 살짝 피한 후 제대로 움직이지도 못하는 놈의 면상으로 뛰어올라 강기로 슬쩍 그어주면 그대로 게임 오버, KO승, 파죽지센데 개뿔 놈의 초식이고 뭐고 필요가 있을 턱이 있나.

강기를 끊어서 날리는 비강기(飛罡氣)를 사용할 수 있다면 더욱 간단해지는 거지만 그건 아직 '천하제일인' 이라는 단엽도 못하는 거라는 의견이 다분한데 누가 그걸 써?

그런 면에선 강기를 쓰는 고수에게 차라리 여왕충이 훨씬 짜증나는 상대지. 가까이 가는 데만 해도 졸충을 수십에서 수백을 없애야 할 테니까.

"네깐 놈이 그때는 왜 그리도 무서웠었는지……."

생각해 보면 너무 어리석었다. 이런 형편없는 놈에게 겁을 먹다니……. 뭐, 그래도 녀석의 껍질을 뚫지 못하는 이상 상대하기에는 벅찬 녀석임에는 틀림없다. 이래 뵈도 공격 속도도 제법 빠르거든.

콰!

"도대체 내가 저놈을 비난하는 거야, 칭찬하는 거야?"

난 원주미보로 녀석의 공격을 피하며 중얼거렸다. 말을 하다 보니 나도 내가 무슨 말을 하는 건지 헷갈리네.

"야! 이 미련 곰탱이 푸우보다 못한 놈아! 약 오르지?"

샤크라라라라라!

"샤크라아아아아 좋아한다. 그 말밖에 할 줄 모르냐?"

마왕충은 앞에서 계속해서 이리저리 얼쩡대는 나를 한 대도 맞히지 못하자 약이 오르는지 버티고 서는 데 필요한 다리를 제외한 모든 다리를 나를 공격하는 데 주력했지만 원주미보를 사용하는 내가 그 딴 공격에 맞을 리 만무했다. 흐흐, 이 기회에 저번에 쫀 것까지 모두 합해서 약 올려주마. 알아들을지는 미지수지만…….

"멍청이, 해삼, 멍게, 말미잘, 붕어대가리, 닭대가리, 푸우대가리!"

아, 나의 약 올림은 이미 입신지경(入神之境)에 들어섰구나. 이리저리 엉덩이를 흔들어대며 녀석을 약 올리는 내 모습이 심히 보기 좋을 리 없었지만 약 올리는 데는 이게 직빵이고, 거기다가 이곳엔 저 마왕충 놈과 나밖에 없으니… 가 아니잖아!

"이런……."

샤크라라라라라!

"시끄러!"

역시나 한쪽에서 상처를 치료하고 있는 남자는 상당히 어이없는 듯한 표정을 지은 채 나를 지그시 바라보고 있었다.

아, 그런 눈빛은 하지 마! 너무 부담스럽잖아. 젠장, 남 앞에서 이게 무슨 꼴이람?

"이게 다 너 때문이야!"

난 모든 책임을 마왕충에게 돌려 버렸다. 이 쪽팔림을 무엇으로 보답하리오! 너 죽었어!

"응?"

한월의 차가운 도첩을 다시 잡고 본격적인 공격해 보려던 나는 무언가를 느낄 수 있었다.

이건… 사람의 기척? 느낌? 어쨌든 그런 것이었고, 그 방향은 입구에서였다.

즉, 누군가 오고 있다!

"젠장!"

난 지금까지 마왕충을 끝내지 않고 논 것이 후회되었다. 느껴지는 것으로 보아 다가오는 사람은 한두 명이 아니었다. 군중. 그래, 군중이라 해도 될 만큼 많은 사람들이 다가오고 있었다. 안 돼! 마왕충은 내 거(?)야!

난 조급해졌다. 빨리 끝내지 않는다면 사람들이 몰려올 테고 마왕충을 잡는 데 끼어들어서 그걸 빌미로 아이템을 나누자 할지도 몰랐다. 쳇! 부나방들 같으니라고!

"속전속결!"

내가 놈을 죽이려면 역시 놈의 눈을 공격하는 수밖에 없었다. 하지만 아무리 대단한 나라도 저 거대한 놈의 얼굴(?)까지 뛰어오르는 것은 벅찬 일이다. 고로 녀석의 다리를 노린다.

"흡!"

이번에는 지금까지 한 번도 써보지 않은, 아마 강능파천도의 진기로 예상되는 진기를 극대화시켜 한월에 집어넣었고, 녀석이 몸을 지탱하고 있는 앞쪽의 두 다리로 이동했다.

녀석은 총 열 개의 다리가 있다. 앞쪽 두 개, 몸통 여섯 개, 뒤쪽 두 개. 그리고 현재 나를 공격하고 있는 것은 몸통 쪽 여섯 개의 다리다. 조금 전에는 앞, 뒤, 가운데에서 각각 다리 두 개씩으로 지탱했는데 녀석의 공격이 통하지 않자 앞쪽과 뒤쪽 다리에 몸을 맡긴 후 총 여섯 개의 다리로 날 공격하고 있는 중이었다.

내가 필요한 것은 녀석의 얼굴(?). 앞쪽 두 다리만 해치우면 스스로 꽈당 할 거란 말씀이지.

"차핫!"

먼저 왼쪽 다리에 도착한 나는 강의 진기를 담은 한월보도로 격의 식을 펼쳤다. 예 자결과 참의 식으로 다리를 끊을 수도 있었으나 그랬다가 바로 재생하여 다시 선다면 녀석을 끝내기 전에 다른 사람들이 먼저 도착할지도 몰랐다. 그럴 바에는 움직일 수는 없지만 재생도 하지 못하는 그런 상태로 만들어야지.

격의 식으로 내가 노린 곳은 다리의 마디 부분. 마디 부분의 앞쪽은 단단하지만 안쪽은 취약하기 마련이고, 그 부분을 다친다면 그쪽 다리는 당분간 쓰지 못한다. 물론 이것은 인간을 예로 들은 것이기에 믿을 건 못 되지만 잠시 쓰러져 있을 시간만 벌어준다면 일은 끝난다.

퍽!

격의 식으로 비틀어 내려친 덕분에 녀석의 다리는 잘리지 않았지만 이미 그쪽으로 기울어지고 있었고, 오른쪽 다리로 재빨리 뛰어간 나는 그쪽 다리도 왼쪽 다리처럼 만들었다.

샤크라라라라라!

쿵!

마치 지진이 난 것처럼 굉음을 내며 녀석은 무너졌고, 나는 이미 녀석의 얼굴 부분에 도착한 상태. 먼저 이 밝은 눈부터 없애야겠지?

이번에는 예 자결의 진기를 극대화시키고 한월에는 연 자결의 진기와 나머지 약해진 연, 유(流), 유(柔) 자결의 진기도 같이 넣은 후 참의식을 펼쳤다.

"참!"

파파파팟!

이전과는 비교도 안 될, 잔혹하리만치 강렬한 예기를 뿜는 한월은 마왕충의 형광눈을 십수 차례 베고 있었다. 새로 영입된 유(柔) 덕분에 공격은 더욱 부드러웠고 순식간에 녀석의 눈은 난도질당했다. 한월의 냉기 덕분에 피가 튀지 않아서 좋구만.

그때 우려하던 대로 사람들이 들이닥쳤다.

"우오오오!"

"마왕충을 죽이자!"

"할 수 있다!"

역시 예상대로구만. 떼거리로 모여와서 부나방처럼 아이템이나 먹고 도망가려는 속셈들. 그러나 이미 늦었다고!

난 모든 진기를 한월에 집어넣기 시작했다. 지금까지와는 비교도 안 될 진기의 압축.

웅웅웅.

한월에게서 흘러나온 도명(刀鳴)은 사람들의 시선을 주목시키기에 충분했다.

"도명이다!"

"뭐? 그럼 누군가 아직 살아 있었단 말이야?"

"헉! 저, 저건 도기(刀氣)다!"

"헉!"

사람들은 한월이 내뿜고 있는 도기를 바라보며 경악을 터뜨렸다. 좋아, 좋아. 이젠 끝을 보자!

"섬!"

예전에는 폭기를 써야 간신히 통했을 공격이었지만 이상하게도 투귀와의 싸움 후로 내공은 줄어든 데 비해 보통 상태에서도 예전 폭기 2단계에 해당할 만한 파괴력을 지니게 되었고, 덕분에 도기를 뿜고 있는 한월은 섬의 식으로 녀석의 두개골을 뚫었다.

퍼걱!

음, 잘 나가다가 끝에 가서 이렇게 결국 피에 젖다니……. 두개골을 뚫고 들어가자 한월의 한기로도 막지 못할 만큼의 피가 튀었고, 결국 난 녹색 피에 흠뻑 젖을 수밖에 없었다.

"후우……."

샤르르르르르.

절명한 마왕충은 곧 사라졌고, 그곳에서는 두 권의 책이 떨어졌다. 이건 또 어떤 책일까나?

책을 주머니 인벤토리에 넣은 나는 고개를 들었다. 아직 정신을 차리지 못한 사람들은 멍하니 날 바라보고 있었다.

그때 내 눈에 웬 붉은 덩어리가 보였다.

거대한 몸뚱어리, 검고 둥근 코, 약간 틀어져 올라간 입, 상당히 기분을 언짢게 만드는 티꺼운 눈초리. 붉은색 털.

"푸, 푸우?"

그랬다. 빨건 곰탱이 푸우가 면사를 쓴 여인의 옆에 서 있었던 것이다.

내가 무심결에 푸우의 이름을 부르자 푸우는 티꺼운 눈초리에 빛을 내며 내게 서서히 다가오기 시작했다. 곰탱이답지 않게 침착하게 걸어오는 푸우. 어느새 정신을 차린 사람들도 나와 푸우의 묘한 대치 상태를 눈치 채고는 진지하게 바라보고 있었다.

"……."

어느덧 죽립 속 내 얼굴을 볼 수 있는 거리에 도착한 푸우는 살짝 내 얼굴을 올려다보았다. 이놈이 왜 이렇게 폼을 잡는 거지?

난 순간적으로 의아한 생각이 들었지만 하는 꼴을 계속 지켜봤다. 내 얼굴을 잠시 바라본 푸우는 티꺼운 눈초리가 잠깐이지만 살짝 올라가더니 곧 고개를 숙였다. 음, 이 녀석이 이젠 날 알아보고 스스로 고개를 숙여 인사를 하는구나.

하지만 푸우는 그걸로 끝이 아니었다.

덥석!

"헉!"

"허헉!!"

"……!!"

녀석은 물었다, 지 주인의 귀하신 오른쪽 다리를!

물론 진짜로 물지 않아서 고통은 없었지만 포즈 자체가 나에 대한 불만을 표시하고 있는 것을 대번에 알 수 있도록 되어 있기에, 또 내가 보든 다른 사람이 보든 상당히 놀랍고, 섬뜩하며, 결코 보기 좋은 모양은 아니었다.

퍽!

"이… 미련 곰탱아! 도대체 무슨 짓이야!"

순간적으로 열이 뻗친 나는 내공을 실은 주먹으로 내 다리를 물고 있는 녀석의 머리를 내려쳐 버렸고, 한 대 맞은 녀석은 그대로 뻗어버렸다. 이게 겁을 상실했어. 감히 주인한테!

녀석과 처음 만났을 때, 그때는 별로 강하지 않았지만 내 전력을 다한 공격에도 혹 하나로 끝난 녀석이다. 지금도 그때와 비슷한 강도로 때려서인지 녀석의 머리통에는 거대한 혹이 생겼고 곧바로 머리를 치켜들었는데 놈의 눈초리의 티꺼움이 정도를 넘어서 거의 신의 경지에 들어선 게 상당히! 마음에 들지 않았다.

"뭘 봐, 임마! 눈 깔아!"

쿠아앙!

"어쭈?"

순간적으로 괴성을 지른 푸우 놈은 주제를 모르고 내게 달려들었고, 난 녀석을 받아넘기며 그야말로 막싸움을 전개했다.

"죽어! 죽어! 감히 주인님께 대들어!"

쿠아아앙!

퍽! 퍽! 퍽!

푸우는 내 위로 올라타서 머리를 물어버리려고 주둥아리를 계속 움직여 댔고, 거대한 이 미련 곰탱이 푸우를 태운 나로서는 호흡 곤란의 고통을 겪으며 오른손으로는 녀석의 진입하려는 주둥아리를 막고 왼손으로는 녀석의 두툼한 뱃살을 계속 가격했다.

"이놈이 계속 해보자는 거야 뭐야!"

주먹에 진기를 실어 바디블록(복부나 옆구리를 가격하는 복싱 공격의 일종)을 날리려던 나는 주변의 황당하다는 시선을 느끼고서는 잠시 얼어

붙을 수밖에 없었다.

쿠아아앙!

난 상황을 인식하고 그만 하려 했지만 푸우는 상황을 인식하기는커녕 오히려 기회로 삼고 더욱더 적극적 공세를 취했다. 상황 파악 좀 해라, 이 미련 곰탱아!

"그만 하세요!"

그때 한 여인의 목소리가 들렸는데 아까 푸우를 옆에 두고 있던 면사의 여인이었다. 그 여인의 목소리가 들리자 푸우는 뭔가 아쉬운 듯 해하면서도 뒤로 물러섰고, 그제야 자유의 몸이 된 나는 일어나 몸에 묻은 먼지를 털어냈다. 저 미련 곰탱이를 제지한 여인이라…….

"저분을 데려와 주시겠어요?"

그녀는 아직 완전히 치료되지 않은, 그 흑의의 남자를 가리키며 말했고 푸우의 티꺼운 표정은 한층 그 강도를 더했지만 순순히 그녀의 부탁을 들어줬다.

"어? 어?"

남자는 갑자기 거대한 붉은 곰이 자신을 들어 올려 등에 태우자 상당히 놀란 듯 기괴한 소리를 냈다. 쩝, 저긴 내 자리라고. 탑승료 받아야 하는데……. 아, 목숨도 구해줬으니 그 보상도 받아야 하나?

"누구십니까?"

난 여인에게 물었다. 누군지 어느 정도 예상은 갔지만 사람의 확실하지 않은 예상이란 빗나갈 확률이 크므로 이렇게 다시 확인해야 하는 것이다. 역시 난 똑똑해.

난 무게를 잡고 물었지만 주변의 반응은 싸늘했다. 마치 이제 와서 그렇게 폼을 잡아봤자 아무 소용도 없다는… 그런 눈초리. 크윽, 오늘

일진이 왜 이렇게 사납냐?

"저는……."

여인은 자신을 설명하려고 했다. 그 순간 뇌리를 스쳐 가는 생각. 여기서 여인이 정체를 밝히면 나도 밝혀야 할 테고 그럼 귀찮아질 거다. 그러니까 자리를 옮기자.

"아, 스톱! 거기까지요. 그 다음은 조금 있다가 하자구요."

"네? 꺅!"

그렇게 말하며 그녀의 허리를 감아 번쩍 들어 올렸고, 그대로 입구 쪽으로 줄행랑을 놓았다. 푸우는 지가 알아서 쫓아오겠지. 말보다 빠르니까.

이미 들어온 군중들은 안쪽으로 상당히 들어온 상태였기에 입구를 가로막는 몇몇 사람만 피하니 입구로 빠져나갈 수 있었고, 밖에도 아직 많은 사람들이 남아 있을 것이기에 난 속도를 줄이지 않은 채 동굴 밖으로 나가 재빨리 숲 속으로 들어갔다.

사람들은 갑자기 인간 두 명과 붉은 곰을 탄 남자가 나타나자 긴장한 듯했지만 우리가 곧 숲 속으로 사라지자 안도의 한숨을 쉬었다. 음, 내 귀는 상당히 좋아.

우리가 들어온 이 숲은 현마의 숲처럼 그런 마수의 숲이 아니었기에 고위급 마물들을 만날 확률은 희박했고, 숲 속을 달리다 널따란 공터가 나오자 멈추어 섰다. 이 정도면 못 쫓아오겠지?

"하아, 하아, 괜찮으세요?"

난 뒤의 곰탱이와 남자가 도착했는지 신경도 쓰지 않은 채 여인에게 물었다. 음, 이 여자 왜 얼굴이 푸우 털같이 빨갛지?

"네, 네. 괘, 괜찮아요. 그런데 저기… 내려주시……."

아, 이 바보. 난 그제야 내가 여인을 안아 들고 있다는 사실을 깨닫고는 즉시 여인을 바닥에 내려 드렸다. 흠흠, 오늘따라 정말 꼬이네.

"죄송합니다. 급히 달려오려다 보니 허락도 구하지 않고……."

"아, 아뇨,. 괜찮아요."

이 여인네가 큰일날 소리 하네. 그럼 아무나 껴안아도 된다는 소리야? 물론 그런 뜻에서 대답한 것은 아니었을 테지만 왠지 울컥한 마음에 그런 생각을 가졌다. 그래도 말로 내뱉지 않은 게 어디야.

"전 초은설이라고 해요. 저번에 투귀와의 사건 때 절 구해주셨죠?"

"아, 네, 네."

사실 구해준 건 아니지. 나중에 가서는 나도 오기로 버텼던 거니까. 그리고 내가 절벽으로 떨어진 후에 어떻게 된 건지도 모르고.

〈제2권 끝〉